EL SECRETO

BLANCA MIOSI

EL SECRETO

EL MANUSCRITO I

amazonpublishing

Edición original autopublicada en 2012
Título original: *El manuscrito I. El secreto*

Publicado por:
Amazon Publishing, Amazon Media EU Sàrl
5 rue Plaetis, L-2338, Luxembourg
Abril, 2017

Diseño de cubierta: Lookatcia.com
Imagen de cubierta © Songquan Deng © Grisha Bruev/Shutterstock; © Stephen Carroll Photography © kraphix/Getty Images
Producción editorial: Wider Words

Impreso por: Ver última página
Primera edición digital 2017

ISBN: 9781503940222

www.apub.com

ACERCA DE LA AUTORA

Nacida en Perú y afincada desde hace varias décadas en Caracas, Venezuela, Blanca Miosi es una prolífica autora que en su ya larga carrera como escritora ha conseguido el reconocimiento de la crítica y el público.

En 2004 publicó su primera novela, *El pacto*. Tras quedar finalista en el premio Yo Escribo por *El cóndor de la pluma dorada* y obtener el Thriller Award por *La búsqueda* —novela basada en la vida de su esposo, prisionero superviviente del campo de concentración de Auschwitz—, en 2011 empezó a publicar en Amazon. Desde entonces sus obras se encuentran situadas entre las cien más vendidas de la plataforma. En 2015 fue la invitada especial en el evento Amazon Academy en Madrid como la escritora más vendida en español en la historia de Amazon.

Entre sus títulos figuran también *El legado*, *El rastreador* y la trilogía de El Manuscrito, formada por *El secreto*, *El coleccionista* y *El retorno*. Su trabajo ha sido traducido al inglés, alemán y francés, y próximamente aparecerá en polaco y turco.

Para ponerse en contacto con la autora, su correo electrónico es: blancamiosi@gmail.com

PÁGINAS DE LA AUTORA

Página web:
http://www.blancamiosi.com

Blog:
http://blancamiosiysumundo.blogspot.com/

Facebook:
https://www.facebook.com/blancamiosiysumundo/?fref=ts

Twitter:
https://twitter.com/BlancaMiosi

Amazon:
http://www.amazon.com/Blanca-Miosi/e/B005C7603C/

A Henry, siempre

PRÓLOGO

Anacapri, isla de Capri, Italia

«Cuando el monje extendió las manos ofreciéndole el cofre, se encontraba al borde del acantilado. Por un momento tuvo miedo de que fuese una trampa. Antes de entregárselo lo retuvo un instante, como arrepintiéndose. Temblaba tanto que pudo sentir sus movimientos convulsivos. Luego el monje hizo un ademán brusco, soltó el cofre y se lanzó al vacío. No se oyó ni un grito. Instantes después, solo un sonido seco acompañado de un crujido atenuado por la distancia. Horrorizado, se asomó al precipicio y pese a que ya estaba oscuro pudo distinguir un bulto informe sobre la roca plateada. Le invadió un profundo sentimiento de piedad, una mezcla de compasión, pena infinita y agradecimiento. Tenía en sus manos lo que había ido a buscar, sintió a través del grueso tejido de la mochila los listones de metal en la madera. Dio la vuelta y se alejó del lugar con largas zancadas: el mal estaba hecho y ya no había remedio. Sintió el viento frío como un latigazo en la cara y supo que estaba húmeda a pesar de que aún no había empezado a llover. Reprimió el sollozo y caminó con prontitud el largo trecho de regreso que lo llevaría a la *piazza*, cobijando el bulto bajo su chaqueta de cuero. Miró los signos fosforescentes de su reloj: tenía el tiempo justo para llegar al muelle y abordar el último ferry».

☐ ☐ ☐

Muy a su pesar, Nicholas dejó de leer, giró hacia el hombrecillo y vio el lugar vacío. Estuvo tan absorto que no se percató de que se había ido. Dos arrugas cruzaron su frente y luego se transformaron en profundas hendiduras entre las cejas. Hizo memoria y recordó paso a paso lo sucedido desde temprano.

Nicholas Blohm

Manhattan, Estados Unidos
10 de noviembre de 1999

Esa mañana, como tantas otras, apenas abrió los ojos Nicholas miró alrededor buscando inspiración. Una maldita buena idea era lo que necesitaba y no se le ocurría nada. Se incorporó de la cama y fue directo al ordenador. Claro que tenía ideas, y muchas; pero no como las que se requerían para hacer una novela que lo llevase a la cima. Un par de novelas sin pena ni gloria era todo lo que había logrado desde la primera vez que pensó que iba a morir de felicidad cuando en una editorial le dijeron: «Nos interesa su novela, queremos publicarla». ¡Dios! Lo hubiera hecho gratis, pero se dio con la sorpresa de recibir un adelanto que consideró simbólico, pero una paga al fin… e inesperada. Vio la pantalla y sombreó lo escrito la noche anterior. Inaceptable. Pulsó «Enter» y la hoja volvió a quedar en blanco.

◻ ◻ ◻

Tres años desde aquella primera vez, y seguía sin suceder nada, no había cambiado al mundo. Era uno más del montón. Y lo peor de todo era que tenía varias novelas inéditas que antes le habían parecido fabulosas, pero después de leer el último *best seller* de

Charlie Green, pensó que cada vez estaba más lejos de su sueño. El ambiente de la casa lo asfixiaba. Se puso una chaqueta de cuero sobre la camiseta y salió. Caminó sin rumbo fijo y como si sus piernas estuvieran acostumbradas a hacer siempre el mismo recorrido, fue a dar a *su* banco del Cementerio Trinity. Se fijó con fastidio en el individuo sentado al otro extremo y lo consideró una invasión a su territorio. El pequeño hombre le sonrió como si lo conociera. Aquello multiplicó su contrariedad. No tenía ánimos para ser amable ni para escuchar a nadie y al parecer el hombre deseaba buscarle conversación. No se equivocó.

—¿Viene siempre por aquí?

—Es mi ruta —respondió cortante, sin corresponder a la sonrisa que asomaba a la cara cuarteada del sujeto. Tenía una voz que no concordaba con su persona.

—¿Hacia dónde?

—¿Hacia dónde qué?

—Usted dijo que era su ruta.

—¡Ah!, hacia ninguna parte.

—Comprendo.

Nicholas dejó de observar los árboles de enfrente y lo miró de reojo. ¿Comprendo? ¿Qué podría comprender?, pensó con mal humor. Le molestaba la gente que pensaba que se las sabía todas. Como los escritores de los manuales de comportamiento o de *crecimiento personal*. Parecían tener la respuesta para todo. Papanatas. Abrió la boca y la volvió a cerrar. Sería mejor no seguir hablando, tal vez el tipo se fuera y lo dejase en paz.

El hombrecillo continuó sentado. Abrió una gran bolsa de plástico de color negro de las que se usan para la basura y hurgó en su interior. Extrajo un manuscrito de tapas negras, anillado en un peculiar color verde plateado y lo puso en el banco, en el espacio que quedaba libre entre Nicholas y él.

—¿Sabe qué es esto? —preguntó poniendo la mano en la tapa.

—No.

—Debería saberlo. ¿No es usted un escritor?

Nicholas se sentó de lado dándole cara. El hombre había acaparado su atención.

—¿Cómo lo sabe?

—Lo reconocí. Tengo su segundo libro, vi su foto en la solapa. *Buscando el camino a la colina;* es una buena novela, pero le falta *garra*. También he leído algunos de sus artículos en el *New York Times*.

—Ya no trabajo allí.

El individuo hizo un gesto de impotencia, se alzó de hombros y miró al frente, a los árboles que parecían danzar con el viento.

—De modo que usted también escribe —dijo Nicholas, dando una mirada a la tapa del manuscrito.

—No. No sería capaz. Yo leo. Y me considero un buen lector.

—¿Y el manuscrito?

—No es mío. Lo encontré junto con unos libros en una caja que recogí hace unos días. Me dedico a la venta de libros usados.

—¿También vende manuscritos?

—Es la primera vez que me llega uno. La caja pertenecía a un escritor que falleció hace dos meses. Según su viuda, nunca había publicado. Ella necesitaba espacio en la casa y quiso deshacerse de todos los libros; al parecer decidió incluir el manuscrito. Yo compro al peso.

—¿Se refiere a que compra libros por kilo? —preguntó Nicholas, con una sonrisa de incredulidad.

—Sí. Tal vez ella pensó que más papel añadiría peso.

—Usted ya lo leyó, supongo.

—Así es. ¿Quiere echarle un vistazo?

Nicholas miró con desconfianza el manuscrito. Lo tomó, no parecía ser muy grueso, corrió las hojas con el pulgar izquierdo y luego abrió la primera página: «Sin título» decía en el centro. No era nada raro. A él siempre se le ocurrían los títulos al final. Pasó a la siguiente página y leyó el prólogo.

▯ ▯ ▯

Dejó de leer muy a su pesar, se giró hacia el hombrecillo y vio el lugar vacío. Había estado tan absorto en la lectura que no se percató de que se había ido. Dos arrugas cruzaron su frente y muy pronto se transformaron en profundas hendiduras entre las cejas. Acostumbrado como estaba a divagar, se preguntó si de veras lo había visto. No le quedaba la menor duda: tenía el manuscrito en las manos. Lo que acababa de leer le había gustado. Tenía los ingredientes necesarios para despertar la curiosidad desde el inicio. Sintió envidia de que fuera otro el de la idea. Dio una mirada más alrededor; pero solo vio los árboles meciéndose con levedad mientras dejaban caer las últimas hojas de otoño en una mañana calmada, sin los acostumbrados ventarrones que barrían el suelo formando remolinos dorados. Dejó el banco y, con el manuscrito bajo el brazo, regresó a casa. Apenas llegó se repantigó en su viejo sillón para proseguir con la lectura. Después del prólogo seguía así:

CAPÍTULO 1

Manhattan, Estados Unidos
9 de noviembre de 1999

Es difícil para una persona como yo reconocer que ha llegado a un punto en su vida en el cual debe trabajar para poder vivir. Los días en los cuales giraba cheques sin preocuparme cuánto era mi saldo empezaban a parecerme un pasado inexistente; un sueño que la bruma de los días oscuros de invierno acentuaba y me hacía ver el mundo cada vez más huraño mientras aprendía a percibir las facciones de la gente.

Porque cuando se es rico se suele pasar la vista por encima, y no porque seamos insensibles a los sufrimientos ajenos, es por simple indolencia. No importa si el interlocutor es viejo, o es joven, si tiene cara de tristeza o arrugas en la frente. Jamás me detuve a preguntarle a alguien si su ánimo estaba bajo, o si le dolía haber perdido a su madre. Me acostumbré a tratar a la servidumbre como si ellos fuesen robots sin alma, y supongo que recibí el mismo trato, pero nunca me enteré, porque no me importaba. Pero en estos días en los que casi he olvidado cómo se rellena un cheque, porque el último que firmé fue hace varios meses y carecía de fondos, y mi acreedor ha llamado tantas veces, que he ordenado a Quentin no pasarme más llamadas… en estos días, lo más probable fuese que estuviera tratando de convencerlo de que la culpa de que no hubiera dinero en la cuenta es porque el banco no sabe atender a sus clientes, que el dinero está allí, que esperara a que solucionasen el problema, que la cantidad era tan ínfima que no valía la pena alarmarse ni formar tanto alboroto, que yo era Dante Contini-Massera, sobrino del conde Claudio Contini-Massera, y que más temprano que tarde caería una fortuna en mis manos que no alcanzaría mi vida para contarla, y quién sabe cuántos argumentos más, hasta persuadirlo de que lo mejor sería tener un poco de paciencia, contando con la ilusión de los que creen que la palabra de un hombre de mi abolengo tiene tanto valor como mis apellidos.

Y si no fuese porque mi viejo mayordomo no tiene otro lugar donde vivir —porque lo traje conmigo de Roma a instancias de tío Claudio—, supongo que ya me habría dejado y tendría que prepararme yo mismo la ropa que debo vestir cada día. Y el desayuno, que de manera milagrosa aparece en la mesa todas las mañanas. Últimamente he notado que Quentin está viejo. Más de lo que yo recordaba hace poco menos de seis meses. Aunque es cierto que estoy aprendiendo a observarlo y lo hago con disimulo y hasta con cierta turbación de ánimo. Me avergüenza que sospeche que me preocupa. Sin embargo, él parece una de esas viejas estatuas vestidas, siempre de pie; jamás lo he visto sentarse, y lo conozco desde que nací. Camina con sus peculiares pasos haciendo sonar sus zapatos como si se fuese a resbalar en cualquier momento, y la única vez que presto atención a su voz es cuando pregunta algo: ¿Desea que le prepare el baño? ¿No le parece que debería llamar al señor Claudio? ¿Cenará con su madre hoy? ¿Le gustaría tarta de fresas para su cumpleaños? Y siempre su mirada es parecida a la de un cachorro esperando un ademán agradable, el que muy pocas veces acostumbro a dar.

Y ahora me sorprendo pensando si ese anciano que se sostiene en pie lo más erguido que puede frente a mí, no es más merecedor que yo de un mejor trato.

—Quentin, hoy saldré todo el día. No te preocupes por preparar la cena. Te noto agotado, ¿estás bien?

Quentin me miró como si yo fuese un fantasma. La expresión habitual de sus ojos apacibles dibujó una interrogante en su rostro que me causó un regocijo desconocido.

—¿Yo, *signore*?

—No es necesario que estés de pie todo el tiempo; ven, toma asiento.

Quentin se quedó parado como si de verdad fuese una estatua de piedra. Seguro estaba atónito.

—Quentin, ¿desde cuándo estás a mi lado?

—Desde hace veinticuatro años, joven Dante. Antes trabajé para su abuelo, don Adriano, y después para su tío Claudio.

Toda su vida. Y mi vida. Pensé.

—Es mucho tiempo, ¿no? —le pregunté mientras mi mirada repasaba su rostro.

—Sí, *signore* Dante.

Las facciones de Quentin se cubrieron con una sombra. Parecía que de la sorpresa había pasado a la angustia. Comprendí que creía que lo iba a despedir.

—Las cosas han cambiado mucho, Quentin. Eres un empleado ejemplar, y sabes que no estoy en condiciones de pagar tu sueldo. Pero no quiero que abandones esta casa, te pido que te quedes y dejes de comportarte como mi empleado, solo ayúdame a sobrellevar mi vida.

Quentin pareció relajarse tanto como si sus rodillas no pudieran seguir sin doblarse. Se sentó casi al borde del asiento que le había ofrecido momentos antes y por primera vez me miró a lo ojos sin la expresión de sirviente.

—No es necesario que me pague, *signore* Dante. Yo me siento feliz de ocuparme de sus necesidades como siempre —dijo en tono mesurado.

—Te lo agradezco, Quentin. Pero de ahora en adelante no te comportes más como un mayordomo, no al menos cuando estemos solos —lo observé con una sonrisa que él me devolvió con una mirada a la que solo le faltó un guiño en los ojos—. Deseo que te sientas como de la familia, y en buena cuenta, creo que eres la única que tengo.

—No, *signore* Dante. Usted tiene a su madre y a su hermana. Y a su tío Claudio.

—No lo creas, Quentin… no lo creas… ellas viven sus vidas, y yo la mía. Y así debe ser. —Después de unos momentos de silencio, continué—: Tío Claudio está muy enfermo. Debo viajar a Roma.

—Su tío Claudio es una buena persona. Espero que se recupere.

Por un segundo fugaz pensé en su testamento y me avergoncé de inmediato.

—Claro, Quentin, es por ese motivo que iré a verle.

—Siempre lo quiso como a un hijo —murmuró él.

Era la primera vez que mantenía una conversación tan larga con Quentin, y supe que lo que acababa de decirme tenía toda la intención de mis deseos. Lo observé y preferí callar. Tenía razón, no tenía defensa. Él me conocía más que mi madre.

—¿Qué hiciste con la cocinera? ¿Y con Mary?

—Les dije que usted regresaría a Italia, que ya no necesitábamos de sus servicios.

—¿Y sus pagas?

—De sus emolumentos no se preocupe, todo quedó bien arreglado.

Quentin siempre fue un buen administrador. Aunque supongo que por el tiempo que está durando mi mala racha debió hacer uso de su propio dinero.

—Gracias, Quentin. Pronto todo cambiará. —No me sentí capaz de decir nada más. Hubiera resultado forzado. Con sus ojos me decía que lo comprendía.

—¿Cuándo viajará a Roma?

—Lo antes posible.

—Le prepararé el equipaje —dijo poniéndose de pie.

—No es necesario, Quentin. Lo haré yo.

—Créame *signore*, prefiero hacerlo yo.

Fue casi una orden. Y yo tuve que ocupar mi mente, muy a mi pesar, en buscar una manera de saber qué habría dispuesto el tío Claudio en su testamento para mí. Necesitaba respirar, sentí que la opresión de la casa me quitaba el aire de los pulmones. Iría a ver a Irene. Odiaba tener que pedirle prestado pero la verdad es que no tenía ni para el billete de avión y mis tarjetas de crédito eran inservibles.

CAPÍTULO 2

Conocí a Irene en San Francisco, en una de las tantas fiestas a las que era invitado; recuerdo que entre el puñado de mujeres hermosas que allí había, la figura de Irene sobresalía por ser la menos llamativa. Pero no me refiero a su falta de atractivos, no. No era de las mujeres con abundante cabellera de reflejos dorados y tono de piel de eterno bronceado. Tampoco de las que exhiben una sonrisa artificial de labios en exceso voluptuosos, que hacen juego con sus respectivos senos talla treinta y seis, de solución salina. Irene parecía demasiado natural. Era lo que la diferenciaba. Debió de sentir la insistencia de mi mirada, pues se volvió hacia donde yo me encontraba, y a pesar de los diez metros de distancia sentí la calidez que recorría mi cuerpo ante su reconfortante sonrisa. No era un coqueteo: era una sonrisa. Como las que hacía tiempo no recibía, como aquellas que solían regalarme cuando niño después de alguna travesura. Un *«va bene, ragazzo»* y yo me sentía amado.

Me acerqué a ella y pude comprobar con alivio que su pequeña nariz no era producto de la cirugía, y que debajo de sus ojos se formaban unas ligeras hinchazones cuando sonreía, dándole el aspecto de muñeca dormilona. No tengo nada en contra del embellecimiento quirúrgico, pero las prefiero al natural, con los senos pequeños, y si los tienen llenos, con la caída normal del efecto de la gravedad. Irene era una mujer natural hasta en su comportamiento, el que me cautivó desde que la vi en casa de uno de los tantos amigos que había hecho en mis frecuentes salidas nocturnas en Nueva York. Me habían invitado a pasar unos días en su residencia, una ciudad de clima delicioso, más benigno que el de Manhattan, donde el viento sopla tan fuerte que parece que quisiera barrer a los habitantes de la ciudad. Recuerdo que después de un par de palabras nos encaminamos al jardín y nos sentamos en el borde de un muro que rodeaba el acantilado desde donde se veía el Golden Gate y gran parte de la Bahía. Podíamos escuchar las olas rompiendo contra la pared de roca unos metros más abajo. El ruido de las voces, las risas y la música de la casa se percibían como un telón de fondo mientras nosotros, ajenos a todo, nos mirábamos sonriendo sin ninguna razón aparente. Evoco ese momento especial porque sus labios me parecieron deliciosos; sus dientes de conejito le daban el aspecto travieso y juvenil que mi mente grabó para siempre. Esa misma noche me enteré de que ella también vivía en Manhattan, y aquello me entusiasmó porque podría verla otra vez.

Mi nombre no la impresionó; ignoraba que yo era uno de los solteros más codiciados de Nueva York. Estuve seguro de ello desde el principio y lo comprobé cuando a los meses de conocernos adivinó que necesitaba ayuda y me contactó con un experto asesor financiero. Un corredor de bolsa que casi hizo doblar el capital que le di. Y después, cuando ella se ofreció a prestarme dinero al enterarse de que mis inversiones no iban tan bien. Y no es que estuviera loca por mí. Aún hoy no estoy seguro de nada respecto a ella. Pero me mortificaba profundamente que supiera mi situación económica; Irene merecía a alguien mejor que yo y juré que si las cosas cambiaban, le pediría que fuese mi esposa. Y ahora debía acudir a ella por segunda vez; no tenía otra alternativa.

Fui a su trabajo, su floristería. Un negocio de flores importadas de Colombia; se especializaba en arreglos para bodas, bautizos y toda clase de eventos sociales, incluyendo funerales. Nunca pensé que de un producto tan efímero y delicado pudiera surgir dinero. Y la admiraba por eso, y por todo lo demás.

Irene me vio llegar y desplegó sus labios regordetes en una sonrisa que me terminó de desarmar. «¿Cómo decírselo?», pensé. Subimos a su apartamento, un piso moderno, decorado con elegante sencillez, fiel reflejo de su persona. Después de descalzarse se tendió en el sofá mientras estiraba los dedos de los pies. Los tenía muy cuidados, con las uñas pintadas en fucsia. Siempre.

—Estuve de pie todo el día —dijo alargándome la mano. Me senté a su lado y ella alzó las piernas para ponerlas sobre mis rodillas.

—Debo ir a Roma —comenté, dándole un pequeño beso en los labios.

—¿Cuándo?

—En cuanto pueda. Tío Claudio está muy enfermo, prácticamente agonizando, y soy su único sobrino directo.

—¿Recibirás una herencia? —preguntó Irene. Yo sabía que no lo hacía por interés o por simple curiosidad. Era obvio que siendo una mujer práctica era directa.

—Se supone que sí. Mi madre ha llamado ya dos veces, dice que es necesario que esté presente.

—Por supuesto que debes ir, cariño, las veces que me has hablado de él lo hacías como si se tratase de tu padre. Yo puedo ayudarte. Sé que estás pasando por un mal momento.

Escudriñé sus suaves facciones, preguntándome qué habría hecho yo para merecer una mujer como ella.

—Te dejaré en garantía a Quentin —ofrecí, dándole un beso.

—Me conformo con que vuelvas —respondió ella haciéndome un guiño—. Prométeme que cuando regreses rico, no te entusiasmarás con bonos dudosos otra vez.

—Me dijeron los riesgos antes de invertir, y lo hice. Soy un idiota, lo sé.

—Una lección muy cara. Dos millones de dólares —acentuó con vehemencia.

—Dijeron que era un negocio con cierto riesgo, pero investigué y supe que los bonos de la deuda pública argentina pagaban muy buenos dividendos a corto plazo, lo que sucedió es que me apresuré y no hice caso del consejo de Jorge Rodríguez.

—Una persona de fiar, pero me temo que no muy convincente. Siento habértelo presentado.

—No es culpa tuya, Irene, no puedes sentirte responsable por mis acciones.

Ella no dijo nada. Recogió sus piernas extendidas y puso sus pies sobre la alfombra.

—Ven —Me invitó con aquel tono que parecía una promesa.

La seguí hasta su pequeño estudio-biblioteca. Sacó un talonario de cheques que a mí me pareció más gordo que cualquiera de los míos y empezó a rellenar uno de ellos con su letra redondeada. Después de firmarlo, con un gesto rápido rasgó el papel. Un sonido que siempre me ha fascinado, es como si estuviera condicionado a sentir euforia cada vez que escucho rasgarse el papel, especialmente si se trata del papel terso y resistente de un cheque. Lo extendió a través del escritorio y me lo dio.

—¿No lo miras? —preguntó al ver que lo guardaba en el bolsillo de la chaqueta.

—No. Pero te devolveré el doble.

—Lo sé, cariño. —La seguridad con que lo dijo me desconcertó. Y por un instante sentí que una alarma empezaba a dispararse en mi cerebro, pero pensé que me sentía demasiado suspicaz. La falta de dinero aguza los sentidos, y en esos días me encontraba demasiado sensible.

Las siguientes horas me hicieron olvidar cualquier resquemor que pudiera haber atribuido a mi reciente sensibilidad. Me dediqué a

Irene en cuerpo y alma, y creo que ella también lo hizo así, y esta vez no me importó la larga cicatriz que cruzaba su nalga izquierda hasta la cintura. La primera vez que la vi confieso que sentí cierto rechazo, pero después me habitué. «¿Qué te sucedió?», le pregunté un día. «Ya te contaré», fue su respuesta. Y no volvimos a tocar el tema. En su primera desnudez la admiré más porque supe que era mayor de lo que aparentaba. Otro secreto. Pero creo que todas las mujeres en un momento determinado de sus vidas eligen no seguir cumpliendo años. Debía tener treinta y ocho, con seguridad más, pero no era por sus carnes, que eran prietas, ni por algún defecto de su cuerpo de piel suave y firme, que lo supe. Eran sus senos. Aprendí que en las mujeres donde más se nota la edad es en esa curva delatora. Por ello es tan chocante ver a una mujer madura con los senos altos como los de una adolescente, porque no hace juego con su cuerpo, ni con su rostro, ni con sus ademanes. Ni con su experiencia. Irene tenía los senos ligeramente bajos, llenos, y solo se apreciaba su volumen estando desnuda. Con ropa parecían casi inexistentes, ocultos de esa manera misteriosa que solo la naturaleza sabe hacer. Era una amante apasionada y desde el principio comprendí que necesitaba un hombre joven como yo para saciar sus ansias, aunque jamás lo admitiese. Solía decir que era muy selectiva, que prefería pasar meses sin sexo a tener que acostarse con cualquiera. Y yo le creía.

Salí en el primer vuelo a Roma al día siguiente.

CAPÍTULO 3

Villa Contini, Roma, Italia
10 de noviembre de 1999

Sentí que estaba en la villa Contini apenas divisé los dos leones de piedra sentados uno a cada lado de la entrada del largo corredor arbolado que conducía hacía la mansión de tío Claudio. Algunos lo catalogaban de excéntrico por preservar costumbres que para la mayoría de la familia se consideraban absurdas, como el que toda la servidumbre de la villa lo recibiese de pie flanqueando la entrada, y que él con gran satisfacción reconociera a cada miembro llamándolo por su nombre. Pero las cosas habían cambiado. Antes de partir yo para América, me enteré de que tío Claudio prefería vivir en su piso de Roma. Según él, así estaba más cerca de sus negocios; yo pienso que la verdadera razón es que la villa se le hacía muy grande para él solo.

Al entrar al gran salón donde estaba reunida parte de la familia comprendí que lo inevitable había sucedido. La cara de mi madre no podía ser más elocuente. Ella era una mujer hermosa, más que mi hermana Elsa, a pesar de su juventud. Cuando mi madre se sentía afectada, sus ojos cobraban un matiz diferente, lejano, como el de las divas de cine que tantas veces vi en las viejas películas junto a tío Claudio. Siempre estuvimos de acuerdo en que tenía un extraordinario parecido a Ava Gardner. Esta vez, bajo sus ojos, un ligero tinte azulado teñía su piel de un blanco pálido. Apenas me vio se acercó y me abrazó como no lo había hecho desde mucho antes de mi partida, y sentí que de veras estaba conmovida. Pero lo que no acertaba a descifrar era el motivo real. La conocía demasiado como para creer que sufría por la pérdida; creo que cada cual conoce la parte oscura de su madre y pensé que lo más probable fuese que su angustia se debiera a que se hallaba imposibilitada de saber si tío Claudio había incluido su nombre en el testamento. No me alegró estar a su lado otra vez, oscuros recuerdos que había tratado de sepultar por todos los medios invadieron mi ánimo ya decaído. Mi hermana vino a mi encuentro como si adivinase que necesitaba ayuda. Ella era dos años menor que yo y sin embargo, siempre me había servido de refugio. Elsa era todo lo opuesto a mi madre. Su mirada plácida evocaba a una Venus de Boticcelli. Me apretó la mano como saludo, y se puso a mi lado mientras mamá daba media vuelta y atendía a dos viejos varones de la familia entre los que parecía encontrarse muy a gusto. Supongo que por sus miradas lascivas. Yo preferí evitar estar presente en su inevitable coqueteo. Parecía una abeja reina atendida por sus solícitas obreras. Siempre me ha incomodado su manera de ser. A veces pienso que lo hace a propósito, como si quisiera demostrarnos que aún es joven y apetecible. Mi madre siempre me tuvo por el hombre de la familia a la muerte de mi padre, y esa constante presión fue la que me mantuvo alejado de ella.

Elsa me llevó de la mano hacia las dependencias privadas del palacete de tío Claudio y se detuvo ante su alcoba. Tuve miedo de entrar. Nunca he sido valiente, y enfrentarme a la muerte era lo que menos deseaba en ese momento, ni nunca. Pero comprendí que era inevitable. Sentí el perfume inconfundible de mi madre y supe que la transición hacia la muerte la haría con ella. El sonido de sus tacones era tan inconfundible como su perfume. Se puso a mi lado y apoyó su cabeza en mi hombro. Y así, como dos personas acogiéndose en un doloroso abrazo, nos enfrentamos al cadáver de tío Claudio. Por un momento fue como si me viera a mí mismo más viejo. Todos decían que era su vivo retrato. Supongo que mi padre también se parecería a él. Pero fue tío Claudio quien heredó el título y la fortuna del abuelo, y aquello se convirtió en el motivo de discordia que duró hasta la muerte de mi padre, tres años después de que yo naciera, de manera que fue a tío Claudio a quien vi como figura paterna, aún después de que dejara de frecuentar la casa.

Al ver su rostro tan sereno me pareció increíble que estuviese sin vida. En ese momento me trasladé a algunos años atrás, cuando me decía:

—Dante, hijo mío, todo esto algún día será tuyo.

Pero para mí no tenía mayor significado, pues siempre había vivido rodeado de su mundo.

—Prefiero que siga siendo tuyo, tío, porque significará que estás vivo.

—*Mio caro bambino*, debes prepararte, quiero que termines los estudios de economía. Es imprescindible.

—¿Para qué necesito estudiar?

—Para defenderte. Ser rico no es fácil, tendrás que enfrentarte a situaciones que requerirán decisiones sabias. Quiero que vengas a La Empresa, que te empapes de todo lo que allí sucede.

—Tío, no me dejes nada, de veras, te lo agradezco, pero no creo merecerlo.

Tío Claudio movía la cabeza de un lado a otro como negándose a comprender que yo no tenía su espíritu emprendedor. Entonces yo pensaba que tal vez me parecía a mi padre.

—Pobre Dante. No tienes otra opción. Esa es la realidad.

—¿No existe alguna posibilidad de que alguno de tus socios quede al mando?

—La Empresa debe quedar en manos de la familia. Tengo socios, sí, pero cada uno de ellos tiene una parte ínfima en mis negocios.

Sentí que aquella herencia, La Empresa, sería como una maldición para mí. La opresión de saber que el momento llegaría me asfixiaba. Quise escapar, vivir mi vida.

—Tío Claudio, quisiera ir a América. Dame un par de años para prepararme, necesito estar solo, lejos de todo esto.

—Hecho. Tienes mi bendición. Espero que al volver hayas duplicado el capital que te entregaré. Y prométeme que no dejarás tus estudios de negocios internacionales.

—¿Lo ves, tío? Quiero irme sin presiones, no quiero tu dinero, no sabré duplicarlo…

Quizá mi cara reflejaba tal angustia que él me puso una mano en el hombro y me dijo:

—Está bien. Solo prométeme que no te meterás en problemas, el nombre de la familia está en juego. Ve, prepárate, disfruta y regresa. Algún día tendrás que comprender que el trabajo también es una diversión.

Y allí estaba yo de regreso, sin un centavo y sin tener a quién rendirle cuentas, con deudas y con el peso a mis espaldas de ser la cabeza de un emporio financiero que no me interesaba regir. Y no tenía a tío Claudio para orientarme. Había perdido la oportunidad de aprender de él mismo, y solo recordaba las ocasiones que tuve de acompañarlo a las juntas directivas y admirarlo. Parecía un pez en el agua. Su palabra era la que finalmente todos aceptaban y hasta parecían aliviados de hacerlo, pues siempre sabía qué hacer o qué decisión tomar. No obstante, reconocía que necesitaba su dinero. No podía dejar las deudas sin pagar. ¡Qué poco alcance tenía mi mirada en aquellos días!

⬜ ⬜ ⬜

Tío Claudio parecía dormir con placidez.

—Madre, la muerte borra las arrugas —murmuré.

Ella se separó de mí con un pequeño sobresalto. Tal vez lo tomase como un comentario malintencionado, pensé, cuando vi el reproche en sus ojos.

Percibí un pequeño movimiento en una esquina de la alcoba; un hombre vestido de sotana se hallaba sentado como en estado de trance. Tenía los ojos bajos, aunque por un momento tuve la sensación de que me había estado observando. Supuse que sería quien le había dado los santos óleos. Tardé un poco en hacer memoria; un rato después, cuando ya había salido de la habitación de tío Claudio, recordé que lo había visto en contadas ocasiones en la villa Contini.

Los parientes que se habían acercado a la casa eran los más afectos a mi madre; supongo que estaban allí convocados por ella. En esos momentos se había convertido en la «señora de la casa», dada la cercanía que siempre tuvimos con tío Claudio. A mí se me hacían como pájaros de mal agüero, con sus trajes negros como cuervos al acecho. Creo que a mi madre le gustaba verse rodeada de gente, ese era el motivo de su ajetreada vida social y también de su incesante búsqueda de pareja. Y por contradictorio que pareciera, a pesar de ser una mujer tan hermosa, le era difícil encontrar al hombre apropiado. Era la historia de su vida. Creo que el principal problema consistía en que sentía debilidad por los extremadamente jóvenes. Y por los hombres casados.

El médico de cabecera de tío Claudio había confirmado su muerte una hora antes de mi llegada; según explicó, la extraña enfermedad que venía padeciendo desde hacía años había empeorado en los últimos seis meses. El diagnóstico fue un infarto de miocardio. Me pareció un motivo demasiado simple para un personaje como él; he sabido que muchos sobreviven a un infarto, y me costaba creer que tío Claudio yaciera sin vida por algo así. Fue después, cuando estuve a solas y recorrí con la mirada las paredes de esa habitación tantas veces ocupada por mí y me asomé a la ventana, cuando caí en cuenta de que jamás volvería a saber de él, que no volvería a verlo partir en su coche, que esa casa estaba indisolublemente unida a mi tío y que él había significado mucho para mí; que más allá de su ayuda y su fortuna, yo lo amaba. Fue entonces cuando la desolación invadió mi alma, me sentí como un pajarillo al que le han arrebatado la protección del cobijo del ala materna. Y lloré como no lo había hecho en años. Y en medio del llanto recordé la canción que él siempre me cantaba:

«A, más B, más C, más D, más E... son uno, y dos, y tres, y cuatro, y cinco...», un soniquete que de tanto escucharlo se me quedó grabado, y para cuando empecé la escuela era el único chico que sabía el abecedario y contar hasta diez. «Solo tienes que pensar en la familia y las personas más cercanas, y recordarás las letras, Dante». «Un libro es un mundo de conocimientos, *mio caro bambino*. Al principio los libros eran tan valiosos como los tesoros, y los encadenaban».

Fuimos a conocer la biblioteca de Hereford cierta vez que viajamos a Inglaterra porque él tenía que asistir a un gran evento donde estaría la realeza. Esa noche me quedé en el piso que tenía en Londres, acompañado de Quentin. Guardo buenos recuerdos de esos tiempos, fue antes de que tuvieran la gran discusión el tío Claudio y mamá. Tres días después viajamos a Hereford, conocí su enorme catedral y vi la biblioteca. Todos los libros tenían cadenas lo suficientemente largas como para que llegasen hasta la mesa donde se podían leer. Recuerdo que me preocupaba que se enredasen, de tantas como había. «¿Te gusta?», preguntó. Yo no sabía qué responder. Hubiera querido decir que no, pero deseaba complacerlo y le dije que me encantaba. «Si tuviera un secreto que guardar lo haría aquí, dentro de uno de estos libros; nadie podría robarlo, pues están encadenados», dijo cuando estábamos saliendo y rio con aquella risa franca y alegre que me hacía sentir tan feliz.

En medio de la desolación me inundaron las reminiscencias, como si de esa forma lograse conservar un poco más a tío Claudio a mi lado.

EL SECRETO

El velatorio se celebraría en la pequeña capilla de la misma villa Contini, situada a unos doscientos metros de la casa principal, y sería enterrado en el cementerio de la familia, un mausoleo de paredes grises cuya entrada estaba flanqueada por dos ángeles de granito de tamaño natural. Solo recordaba una ocasión en la que había entrado y fue precisamente con él. Sin ningún motivo aparente, tío Claudio se me acercó un día que correteaba por los predios de la capilla y me preguntó si deseaba conocer el lugar donde estaban nuestros antepasados. Mi curiosidad me llevó a responder que sí, sin saber de qué se trataba.

«Aquí terminaremos todos», dijo, señalando las paredes en donde había una especie de marcos a bajo relieve con unas inscripciones. Bajamos unos escalones y entramos en un recinto más grande. «Aquí reposan los restos de tus abuelos, y también los de tu padre».

Sentí que se me erizaba la piel. Sabía que diría: «y los míos, y los tuyos, algún día» ¿Qué otra cosa, podría esperar? Recuerdo con claridad que deseaba huir de ese lugar iluminado apenas por unas luces mortecinas provenientes de quién sabe dónde, porque yo no atinaba a levantar los ojos para no enfrentarme a la muerte. Estaba rodeado de ella, y las sombras se asemejaban a brazos oscuros que intentaban darme alcance. Tío Claudio me puso una mano en el hombro, y como si comprendiese mi tormento, me la tendió y salimos del mausoleo.

CAPÍTULO 4

Villa Contini, Roma, Italia
11 de noviembre de 1999

Me asombró ver a tantas personas reunidas en un mismo lugar en un lapso de tiempo tan corto. El pequeño cementerio privado estaba repleto. Había más gente que el día anterior, cuando se efectuaron los ritos funerarios en la capilla. Y me extrañó que el religioso que reconocí en la alcoba de tío Claudio no fuese quien oficiara aquella misa de responso, sino otro, un sacerdote engalanado con una casulla morada con ribetes de oro. Finalmente llegó el momento en que yo, como representante de los Contini-Massera y miembro más cercano a tío Claudio, debía ejercer la palabra en un discurso de despedida acorde con la importancia del difunto; situación que no me apetecía en absoluto, pero era consciente de que debía llevar a cabo. En realidad, la parte de la ceremonia por la que sentía verdadera aversión era el último adiós en el mausoleo.

«Queridos parientes y amigos aquí reunidos, hoy es un día triste para todos nosotros. Hemos perdido al miembro más insigne de la familia Contini-Massera, a quien estoy seguro, muchos de nosotros extrañaremos por su presencia siempre reconfortante, y por el cariño y el amor que supo darnos». Creí que en esta parte se me quebraría la voz, pero de inmediato pensé que a tío Claudio no le hubiera gustado que demostrase flaqueza. «Hoy estamos aquí reunidos para demostrarle nuestro último sentimiento de lealtad, y para retribuir de alguna manera todo lo que él nos dio en vida. Roguemos por su alma».

Sentí todas las miradas sobre mí cuando bajé los ojos para proceder a rezar un padrenuestro, y sabía que no todas eran de compasión o para acompañarme en mis tristes sentimientos. Estoy seguro de que algunos de los allí presentes eran adversarios del difunto, y que probablemente yo los recibiría como herencia. Es curioso. Los italianos somos un pueblo muy unido en los funerales, aun el de nuestros enemigos, por lo menos, así lo demostramos. Tal vez sea la única ocasión en la que logramos reunir a toda la familia: a los amigos, a los enemigos y a los posibles socios. Estaba seguro de que entre la gran cantidad de dolientes unos cuantos preferirían estar en otro lugar. Pero era un acto de honor. Y el honor para los italianos no es cualquier cosa, es tan importante como los funerales.

Pero todo aquello había ocurrido el día anterior. Y tras una noche acompañando a tío Claudio, yo había tenido mucho tiempo para reflexionar. ¿Y qué tal si no era yo el depositario de su herencia? Pudo haber modificado su testamento en vista de que no me acerqué a él cuando estuvo enfermo. Si hubiese sabido que no tenía forma de regresar porque no contaba con dinero para el billete, con seguridad me hubiese desheredado, con mayor razón. Pedírselo a mi madre hubiera sido el peor error. Mi deuda con ella sería eterna e impagable. Y no deseaba admitir ante mi hermana que era un absoluto inútil. Todos estos pensamientos se agolpaban en mi cerebro mientras veía pasar uno a uno a los dolientes frente a mí. Una noche larga, en la que no sé si por el trauma que representaba, o por el cansancio acumulado, mis ojos solo captaban miradas: unas, curiosas; otras, despectivas; aquéllas, condescendientes, y otras cuantas, envidiosas; las había también inquisitivas, y por último, muy pocas con el suficiente aporte de compasión, como para que pudiera confundirlas con el antiguo acto sincero que acompaña a las despedidas finales. Y todas pasaban frente a mí, en un protocolo que solo recordaba haber visto cuando murió el abuelo.

El religioso que estuvo en la alcoba de tío Claudio ofició el último responso frente al féretro ya cerrado, dentro del mausoleo. Solo las personas más cercanas al difunto estábamos presentes, las demás acompañaban el entierro desde afuera, y cuando la losa de mármol negro separó de manera definitiva la presencia de tío Claudio en la tierra, no pude retener un suspiro de alivio al saber que podría salir a respirar lejos del pesado ambiente de la cripta. Por razones de protocolo fui el último; cuando me disponía a salir, sentí que una mano huesuda sujetaba mi muñeca. Reprimiendo el terror volví el rostro y vi al fraile. Puso un dedo sobre los labios y deslizó un papel en mi bolsillo.

Nicholas Blohm

El diabólico invento llamado teléfono que suele repicar en los momentos más inoportunos cumplió su cometido. Nicholas cogió el auricular casi con rabia, sin apartar los ojos del manuscrito.

—¿Nick?

No lo podía creer. Había estado esperando esa llamada todo el verano.

—¿Linda? ¡Qué sorpresa escuchar tu voz! —Con el auricular pegado a la oreja y el manuscrito en la mano, se acercó a la ventana.

—Estuve pensando en lo que dijiste.

Nicholas no recordaba a qué se refería. ¡Había dicho tantas cosas! Sobre todo a ella.

—Pues me alegro. ¿Y qué piensas al respecto? —tanteó.

—Tenías razón. No debí venir a Boston, voy a regresar a Nueva York.

—¿Ahora?

—¿No te alegra?

—Sí, claro que me alegra, ¿cuándo estarás aquí?

—Hoy.

Linda había sido la mujer de su vida hasta que se fue. Por su marcha la había culpado de su falta de inspiración, de su mala suerte, de haber perdido el empleo y de todo lo que le estaba sucediendo, y aun así, hubiera hecho lo que fuese para que ella volviera. Curiosamente sentía que todo había cambiado. Linda había pasado a segundo plano, o simplemente se había vuelto una persona insignificante en su vida. Lo que menos le interesaba era tenerla rondando, exigiéndole más de lo que ella acostumbraba dar. En ese momento se dio cuenta de que no la echaba de menos, como si una cortina que le impedía ver con claridad se hubiese descorrido. Se había acostumbrado a la soledad. Decidió que prefería seguir leyendo a ir por ella.

—No podré ir por ti al aeropuerto…

—No importa, Nick, tomaré un taxi —interrumpió Linda.

Le dio rabia que ella diera por sentado que sería recibida como si nada hubiese pasado. Pero le faltó valor para decirle que no la quería en casa.

—Está bien, hablaremos cuando llegues.

—¿De algo en particular? ¿Has escrito algo nuevo?

—Si, de hecho, así es. Justamente estoy dando la última lectura al manuscrito.

—Me alegra mucho saberlo, Nick, estoy ansiosa por saber de qué se trata. ¡Hasta pronto!

Y colgó.

Nicholas miró la tapa negra del manuscrito sintiendo que algo se había roto. Sus deseos de seguir leyendo se esfumaron momentáneamente y la imagen de Linda ocupó su mente. Tendría que decirle que buscase otro lugar donde vivir, no permitiría que esta vez se saliese con la suya. No esta vez. Se embutió en su chaqueta de cuero, tomó el manuscrito, lo puso bajo el brazo y regresó al Cementerio Trinity en una especie de estado catatónico. Al llegar a su banco descubrió al hombrecillo de la mañana. Sintió que una especie de pánico se apoderaba de él. Su codo apretó el manuscrito bajo el brazo.

El hombre lo miró con sus pequeños ojos inquisitivos.

—Hola. ¿Pudo leerlo? —preguntó, señalando el manuscrito con la barbilla.

—Estoy en ello. Disculpe que me lo haya llevado, pero usted desapareció como por encanto.

—No quise interrumpirlo.

—Si desea, puede llevárselo… justamente venía para…

—No. ¿Qué podría hacer yo con un manuscrito? Ya lo leí, quédeselo. Tal vez le sirva de algo.

—¿Lo dice en serio? No sabe cómo se lo agradezco, estoy intrigado por saber qué contiene el cofre. Voy por una parte muy interesante, Dante Contini-Massera es un personaje que ha picado mi curiosidad.

—No recuerdo haber leído ese nombre —comentó el viejo frunciendo las cejas.

—Es el sobrino de Claudio Contini-Massera, el que murió y fue enterrado en Roma…

—Joven, ¿está seguro? Recuerdo que trataba de la guerra de las Galias, y eso desde la primera página. El personaje principal era el general Cayo Julio César.

—No puede ser.

Nicholas abrió el manuscrito y vio que después de la primera página en la que se leía: «Sin título», seguía un capítulo que empezaba:

La conferencia en la Galia del norte

55 a. C.

«El general Julio César se hallaba sentado en su tienda a la espera del grupo de celtas que, junto a su cabecilla, vendría a exponerle sus demandas. Sabía que le esperaban días muy duros, pero el éxito de la expedición a la Galia dependería en gran parte de la ayuda de esas tribus salvajes que gustaban pintarrajearse el cuerpo con *woad*, que los hacía parecerse a unos demonios azules. Reconocía que eran excelentes aurigas, y esperaba que una vez terminasen de relatar sus historias guerreras de las que tanto gustaban de ufanarse, pudieran llegar a acuerdos concretos y...»

Nicholas dejó el manuscrito en el banco como si le quemase en las manos.

—¡Esto no es lo que leí!

—¿Y qué era lo que estaba leyendo?

—Primero empezó con el asunto de un cofre... era el pró- logo. En el capítulo 1 hablaba Dante Contini-Massera...

—Sí, recuerdo lo que dijo... —comentó pensativo el ven- dedor de libros—. Señor Nicholas Blohm, voy a ser sincero con usted. He querido deshacerme de este manuscrito desde que llegó a mis manos. No soy escritor, pero soy un lector empedernido, como ya le dije. La primera vez que leí el manuscrito me pareció una novela muy buena, trataba de un género que me apasiona: la novela negra. Como supondrá, no lo terminé de un solo tirón, así que lo dejé para continuar su lectura después de mis labores. Al abrirlo para proseguir leyendo me encontré con una novela completamente diferente. Pensé que me estaba volviendo loco, y supuse que tal vez lo habría imaginado. «¡Leo tantos libros!, que debo tener la cabeza llena de historias», me dije. Empecé a leer el manuscrito y me sumergí en una apasionante novela romántica, que no es la línea que más me atrae, pero estaba endiabladamente bien escrita. Marqué el sitio hasta donde había leído con una pluma de ganso, un regalo de una de mis clientas, con la intención de continuar después...

—Supongo que jamás pudo saber el final de la novela.

—Exactamente. Así ha sucedido desde que tengo el manus- crito. Ya no deseo tenerlo más. ¿Quiere que le sea franco? Me da pavor. Vi que usted acostumbraba pasear por aquí y sabía que era escritor, supuse que le sería más útil que a mí.

—El asunto es que para llegar al final de cualquier novela que se halle escrita aquí —dijo Nicholas, dando unos golpes con el dedo índice al manuscrito— se debe leer de una sola vez. Lo veo y no me lo creo. No. No lo termino de creer.

—El manuscrito es suyo. Cuídelo. Estoy seguro de que al menos le servirá de inspiración.

Nicholas retomó en sus manos el manuscrito con aprensión. Él no era un hombre supersticioso, pero tenía miedo. El manuscrito ejercía sentimientos ambivalentes en él, por un lado lo deseaba, por el otro: le temía. Pero era un objeto precioso a sus ojos, tal vez diabólico, pero valioso, una eterna fuente de inspiración. No obstante, temía que al abrirlo encontrase que «La conferencia en la Galia del norte» se hubiese convertido en una novela de vampiros, o algo por el estilo. Cerró los ojos y lo pegó contra su pecho, mientras rogaba mentalmente que la primera novela que estuvo leyendo regresase a su lugar. Luego abrió lentamente el manuscrito y con el corazón desbocado recorrió las páginas. Allí estaba. Dante Contini-Massera y su tío Claudio, el fraile y el mausoleo. Abrazó el manuscrito abierto como quien envuelve con amor a una novia y estuvo así un buen rato hasta que sintió que su corazón recuperaba el ritmo normal. Supo que el pequeño hombre del banco ya no estaría. Y le pareció lógico. Tenía el manuscrito y no necesitaba nada más. Giró el rostro y abrió los ojos. Ni rastro de él.

Volvió a posar sus ojos sobre las letras del escrito y siguió leyendo con avidez tratando de aprovechar lo que quedaba de luz solar.

CAPÍTULO 5

Esa noche mi madre, mi hermana y yo, nos quedamos en villa Contini. Fui prácticamente empujado por la vieja doña Elena hacia arriba, a la habitación que siempre había ocupado cuando me quedaba en la villa. Capté el fervor de doña Elena, su orgullo por mí, quién sabía a cuenta de qué, y me enterneció el corazón. Parecía como si sintiera el deber de ocuparse de mí como lo había hecho con tío Claudio, y solo acepté sus cuidados para no verla romper en llanto. Comprendí que ella necesitaba hacerlo.

Lo primero que hice al quedar a solas fue hurgar en el bolsillo de mi chaqueta. Extraje el papel y desdoblé la nota que había introducido el fraile.

«Lo espero mañana a las diez en la entrada de una pequeña *trattoria* llamada La Forchetta, queda a espaldas del Club de Tiro. Tengo un mensaje para usted de su tío Claudio. Por favor, no deje de asistir.»

No tenía firma. Y no decía mucho. El sentido común me indicaba que no debía acudir a la cita, pero el hombre parecía confiable, a pesar de sus extraños ojos de enormes iris, cuyas pupilas lucían agrandadas, como si estuvieran bajo los efectos de la belladona. Estuve desvelado hasta altas horas de la madrugada, y cuando iban a dar las cuatro el sueño vino a acompañarme, con tanta intensidad, que cuando abrí los ojos y vi el viejo reloj estilo rococó sobre la consola de marfil tallado, marcaba las nueve y diez de la mañana. Tenía menos de una hora para desaparecer de la villa y llegar a Roma.

Después de ducharme y vestirme casi en volandas, conduje el Maserati —regalo de tío Claudio, como casi todo lo que nosotros teníamos— como un bólido, en dirección a Roma. Dos minutos después de las diez, detuve el coche a pocos metros de un modesto restaurante. Arriba del portal colgaba un aviso tan desproporcionadamente grande que pensé que en cualquier momento se vendría abajo. Había llegado a La Forchetta. Era indudable que el monje pensaría que las señas de nuestro encuentro debían ser así de obvias. De entrada, aquello vapuleó mi amor propio. Vi salir una sombra de una de las puertas adyacentes al local, y distinguí al monje acercarse con paso decidido al coche. Quité el seguro y él subió y cerró la puerta con una agilidad inesperada.

—*Buongiorno, mio caro amicco*. Soy Francesco Martucci.

—*Buongiorno*, hermano Martucci —respondí mientras ponía en marcha el coche y aceleraba despacio con la intención de perderme por las intrincadas callejuelas romanas, pero fray Martucci hizo una seña con un dedo parecido a un fino garfio, indicándome el camino.

—*Signore*, su coche es demasiado llamativo. Y conocido.

Tomé una avenida que nos llevó hacia la *Via di Caio Cestio*, y al cabo de un rato nos encontramos a la entrada del cementerio acatólico. Traté de dejar el coche lo más pegado posible al muro y entramos por una de las tantas sendas. Nos detuvimos al pie de uno de los cipreses que engalanaban los caminos.

Fray Martucci me alargó un pequeño sobre. Reconocí el escudo de la familia: dos leones con coronas de laureles mirándose de frente, rodeados por una serpiente enroscada en forma de esfera.

Estaba cerrado. Lo rasgué y extraje un papel que reconocí de inmediato, con el mismo escudo como membrete, escrito en caligrafía menuda, apretada, como si el que escribiera la nota no quisiera revelar de golpe lo que quería decir. Reconocí la caligrafía de tío Claudio, ¡cómo no hacerlo! Era quien me había enseñado a escribir mis primeras letras. Pero por otro lado, también podría haber sido una falsificación.

Para mi desencanto no decía gran cosa:

Mi querido Dante:

Tengo tanto que decirte, quiero que sepas que las horas más felices las pasé contigo, te enseñé tus primeras letras, y espero que tus primeros pasos sin mí te recuerden que hay tesoros más duraderos que el dinero. Confía en Francesco Martucci, es mi mejor amigo. Y sobre todo, confía en los que te han acompañado toda la vida. Escribo esto ahora pues sé que no me queda mucho tiempo. Quiero dejarte mi posesión más preciada, espero que hagas buen uso de ella; no está registrada en mi testamento. Te la entregará Francesco Martucci en el momento que él crea conveniente. Tú sabrás reconocer las señales en el libro rojo. Y, por favor, cuídate.

Ciao, mio carissimo bambino.
Claudio Contini-Massera

El fraile aguardaba, y yo me sentía observado inquisitivamente. Supongo que mi rostro reflejaba cierta desconfianza. Nunca he sido buen jugador de póker; es fácil adivinar mi estado de ánimo. Tal vez fray Martucci estuviese pensando qué sería lo que vio en mí el tío Claudio para legarme algo que consideraba de sumo valor. Pero si soy un hombre que no sabe ocultar sus emociones, en cambio, sé leer el rostro de las personas. Y mi intuición me decía que aquel hombre ocultaba algo, aunque su actuación a todas luces parecía sincera.

—¿Cuándo recibió esta nota de mi tío?

—Hace un año y medio.

—¿Un año y medio? —repliqué con extrañeza.

—Su tío sospechaba que podría morir en cualquier momento.

—¿Acaso estaba enfermo y yo nunca me enteré?

—Hay muchas cosas de las que usted nunca se enteró —respondió el fraile, evasivo.

—Es verdad —dije, sintiéndome culpable.

Seguimos caminando, y al ver que él no parecía tener intenciones de hablar, me pregunté qué hacía yo allí, en un cementerio protestante, con un cura evidentemente católico.

Después de unos minutos fray Martucci se detuvo y fijó la vista en la punta de la pirámide de Cayo Cestio. Aproveché para observarlo detenidamente, tenía un perfil afilado. Su nariz se recortaba contra el cielo dándole un aspecto hierático. Empecé a impacientarme, y cuando estaba a punto de abrir la boca, él miró la nota que yo conservaba en las manos y dijo:

—Hace años yo trabajaba en el Matenadaran, en Armenia, una de las bibliotecas de manuscritos más rica del mundo, para entonces contaba con cerca de catorce mil ejemplares, algunos de los cuales ayudé a traducir. Infinidad de libros, tratados y ensayos antiguos pasaron por mis manos. Soy restaurador y poseo una maestría en lenguas muertas. Trabajé en ese lugar por cerca de treinta años, me gané la confianza de esa gente, y tuve la oportunidad de realizar investigaciones arqueológicas en cualquier lugar de Armenia y los países adyacentes. Su tío era aficionado a las antigüedades. Fue varias veces a hacer negocios a Armenia; en uno de esos viajes encontramos algo que él consideró muy valioso.

—¿Y no era ilegal sacar de allá documentos o piezas arqueológicas?

—Depende… en el caso del documento que interesaba a su tío Claudio no era tal. No se trataba de una reliquia ni algo que tuviera valor histórico antiguo. Fue puesto allí después de terminada la Segunda Guerra.

—¿Por quién? ¿De qué trataban esos documentos?

—Digamos que más que documentos, eran apuntes de estudios científicos relacionados con la genética, estudios realizados por uno de los nazis más perseguidos.

—No comprendo cómo pudo alguien dejar documentos supuestamente tan valiosos en un lugar tan visible como una biblioteca.

—¡Ah!, eso no fue así de sencillo. Ni fue en la biblioteca. Le explicaré. Fue en el complejo de Noravank. Está compuesto por la iglesia principal dedicada a San Juan el Precursor; Surp Kadapet, la de San Gregorio: Surp Grigor, y la de Santa Madre de Dios, Surp Astvatsatsin. Las tres están unidas por medio de túneles y catacumbas. La iglesia principal se construyó en el siglo XII, y debajo de ella yacen los restos de otra construida en el siglo IX. Como le dije antes, he pasado muchos años de mi vida en Armenia, en calidad de «prestado por la Iglesia Católica» mi trabajo era traducir los manuscritos y libros, pero en mi calidad de investigador tenía entrada libre a los recovecos del monasterio, y créame, hay lugares donde preferiría no haber entrado.

—¿Quiere decir que los documentos estaban en las catacumbas?

—Sí, *Signore*. Y lo supe por casualidad. Pero junto a los documentos había un pequeño cofre. Y me temo que jamás debimos tocarlo.

—Fray Martucci, le ruego que sea más explícito.

—Lo extraño de todo, es que la inscripción que encontré en las catacumbas estaba grabada en armenio del medioevo, por lo que inicialmente pensé que se trataba de los restos de algún religioso —prosiguió él sin hacer mucho caso de mi solicitud.

—Y da la casualidad de que usted es experto en ese idioma —apostillé, un poco fastidiado del despliegue de conocimiento que hacía el cura.

—Justamente, don Dante. Justamente. Era una rara inscripción que no pertenecía a ese lugar, pues no mencionaba el nombre de algún difunto, sino unas palabras: «Aquí está. Quien no comprenda el significado morirá». Y debajo de una cruz latina: «La ira divina recaiga sobre el profanador». Tenía tallados en sus cuatro ángulos unos símbolos en forma de rayos. Al principio no supe definir qué eran, pues entre las figuras encontradas en Armenia se encuentran las primeras esvásticas y cruces, con una edad de más de nueve mil años antes de Cristo. Fue después, cuando supe el contenido, que comprendí que eran unas esvásticas nazis. En esa ocasión salí de allí sin tocar nada, y lo primero que se me ocurrió fue llamar a mi gran amigo, su tío Claudio. Él se interesó muchísimo por lo que le dije, y fue a verme a Armenia.

No pude dejar de sonreír. El tío me estaba gastando una broma. Una muy elaborada. También se me ocurrió en ese momento que era posible que el fraile quisiera sacarme dinero a cambio de algún fantástico secreto oculto en algún lugar de Armenia.

—Mire, Fray Martucci. No creo ser la persona indicada. Usted y mi tío andaban muy descaminados, no veo qué tiene que ver todo aquello conmigo, y tampoco estoy seguro de que la carta sea de él. ¿Cómo sé que no es una burda trampa para sacarme dinero? Le adelanto que no tengo ni un centavo.

—Eso lo sé. Y también lo sabía su tío antes de morir. Pero no se preocupe, que los dos millones que le entregó para su viaje a América están a buen recaudo.

Esta vez fue como si recibiera un verdadero mazazo que me dejó *knock out*. ¿Quién era este hombre?

Debió notar mi aturdimiento, pues se apresuró a aclarar:

—Su corredor de bolsa era un estafador. Si usted acostumbrara leer las noticias en las páginas de economía, sabría que hoy en día está en la cárcel. Hemos seguido sus pasos, don Dante. Fue idea de su tío. Él era un buen hombre, pero le desagradaba desperdiciar el dinero. ¿Recuerda a su amiguita, la dueña de la floristería? Fue ella quien le presentó a Jorge Rodríguez, en quien usted confió ciegamente. Doña Irene es una mujer de cuidado. Su negocio de flores de Colombia es una tapadera de uno más nefasto y peligroso.

Sentí que me faltaba el aire. Caminé varios pasos en dirección a la tumba más cercana y me senté en la lápida. Un gato saltó de algún lado y se alejó después de enseñar los dientes. Fray Martucci continuó donde estaba, hasta que decidió hacerme compañía.

Yo tenía las manos sujetándome la cabeza, para cerciorarme de que todavía existía. Escuché sus pasos lentos venir hacia mí y me fijé en sus zapatos de puntas desgastadas.

—Créame, *Signore Dante*, no necesito su dinero. Tengo suficiente, y sin embargo vivo casi como un asceta. Mi vida son los libros, y si hago esto es por petición de mi amigo Claudio. Fue el único de los Contini-Massera que me trató con la cercanía de un pariente. ¿Sabía usted que quiso dejarme parte de su fortuna? Pero ¿qué haría yo con tanto dinero? Entonces decidió que haría una generosa donación a la iglesia a la cual pertenezco, la Orden del Santo Sepulcro. Gracias a ello, soy hoy en día el abad; pude haber sido arzobispo, ¡cómo no! ¡El dinero abre muchas puertas!, pero también acarrea demasiados compromisos. Por otro lado, soy feliz como estoy, hace años hice votos de humildad.

—Fray Martucci, usted debe saber quién soy. Lo único que hice fue terminar mis estudios porque debía hacerlo. Me he acostumbrado a vivir pensando en que algún día recibiré una herencia, no creo tener la capacidad de enfrentar la vida, mucho menos hacerme cargo de un secreto que no termino de comprender.

—Pues algo muy diferente debió pensar su tío acerca de usted. Él sabía que moriría y deseaba dejarle algo muy valioso para él, más que toda su fortuna.

—Casi podría comprender todo lo que dice, pero ¿por qué el misterio?

—No es por mí, don Dante, es por usted, para resguardar su seguridad. A mí no me hubiera costado nada citarlo en mi abadía, o dejar que nos vieran conversando ayer, en el jardín. Pero cuantos menos se enteren de que usted y yo estamos vinculados, más seguro estará usted.

—Sé que él me quería como al hijo que nunca tuvo. Pero dejó de frecuentar nuestra casa. Parece que cuando murió el abuelo hubo problemas con mi madre por la herencia que hubiera correspondido a mi padre si estuviese vivo. A partir de ahí empezaron los problemas con mamá. Era yo quien iba a verlo llevado por Quentin.

—El padre de Claudio fue un hombre muy cuidadoso de sus bienes, supo a quién dejárselos, sin duda. Con su perdón, don Dante —agregó Martucci.

—Pierda cuidado, que sé cómo es mi madre. Pero tío Claudio no tenía ningún derecho a abandonarnos. Siempre que yo iba a verlo sentía como si estuviese cometiendo una falta, tenía prohibido hablar con él, hasta que me enfrenté a mi madre —concluyó Dante con tristeza.

—Nunca los abandonó. Se hizo cargo de ustedes, solo que no volvió a tratar a su madre como antes. Y respecto a esto, creo que ya es tiempo de que usted sepa algo que es crucial: su madre y su tío Claudio fueron más que cuñados. Usted es hijo de mi buen amigo Claudio. Usted tiene su sangre.

La mirada de Martucci se posó en mis facciones esperando alguna reacción, supuse. Pero la noticia merecía más que un gesto facial o un sobresalto en mis ojos. Simplemente sentí que me había quedado inmóvil a la par que miles de pensamientos se agolpaban en mi mente. Ese día había sido para mí como abrir el Libro de las Revelaciones. Lo que siempre había anhelado, era realidad. Y entonces, después de su muerte, me enteraba de que el hombre que yo más respetaba y amaba, había sido mi padre. Que mi madre se hubiese enamorado de él, no me provocaba ninguna aversión. Muchas veces llegué a pensar que hubieran podido casarse, ¿por qué no lo habrían hecho?

—¿Me ha oído usted?

—Lo he oído.

—Claudio Contini-Massera estuvo enamorado de su madre toda la vida. Pero ella eligió al hermano, Bruno. Era el mayor, y por tanto, heredero principal de la fortuna de la familia. Sin embargo, su tío Claudio y la madre de usted se siguieron viendo, fue así como usted fue concebido, *Signore mío*. A la muerte de su padre, los amores de ellos continuaron, pensé por lo que él me contaba que llegarían a casarse, pero doña Carlota no amó nunca a Claudio. Creo que no amó a nadie. Discúlpeme si me expreso así *della sua mamma*, pero es la verdad. Cierto día llegó Claudio y la encontró con un jovenzuelo en la cama, uno de los tantos que ella gustaba llevar, y se hartó. Claudio era el albacea de la pequeña fortuna que usted heredó de su padre, y ella tenía que avenirse a lo que mi gran amigo proporcionara para su sustento, aún así, recibió más de lo que se había dispuesto.

Comprendí muchas cosas. Tío Claudio había sido mi padre, por ello se comportaba como tal. Yo era su vivo retrato, tal vez todos se habrían dado cuenta de ello, y fui el último en enterarme de la verdad. Martucci, por momentos inexpresivo, parecía luchar consigo mismo para no dejar al descubierto su preocupación, como si quisiera evitar a toda costa que yo captase sus sentimientos.

—Existe un detalle, *signore*, y es necesario que me prometa que quedará entre nosotros, antes de que yo se lo diga.

Para ese momento yo era capaz de prometer cualquier cosa.

—Lo prometo.

—Como ya le dije, usted es hijo de Claudio, pero también es hijo de su madre, doña Carlota. Sin embargo, ella cree que usted no es hijo de Claudio ni de ella.

Fue demasiado. Me aparté un poco del fraile para poder examinarlo mejor. Era indudable que el hombre estaba loco.

CAPÍTULO 6

Cementerio Protestante, Roma
12 de noviembre de 1999

—Sé que lo que le estoy diciendo parece una aberración, *signore* Dante, pero tiene su explicación. Claudio deseaba tener un hijo, y embarazó a su madre, doña Carlota, cuando se casó con Bruno. Después de nueve meses dio a luz, pero el recién nacido le fue presentado muerto. Tiempo después, cuando usted tenía casi dos años, su padre, Claudio, lo llevó donde su madre, Carlota, haciéndolo pasar como un niño recogido. «Es por el niño que perdieron» le dijo, y Bruno lo aceptó de muy buena gana; siempre fue un hombre de buen corazón. La *sua mamma*, sin embargo, siempre tuvo reparos, pues pensaba que usted era el producto de algún amorío de Claudio. Con el tiempo él la convenció de que en realidad era el hijo de una prima lejana que vivía en Suiza, una jovencita que no podía hacerse cargo de usted —terminó de explicar Martucci, haciendo caso omiso de mi estupefacción.

—Lo que me está diciendo es increíble. ¿Por qué tanto misterio? No logro comprender...

—Nadie debe enterarse de que usted es hijo de Claudio Contini-Massera. Especialmente su madre. Su vida correría peligro —me interrumpió él. Y de inmediato agregó—: ¿Recuerda lo que dice la nota que acaba de leer? Yo estaba presente cuando la escribió. Habla de unas señales que usted sabrá reconocer. ¡Tengo tanto que contarle! Todo esto tiene que ver directamente con lo que encontramos en Armenia.

—Entonces explíqueme, por favor, desde el principio —precisé, armándome de paciencia.

—Tiene razón. Lo haré. Yo cometí el error de comentar lo de la inscripción a mi amigo Claudio. Él siempre fue un hombre con gran poder de persuasión, y, la verdad, a mí no me faltaba sino un leve empujón para decidirme a hacerlo, me refiero a lo que sucedió en Armenia. Una noche fuimos a las catacumbas del monasterio antiguo. Según nuestros cálculos debíamos estar a unos quince metros bajo tierra, tal vez más, pues para bajar a ellas el camino tiene muchas vueltas y revueltas, subidas y bajadas. Muy a mi pesar, Claudio rompió la losa donde estaba la inscripción. En el nicho, un cofre de pequeñas dimensiones parecía incrustado en la piedra. Yo no me atreví a tocarlo. Sentí que si lo hacía la ira divina caería sobre mí. Pero Claudio no titubeó y lo arrancó de su lugar. Al hacerlo, ocurrió algo extraño, apenas lo tuvo unos segundos en sus manos, lo soltó como si el mismísimo fuego del infierno le quemase las manos. También había un tubo que contenía unos documentos.

El fraile se alisó maquinalmente la rala cabellera y noté que sus manos temblaban. Sus enormes pupilas parecidas a las de un búho parecieron agrandarse aún más. De pronto tuvo un acceso de tos.

—No tomé suficiente atropina. Sufro de asma desde que… —dejó las palabras en el aire y guardó silencio mientras sus ojos repentinamente cansados reposaron sobre las lápidas.

—Todo lo que me ha contado es muy interesante, pero no veo qué tengo yo que ver en todo esto —precisé.

—Su tío Claudio deseaba que usted conservara los documentos y el cofre. Decía que era la persona indicada. Créame, su contenido es poderoso, es… monstruoso. Me temo que fue una de las causas de su muerte. Él era un hombre obstinado. No quiso devolver el cofre a su lugar y lo llevamos con nosotros, a pesar de mi reticencia. A partir de esa noche Claudio no volvió a ser el mismo, parecía haberse apropiado de él una especie de locura.

—¿A qué se refiere? —indagué con curiosidad.

—Cuando traduje parte de los documentos que estaban escritos en latín, nos enteramos de que se trataba de minuciosos apuntes de estudios de genética. Y su padre, Claudio, o su tío, como prefiera llamarlo, empezó a obsesionarse con hallar al autor, él creía firmemente que podía encontrar la forma de alargar la vida y preservar la juventud. De eso hace ya veinticinco años.

Fray Martucci me miraba como esperando una reacción. Y yo, por supuesto, me sentía examinado. Desde que me topé con Martucci supe que era estudiado con el mismo detenimiento con el que se haría a un espécimen raro. La extraña mirada de Francesco Martucci no dejaba lugar a dudas de que no le importaba ser evidente, y aquello me fastidiaba, me causaba molestia que un extraño quisiera saber cómo me sentía. Sin embargo, reconocía que había logrado captar mi atención a pesar de lo confundido que estaba.

—Pero ahora mi tío yace en su tumba, y para la muerte no hay remedio.

—Usted no comprende. Su padre descansa en paz gracias a usted.

Nada de aquello tenía sentido. Sonreí de manera condescendiente como se hace con los orates, y me encaminé a la salida. Sentí que el fraile me seguía y me volví invitándolo a caminar a mi lado, pero Francesco Martucci me sujetó la muñeca con fuerza inusitada.

—¡Debe escucharme! ¡No es una broma ni estoy loco! —exclamó con fiereza, sin soltarme—. Falta una parte muy importante de los documentos, y si usted es lo bastante inteligente y merecedor del legado de Claudio Contini-Massera sabrá encontrarla. De ello depende el resto de su vida, ¿me entiende?

—No. No comprendo nada. No quiero saber más de este asunto estúpido, perdóneme, abad Martucci, pero hasta ahora lo único que me ha dicho son argumentos sin sentido. Me trae hasta aquí para entregarme una nota en la que mi tío o mi padre, no dice casi nada, aparte de que debo confiar en usted. Y no puedo hacerlo mientras no me explique exactamente de qué se trata todo. Déjese de frases crípticas como: «su padre descansa en paz gracias a usted», y hable de una vez por todas. Empezando por explicarme: ¿Por qué teme usted por mi seguridad?

Nicholas Blohm

Manhattan, Estados Unidos
10 de noviembre de 1999

Con pesar, Nicholas tuvo que dejar de leer. El Cementerio Trinity empezaba a ser alcanzado por el crepúsculo. Tomó la precaución de replegar el manuscrito sin cerrarlo, dejando la parte en la que había detenido la lectura como si fuera la tapa y se encaminó a casa contrariado por la llegada de Linda esa noche. No pudo escoger el momento más inoportuno para hacerlo; él deseaba leer el manuscrito, terminarlo antes de que se esfumasen sus letras y apareciera otra historia. Al día siguiente iría a fotocopiarlo, ¿cómo no se le había ocurrido antes?

Un poco más tranquilo subió con agilidad los tres escalones que lo separaban de la puerta y notó que había luz en el interior. Linda había llegado. Como nunca, detestó que esta vez fuese tan puntual.

—Hola, mi amor —saludó Linda haciendo un mohín con los labios—. Por suerte conservas la costumbre de dejar la llave en la ranura del alféizar.

—Hola... ¿Qué tal el viaje?

—¿Es ese el manuscrito que has escrito? —preguntó ella señalando el legajo que llevaba Nicholas bajo el brazo.

—¿Este?, sí.

—¿Puedo leerlo?

—¡No!… no por ahora, debo hacer algunas correcciones, no está listo todavía —exclamó Nicholas con nerviosismo.

—Bien, bien, no es necesario que grites. Solo quería saber de qué trata.

Linda se sentó en uno de los dos sillones de la pequeña sala y cruzó las piernas. Llevaba unos pantalones cortos con los bordes deshilachados y estaba descalza. La ceñida camiseta apenas le llegaba a la cintura acentuando la línea plana de su vientre. En cualquier otra oportunidad Nicholas se hubiese abalanzado sobre ella para llevarla a la cama. No esa noche. Tenía miedo de soltar el manuscrito.

Tomó asiento en el sillón frente a ella, y trató de hilar alguna historia que pareciera coherente para saciar la curiosidad de Linda, aunque dudaba que de veras estuviera interesada en lo que supuestamente había escrito.

—Un muchacho recibe al morir su tío, un noble millonario italiano, un cofre que contiene un secreto. La entrega la hace un fraile amigo del tío, que al mismo tiempo es quien lo ayudará a descubrir el poder del cofre, que fue encontrado en las catacumbas de un antiguo monasterio en Armenia, junto a unos documentos que pertenecieron a un científico nazi.

—Suena extraordinario.

Linda parecía realmente interesada. Su actitud calmó los ánimos de Nicholas. Su posición al borde del sillón con los codos sobre las rodillas y las manos debajo de la barbilla, indicaba su expectativa.

—¿Lo crees?

—Por supuesto. No está dentro de la línea argumental de tus novelas, ¿dónde obtuviste la idea?

—Tal vez la soledad es buena compañía —dijo Nicholas casi sin pensarlo.

—¿Y quién era el científico nazi? —preguntó ella, sin prestar atención a la indirecta.

—Un médico que hizo muchos experimentos.

—No me lo digas, ¿no será Mengele? «Josef Mengele, el ángel de la muerte» —afirmó Linda en tono tétrico.

—Pues, sí… es él —contestó Nicholas contrariado. No lo sabía y no lo iba a admitir. Le pareció extraño que ella supiera quién era el alemán—. ¿Qué sabes tú de Mengele?

—Vi un documental donde el tipo había cosido a dos hermanos gemelos para ver qué sucedía. El nazi era un asco. ¿Y cuál era el secreto que contenía el cofre?

—La fórmula de la eterna juventud —dijo Nicholas con rapidez. No supo qué le indujo a hacerlo, pero la idea no era mala. Ya vería después como evadir la curiosidad de Linda, que se le antojaba extraña, pues jamás se había interesado en sus escritos.

—Podría ser tu mejor novela.

—Igual creo yo.

—Iré a darme un baño, pedí comida china, debe estar al llegar, por favor, abre cuando llegue. —Con un rápido gesto, Linda se quitó la camiseta y, desnuda de la cintura para arriba, se perdió tras la puerta del baño.

Nicholas aprovechó para echar una ojeada al manuscrito. Comprobó que todo continuaba tal como lo había dejado, fue a su habitación, cerró el manuscrito dejando como cubierta la hoja en la que se había quedado y lo guardó en el último cajón de su escritorio. Escuchó el timbre y fue a recibir la comida china. Sacó un billete, se lo dio al mensajero y le dijo que se quedase con el cambio. Todo un lujo. Pero el día había valido la pena, estaba eufórico, la novela era buena, sería suya, total, el autor estaba más muerto que Claudio Contini-Massera, pensó. Dispuso la mesa y esperó a que Linda apareciera. Ella salió del baño envuelta en su bata, como era costumbre. Nunca supo por qué Linda prefería usar su ropa, al principio le agradaba, pero en esos momentos le causaba fastidio. Prefirió callar, tendría que encontrar el momento apropiado para decirle que todo había terminado.

La cena transcurrió demasiado tranquila, Linda parecía esperar a que él iniciara algún tipo de interrogatorio y Nicholas no tenía el menor deseo de hacerlo. Los primeros momentos de euforia se habían desvanecido y el ambiente cada vez se tornaba más pesado.

—He pensado… —dijeron los dos al unísono.

—Dime.

—No. Dime tú.

—Está bien. He pensado que ya no es factible que sigamos juntos —empezó a decir Nicholas.

—¿Estás viendo a otra?

—¡No! —reaccionó él.

—¿Entonces?

—Parece que no recuerdas que te fuiste. Me acostumbré a vivir solo, es todo. Tengo más tiempo para dedicarme a escribir, ya ves, he concluido una novela y estoy en proceso de revisión…

—Nicholas, me comporté de manera egoísta al irme a Boston, lo asumo, pero estos meses lejos de ti me han servido para comprender que te amo y que deseo vivir contigo. ¿Por qué no nos damos otra oportunidad?

—Yo en cambio, en estos meses comprendí que puedo vivir solo. No quiero pasar por todo otra vez. Quise decírtelo por teléfono pero apenas me dejaste hablar. Necesito tranquilidad, es la verdad, no hay otra mujer ni estoy saliendo con nadie.

—Trataré de no estorbar, Nicholas, no sentirás mi presencia.

—No es cierto. Te conozco, Linda, sí notaré tu presencia. Debiste pensarlo bien antes de irte.

Linda dejó los palillos chinos sobre el plato, estudiando el resto de los tallarines como si en ellos pudiera encontrar las palabras adecuadas. Una ligera arruga se dibujó en su frente. Cruzó la bata para cubrir sus pechos, como si fuera consciente de que ya no valía la pena mostrarlos.

EL SECRETO

—Me iré mañana temprano —dijo. Recogió los platos de ambos y los llevó a la cocina.

Nicholas conocía bastante a Linda para saber que era posible que ella llorara mientras lavaba la vajilla, pero no consideró ir a consolarla. No sentía el menor asomo de piedad, tampoco era algún rezago de orgullo herido, simplemente, no deseaba su presencia.

—Puedes dormir en el cuarto de al lado —dijo antes de encerrarse en su habitación.

Volvió a abrir y dejó fuera del cuarto la maleta de Linda. Fue al escritorio, y abrió el último cajón. Allí estaba, como sonriéndole, con su espiral de un extraño color verdoso plateado. Parecía vivo. Lo sacó y lo puso sobre el escritorio bajo la lámpara. No pudo evitar el temblor de sus manos pero fue recobrando la serenidad al ubicar la línea en la que había quedado.

CAPÍTULO 7

Ereván, Armenia
1974

Claudio Contini-Massera esperó pacientemente a que terminaran de examinar su pasaporte. No era la primera vez que llegaba al aeropuerto de Zvartnotz. Las mismas largas filas de gente tratada con singular desidia por parte de los empleados de aduana esperaban su turno. El oficial miró la foto de su pasaporte una vez más, chequeó las anteriores entradas y salidas, hizo un gesto casi imperceptible con los labios y dio media vuelta. Fue directo hacia un personaje que parecía ser su jefe, este levantó la vista después de mirar el pasaporte y al ver a Claudio se acercó solícito.

—Disculpe a mi camarada, señor Contini, es nuevo en el cargo —le dijo en ruso.

De inmediato, el oficial anterior selló el pasaporte en silencio y extendiendo el brazo, lo puso en sus manos.

—Gracias, camarada Korsinsky —dijo Claudio dirigiéndose al oficial superior.

—Bienvenido a tierra armenia, camarada Contini. Por favor, salude al camarada Martucci de mi parte —indicó el soviético, mientras lo acompañaba hacia el despacho de equipaje.

—Con mucho gusto, camarada Korsinsky —correspondió Claudio, mientras alargaba la mano disimulando un sobre.

De forma habilidosa este desapareció casi milagrosamente y fue a caer en alguno de los bolsillos del uniforme que vestía Korsinsky.

El conde Claudio Contini-Massera ponía especial cuidado en viajar con un pasaporte en el que no figurase su título, algo arriesgado y problemático en ese país. El régimen comunista instaurado en Armenia no solo tenía mano férrea sobre sus habitantes; también con cualquiera que representara la clase a la que más odiaban: la nobleza. Y para que sirviera de advertencia a los que pisaban tierra armenia, la estatua de Stalin reinaba en el parque Victoria, como baluarte recordatorio de quién ostentaba el poder. Claudio debía pasar como arqueólogo, estudioso de religiones y lenguas antiguas, e italiano simpatizante de los comunistas. Y aunque nadie se creyera el cuento, mientras hubiera dinero de por medio todo caminaba más o menos bien. La corrupción imperante en Armenia había dejado de lado las diferencias de los bandos que durante la guerra se dividían entre orgullosos sustentadores de las teorías raciales arias y los simpatizantes de la doctrina comunista. Ahora ambos estaban obligados a rendir pleitesía a los soviéticos. El sufrido pueblo armenio sabía que el color del dinero no importaba tanto como sobrevivir. Y como suele ocurrir, los que estaban de paso hacían los mejores negocios, siempre y cuando algunos representantes del Soviet Supremo obtuviesen su tajada.

Claudio Contini-Massera había logrado *rescatar* de algunos lugares poco frecuentados valiosas antigüedades y reliquias con la colaboración de las autoridades del «incorruptible» sistema comunista. Un fajo de billetes bastaba para calmar sus ánimos patrióticos, que luego servía para libar el vodka que con tanto afán ingerían en su afán de recordar a la Madre Patria, o para acumular la riqueza que tanto denostaban en su propaganda política.

La vieja camioneta de Francesco Martucci aguardaba fuera del aeropuerto. Claudio fue directamente hacia ella, lanzó su maleta en la parte de atrás y abrió la puerta. Un beso cariñoso en la mejilla rubricó una vez más la amistad con su querido amigo Francesco.

—Vine lo antes que pude —dijo, mientras frotaba sus manos cubiertas con guantes de cuero.

—Hace mal tiempo —murmuró Francesco. Puso en marcha el vehículo, y sus cabellos se alborotaron por el viento que se colaba como un cuchillo por el vidrio mal cerrado de la ventanilla—. Temía que fuera a retrasarse el vuelo, no me gusta conducir de noche —agregó en voz alta para dejarse escuchar.

—¿Cuándo te decidirás a cambiar este montón de chatarra? —preguntó Claudio en tono de chanza.

—Mientras menos llame la atención, mejor para mí —afirmó Francesco. Por lo demás, esta camioneta es todo lo que necesito.

—¿Iremos directamente a…?

—Ciento veinte kilómetros es un largo trecho… y a estas horas… —objetó Francesco.

—De día puede vernos alguno de tus camaradas, ¿no consideras que es mejor que salgamos de esto de una vez ahora?

—Bien. Como digas —contestó Francesco a regañadientes.

Casi transcurridas dos horas, el antiguo complejo de monasterios se podía vislumbrar ya desde el camino. Situado en un cañón de la comunidad rural de Areni, cerca de la ciudad de Yeghegnadzor, el monte Ararat con sus picos eternamente blancos lucía majestuoso detrás de las antiquísimas edificaciones, acentuando su silueta oscura como una imagen fantasmal. Francesco detuvo la camioneta poco antes de llegar, resguardándola bajo un árbol. Quiso ser precavido aunque ya era casi noche cerrada.

—Tengo las linternas en la parte de atrás. Y llevo pilas de repuesto. —Francesco hablaba consigo mismo, mientras enumeraba los objetos que debería llevar—. Cerillas, cascos, agua, la pala la tengo abajo, al igual que el pico, llevaré un par de estas… —Cogió las bolsas de lona y tapó el resto de la carga que había en la camioneta con plástico grueso poniendo cuidado en introducir los bordes en las esquinas.

—¿No necesitaremos dinamita? —preguntó Claudio.

—¿Estás loco? El monasterio se nos vendría encima.

—Bromeaba —aclaró Claudio con un guiño.

—Quiero verte bromear allá abajo —dijo Francesco, y se encaminó a la pequeña entrada de una de las iglesias del complejo, encajándose el casco.

La puerta bellamente tallada en madera clara no se acercaba a las ideas preconcebidas por Claudio. Bajo el haz luminoso de la linterna de mano, el entramado de filigrana se destacaba entre la luz y las sombras. Francesco abrió el candado rudimentario que parecía colocado allí claramente en época reciente, y la puerta, gruesa y pesada, giró sobre sus goznes lentamente, empujada por él. Invitó a entrar a Claudio y pasó el cerrojo desde adentro. La austeridad de las paredes de piedra oscura que la luz de la linterna solo lograba iluminar con un débil rayo no ayudaba mucho a examinarlo todo con minuciosidad. Se debía saber el camino de memoria como lo conocía Francesco, para andar con sus pasos seguros y rápidos. Una fisura en la pared de piedra que a Claudio no le pareció más que una de las tantas tallas semejando portales se abrió lentamente al ser presionada por su amigo. Al traspasar el umbral, la oscuridad los tragó por completo. Claudio encendió la linterna de su casco y siguió caminando detrás de Francesco, que ya bajaba por unas rudimentarias gradas de piedra. Contó veinte escalones que se iban curvando hasta llegar a otra puerta, bastante similar a la anterior; esta exhibía un enorme crucifijo de hierro. Luego de abrirla siguieron bajando quince más y llegaron a una galería desde donde salían varios ramales. Francesco tomó el que iba hacia abajo. A medida que avanzaban el aire se tornaba enrarecido. Un ligero olor a azufre llegó a sus narices, mezclado con tierra, moho y humedad.

Otra galería, y más caminos. Francesco tomó un corredor largo, cuyos muros de tierra parecían querer desprenderse en cualquier momento. Un laberinto de sendas se perdían a uno y otro lado, unas bajaban, otras subían, pero los pasos de Francesco, familiarizado con la ruta, se dirigían hacia un punto determinado de manera precisa. Largas filas de nichos en cuyos frentes se exhibían tibias cruzadas y en ocasiones uno o dos signos en armenio antiguo, o un par de palabras en latín eran el único adorno de las tumbas. Tras un largo recorrido por un túnel adornado con calaveras incrustadas en las paredes, el camino se dividió en dos. Francesco tomó el de la derecha y siguió bajando; Claudio hizo notar que allí abajo el ambiente era menos cargado.

—Hay chimeneas —explicó Francesco, apuntando unos agujeros en la roca—. Creo que llegan hasta las paredes de la garganta. Según mis cálculos, el desfiladero debe quedar de este lado. —Indicó dando una palmada al muro derecho, mientras seguía bajando por el angosto camino empinado.

—Las debieron hacer los constructores para poder respirar —apuntó Claudio apresurando el paso.

—Aquí es —anunció Francesco, señalando el umbral arqueado al final del camino.

Se adelantó y Claudio penetró tras él.

Un nicho cubierto por una piedra difería claramente de los demás. Y no parecía ser tan antiguo como los otros seis. Sus dibujos e inscripciones lo hacían resaltar: en la parte de arriba, la inscripción en armenio que había mencionado Francesco, incomprensible para Claudio. Debajo, la cruz que rezaba en latín: «La ira divina recaiga sobre el profanador».

—Evidentemente son cruces gamadas. Símbolos nazis. Extraño, ¿no?

—Ya en el período mesolítico las usaban. Entre las figuras encontradas en Armenia se encuentran esvásticas y cruces, con una edad de más de nueve mil años. Tal vez relacionadas con algún evento celestial —explicó Francesco, en tono solemne, como si dictara una de sus clases.

—¿De quién es la tumba?

—Probablemente de alguien importante.

—O de algo —argumentó Claudio. Sugiero que la abramos para salir de dudas. Los nazis ocultaron enormes cantidades de oro en los sitios más insospechados.

—Oh, no. Si alguien la va a abrir que seas tú. Yo tengo miedo de la ira divina.

—Eres un investigador, Francesco, un científico, no puedes dejarte influir por cosas tan simples como inscripciones en tumbas. ¿Qué hacías por aquí? ¿No es acaso el sueño de todo científico, encontrar una tumba como esta y analizar su contenido?

—Tumbas antiguas, Claudio, y esta no debe tener más de veinte años. Me dejo llevar por la intuición, creo que deberíamos salir de aquí.

—Vamos, amigo, si de veras creyeras lo que estás diciendo no lo habrías mencionado en nuestra última conversación. Sé que deseas saber tanto como yo qué significa todo esto.

—Hablamos de muchas cosas, fue una simple mención que tomaste muy en serio. Ya has reunido tantas reliquias, que has dejado de *sentir* veneración por ellas, lo tuyo se ha convertido en mercantilismo puro y simple.

Claudio sacó de uno de sus bolsillos una Minox; una pequeña cámara de no más de cinco centímetros de largo por dos de ancho, con flash incorporado. Tomó varias fotos de las inscripciones. Se quitó la chaqueta, la dejó a un lado en el suelo de tierra y agarró el pico. Trató de despegar por los bordes la piedra que hacía de losa. Parecía estar adherida con argamasa, era imposible moverla. Comenzó a golpearla y poco a poco fue resquebrajándose ante las duras embestidas del pico que Claudio manejaba con la habilidad de un experto.

—No sabía que habías sido picapedrero —murmuró Francesco, tratando de alejar el temor que sentía, dando a sus palabras un tono sarcástico.

—Yo tampoco lo sabía, hasta ahora —contestó Claudio, sofocado por el esfuerzo y el polvo.

Continuó por espacio de media hora y se detuvo jadeante. El sudor había empapado su camisa. Francesco le alcanzó la cantimplora y Claudio bebió varios sorbos seguidos.

Tras unos cuantos golpes más, dados con renovados bríos, la piedra se quebró en varias partes, como si de un río con sus bifurcaciones se tratase. Claudio fue quitando los pedazos con cuidado y a la luz de la linterna del casco, distinguió una caja de pequeñas dimensiones y una forma tubular casi al fondo del nicho.

—¡Eureka! Francesco, creo que encontramos algo.

Terminó de quitar el último pedazo de losa y agarró el cofre. No pudo sacarlo, parecía estar pegado en la base. Tomó una espátula del bolso de herramientas para desprender poco a poco el pegamento y cuando estuvo flojo, tiró de él con fuerza. Lo dejó en manos de Francesco y alumbró el nicho con la linterna. El tubo de metal yacía en uno de los ángulos. Metió el brazo hasta alcanzarlo; al examinarlo calculó que debería tener unos cuarenta centímetros de largo y cuatro de diámetro.

Claudio buscó el cofre con la mirada y vio que Francesco lo había depositado en el suelo. Dejó el tubo a un lado, en la tierra, y agarró el cofre. Era bastante pesado, estaba cerrado y parecía hermético, se ayudó con la linterna para ver cómo podía accionar el mecanismo para abrirlo. Finalmente decidió forzar la ranura con el filo de la espátula, y de pronto, como si involuntariamente hubiese accionado algún dispositivo, la tapa saltó hacia arriba. El contenido de brillo azulado iluminó la cueva como si un fuego artificial se hubiese encendido de repente. Claudio, sorprendido, soltó el cofre. Una especie de roca brillante rodó por el suelo y fue a dar a un rincón desde donde despedía un fulgor azul que actuó como hipnotizador. Los hombres se quedaron un buen rato sin poder apartar la mirada del objeto, hasta que Francesco se cubrió los ojos y exclamó:

—¡Por el amor de Dios, Claudio, recoge esa cosa y métela en el cofre!

Claudio pareció despertar de su abstracción y cogió la piedra brillante. La sintió fría al tacto a través de sus guantes de cuero; la depositó en el cofre y lo cerró. Se oyó un leve «clic».

—¡Oh Dios mío!, nos hemos quedado ciegos… —murmuró Francesco.

—No… aguarda, esa cosa… creo que nos ha deslumbrado.

Después de largos segundos, de manera gradual las linternas volvieron a dar forma a las sombras e iluminaron el nicho ahora vacío.

—Creo que debemos dejarlo todo como estaba —musitó Francesco. No me gusta nada todo esto.

—Imposible. Aunque quisiera, no podría. La losa está hecha añicos, y yo deseo saber qué hay en este tubo —dijo Claudio intentando abrirlo.

—No. Por favor, si lo vas a abrir que sea afuera. No deseo que nos ocurra algo extraño en este lugar. Debemos salir —urgió Francesco.

Claudio recogió el cofre y el tubo metálico y los metió en la bolsa de lona.

—Recuerdas el camino, supongo —musitó Claudio por decir algo.

Francesco solo lo miró. Y fue suficiente. Durante el regreso a Ereván no abrió la boca sino para decir que pasaría por el hotel al día siguiente al mediodía.

CAPÍTULO 8

Ereván, Armenia
1974

Francesco Martucci se sentía emocionalmente agotado. Dejó a Claudio a las puertas del hotel y se dirigió a su humilde vivienda. Tenía una habitación alquilada en casa de una viuda. Ella y su hija ocupaban una sola habitación y en las tres restantes vivían otras familias. La pieza que daba a la parte de atrás, y no tenía más vista que la del patio de otra casa igual de descuidada, era su refugio. Pudiera haber vivido mejor, pero Francesco Martucci era un hombre acostumbrado a la vida sencilla, a pesar de que su empleo como profesor de arqueología y de historia del arte le daba acceso a muchos lugares inaccesibles a otros. En Ereván todo estaba controlado por el sistema comunista, y se consideraba afortunado de tener un cuarto para él solo. El principio había sido duro, pero iba recomendado por funcionarios que trabajaban con el gobierno, y cuando en un país como Armenia se tenían ciertos contactos, la vida podía ser más llevadera. Y todo ello gracias a su buen amigo Claudio Contini-Massera, y al dinero que él repartía tan pródigamente. Meneó la cabeza al pensar en Claudio, era lo opuesto a él. Le gustaba la buena vida, y no se detenía ante las dificultades, y cuantas más, mejor. Parecía que sintiese un especial placer en contravenir el orden establecido. Pero esa noche había sido diferente. Presentía que el contenido del cofre y los documentos podrían acarrearles graves problemas. Le había costado bastante trabajo ganarse la confianza de los soviéticos como para venir ahora a meter las narices en algún asunto turbio. Tendría que aclarar muchas cosas con Claudio al día siguiente. Consideraba que para él la vida había sido demasiado fácil en todos los sentidos. Demasiado.

▢ ▢ ▢

Claudio Contini-Massera entró al hotel con la maleta en una mano y la bolsa de lona en la otra. Eran pasadas las tres de la madrugada, una hora poco habitual para llegar del aeropuerto, de manera que caminó con pasos vacilantes como si estuviese borracho. Si existe algo en lo que los hombres son solidarios es en una buena *turca*. Tocó el vidrio con un par de golpes; el portero abrió los ojos y después de parpadear varias veces lo reconoció.

—Buenas noches, señor Contini —saludó arrastrando las palabras.

—Buenas noches, Boris —contestó Claudio, mientras le sonreía de oreja a oreja. Dio un par de pasos y le puso una mano en el hombro sujetándose con fuerza.

—Con cuidado, señor Contini —advirtió el portero al tiempo que sonreía comprensivo y lo acompañaba al mostrador de la recepción. Tocó el brazo del empleado, que dormitaba.

—Señor Contini… buenas noches —saludó el hombre al reconocerlo, desperezándose.

—Disculpe la hora… creo que soy inoportuno.

—De ninguna manera, señor. —Abrió el libro de registro y anotó su nombre. Tomó una llave y se la extendió—. Su habitación de siempre —dijo sonriendo levemente.

—Muchas gracias, Micha. —Le deslizó un billete con tal maestría que ni el botones lo vio.

—Por favor, camarada, acompaña al señor a su habitación.

El botones hizo el gesto de tomar la bolsa de lona, pero Claudio la retuvo.

—No te preocupes, yo la llevaré, ocúpate de la maleta.

—Como guste —dijo el chico, agradecido.

El ascensor no funcionaba. Subieron los dos pisos por las escaleras y un pasillo con seis puertas a cada lado apareció a la vista. Una de ellas era la suya.

Después de despedir al botones con una propina, dejó con cuidado la bolsa de lona sobre la alfombra. Su necesidad de dormir era urgente. Después vería el contenido del tubo, requería tener todos sus sentidos bien despiertos y en ese momento le pesaban los párpados. No había pegado ojo desde que saliera de Roma. Terminó de tomar lo que quedaba del vodka del diminuto frasco de muestra con el que se había enjuagado la boca antes de entrar al hotel. Se descalzó y se echó en la cama sin desvestirse. Quedó dormido casi al instante.

Lo primero que buscaron sus ojos al despertar fue el bolso de lona. Sin perder tiempo lo abrió y miró una vez más su contenido. Allí estaba. Una caja con apariencia de cofre antiguo y un tubo. Sacó la caja y la depositó en la pequeña mesa frente al espejo. La volvió a abrir y contempló su contenido. No brillaba a la luz del día, era un pedazo de metal o algo similar. En uno de los lados del cofre, pegado con cinta adhesiva se hallaba un pequeño bulto alargado, forrado en tela acolchada. Con mucho cuidado quitó la cinta adhesiva y abrió la mullida tela que lo cubría; resultó ser una cápsula de un material similar a un vidrio grueso a través del cual podía verse un líquido espeso. La cápsula estaba sellada. La dejó con cuidado sobre la cama y luego fijó su atención en el tubo de metal que quedaba en la bolsa de lona; al sacarlo observó que tenía una ranura en el centro, tiró de ambos lados y se abrió. Dentro había un rollo de páginas tamaño folio escritas a mano, en latín. Parecían anotaciones, cálculos y fórmulas. Apuntes en alemán en los bordes con flechas que señalaban algunas palabras, que no le decían nada. Entendía poco de latín. Hablaba alemán, pero era incapaz de comprender el significado de las apostillas. Dio un suspiro, volvió a meterlas en el tubo y lo dejó al lado del cofre que permanecía abierto; guardó con delicadeza la cápsula de vidrio en su interior y antes de cerrarlo corrió las cortinas. En la penumbra el pedazo metálico que al principio le había parecido una piedra informe volvió a cobrar brillo. Una sombra cruzó por su mente y rezó pidiendo estar equivocado. Cerró el cofre y lo observó por fuera. En apariencia, parecía un cofre de los muchos que se venden en los mercados de baratijas, una imitación de antigüedad, con partes de madera y delgadas láminas de hierro a modo de listones. Pero su peso no correspondía con su inofensiva apariencia. Tal vez las respuestas se hallasen en los documentos que contenía el tubo metálico. Esperaría a que llegase Francesco.

El cuerpo atlético de Claudio Contini-Massera fue quedando al descubierto a medida que se despojaba de la ropa sucia y llena de tierra del día anterior. Se metió en la ducha y el chorro de agua fría lo terminó de despabilar. Mientras se enjabonaba vigorosamente no podía dejar de pensar que el hallazgo podría ser valioso, tal vez mucho más que las reliquias y obras de arte que los hijos de los «purgados» le habían suministrado a cambio de casi nada. Expolios que fueron a parar a sus manos, en lugar de su destino final. Y que, Francesco Martucci sin saberlo, había sido indirectamente la conexión. Sonrió al recordar a su querido amigo. Existían pocas personas con la honestidad de Francesco. Si él supiera… Al mismo tiempo temía que el objeto dentro del cofre fuese peligroso. Empezó a frotarse las manos con vigor, como queriendo eliminar cualquier rastro de contaminación. Después de mucho rato, salió de la ducha.

A sus treinta y cinco años, Claudio Contini-Massera era uno de los empresarios más jóvenes de Italia. La posguerra significó para él un terreno lleno de oportunidades. El resguardo de la fortuna de la familia durante la dictadura de Mussolini había sido una de las decisiones más sabias que Adriano Contini-Massera, su padre, tomase durante aquella época conflictiva, retirándose a su residencia en Berna. Su hermano mayor, Bruno, el principal heredero, tenía la misma tendencia que su padre: solo sabía vivir, como si ello fuese suficiente. Parecía esperar pacientemente a que Adriano Contini-Massera sucumbiera a alguno de los muchos achaques que Claudio atribuía más a su inactividad, que a cualquier otra causa, para hacer suyo el patrimonio que, según Bruno, le correspondía por derecho.

Adriano, el patriarca de la familia, podría ser inútil para generar dinero, pero tenía un especial olfato para ponerlo a buen recaudo, y de ninguna manera dejaría en manos de su primogénito el futuro de los Contini-Massera. Y para sorpresa de muchos, entre ellos, la joven esposa de Bruno, el grueso de la herencia fue a parar a manos de Claudio. Para 1974 su caudal se había incrementado con empresas importadoras; gran cantidad de obras de arte y reliquias de incontable valor provenientes de fuentes *non sanctas*, que para Claudio significaba simplemente justicia divina. Según él, era preferible que estuvieran en sus manos, a que cayeran en las del régimen comunista que se había apoderado de gran parte de Europa, cuyos representantes, para su fortuna, eran muy dados al soborno y toda clase de «fraudes legales».

Claudio no tenía escrúpulos a la hora de hacer dinero. No después de enterarse de que la propia Iglesia Católica Romana estuvo envuelta en turbios «arreglos» para salvar a ciertos nazis perseguidos por crímenes de guerra. Quien sufría por ello era Francesco, su buen y honrado amigo, pariente suyo en algún grado, a quien conocía desde la niñez por ser hijo de su nodriza. Decían que era hijo bastardo de Adriano, su padre, pero Claudio nunca pudo comprobarlo. Se llevaban nueve meses exactos. Y Claudio siempre lo trató como a un hermano, no porque estuviese seguro de que lo fuese, sino porque de veras lo amaba, fue su compañero de juegos, y si no fuese por la inexplicable vocación sacerdotal que inculcó su madre en él, hubiesen seguido estudiando juntos. Claudio siempre culpó a su nodriza por su separación. Con el tiempo comprendió que difícilmente se puede inculcar una vocación a menos que exista una semilla interior. Para cuando estuvo preparado para admitir que se había equivocado, ella ya estaba muerta y Francesco había ingresado en la Orden del Santo Sepulcro donde prosiguió estudios de humanidades, especializándose en lenguas muertas. Sus habilidades pronto traspasaron fronteras y fue solicitado por la Iglesia Cristiana de Armenia para trabajar en la clandestinidad en un *scriptorium*, pues habían encontrado documentos muy valiosos que necesitaban la mirada de un experto. Allí en sus ratos libres se aficionó a la arqueología. Teniendo en cuenta que Armenia fue uno de los primeros lugares donde se desarrolló la civilización humana, y el primer estado cristiano del mundo, era fácil adivinar el entusiasmo que significó aquello para Francesco. En plena ocupación soviética tuvo acceso a las antiguas ruinas de las primeras construcciones religiosas datadas desde el 301 d. C.

Al enterarse por boca de Francesco de que tenía relativa libertad para moverse por Armenia, Ucrania y repúblicas aledañas, dada la particularidad de su oficio, nació en Claudio el interés por la arqueología, pero desde un punto de vista práctico, al igual que para algunos de los funcionarios soviéticos de aquella época.

La apariencia inofensiva y el exterior humilde de Francesco, le ganó la confianza del régimen. Podía entrar y salir de Armenia, conseguir los permisos burocráticos para excavar en cualquier lugar y al cabo de varios años dejaron de enviarle inspectores, pues se dieron cuenta que en las ruinas había más polvo y roca que cualquier otra cosa. En apariencia.

CAPÍTULO 9

La mano de Francesco Martucci en mi muñeca parecía más un gesto desesperado que amenazador. Observé el rictus de angustia que cruzaba su rostro, y por un momento estuve tentado de darle un reconfortante abrazo. Aflojó el apretón y bajó los ojos.

—Disculpe, *signore*. Creo que me excedí.

—Creo que ambos estamos nerviosos fray Martucci. Ahora debe usted ser claro conmigo y decirme de una vez por todas qué contenía el cofre y de qué trataban los documentos que encontraron.

—El cofre contiene un elemento, un isótopo radiactivo artificial. Fue lo que brilló en la oscuridad —explicó Martucci mientras volvíamos a encaminarnos hacia uno de los senderos del cementerio rodeados de espesa arboleda, que combinaban casi a la perfección con las artísticas lápidas y mausoleos—. Los documentos que contenía el tubo eran anotaciones que pertenecían a un criminal de guerra llamado Josef Mengele, según parece, resultado de sus investigaciones. Siempre estuvo interesado en el alargamiento de la vida, lo que muchos llamarían «la fórmula de la eterna juventud».

—¿Cómo pudo Mengele ocultar aquello en Armenia? Era territorio soviético, creo que los comunistas odiaban a los nazis…

—Mengele tenía muchos amigos armenios. Uno de ellos fue el doctor Paul Rohrbach, con quien, en la época de Hitler, se encargó de comprobar que el verdadero origen de los armenios es indoeuropeo, por lo que fueron considerados arios. De hecho, existió un famoso batallón, el 812, creado por decisión de la Wehrmacht, integrado por armenios. De alguna manera, Mengele antes de huir para América la primera vez, se las apañó para entrar en territorio armenio. Curiosamente él tenía el tipo físico que ostentan muchos gitanos, supongo que se disfrazó y logró hacerlo. Ese hombre tenía más suerte que el propio demonio. Nunca hablé de estos detalles con Claudio, quien años después llegó a enterarse de lo sucedido en esa época. No estuve de acuerdo con lo que Claudio hizo, pero era mi amigo, el único que tuve. Era más que un hermano para mí.

Francesco Martucci se detuvo por un momento y levantó la mirada que hasta el momento había tenido fija en el sendero.

—¿Se refiere usted a que tío Claudio tuvo algo que ver con Mengele?

—Sí. Claudio pensó que podría hacer un magnífico negocio con esos hallazgos y viajó a América en busca de Mengele. Supo su ubicación por unos contactos en el consulado suizo, pues Mengele regresó a Europa en 1956, ¿Le sorprende? Se encontró en Ginebra con su futura esposa, Martha, y su hijo Rolf.

—Ya nada me sorprende.

—Después nos enteramos de que le fue imposible pasar a Armenia en esa ocasión y tuvo que volverse a América. El alemán era para el momento uno de los hombres más buscados por el Mossad y un cazador de nazis llamado Wiesenthal, pero no pudieron dar con él, algo sorprendente, pues Mengele todavía vivía con relativa libertad en Argentina. Cuando encontramos el cofre y los documentos, Claudio se puso en contacto con algunas personas en Paraguay y a partir de allí logró ubicarlo en una modesta casa en Brasil. ¡Ya para aquel tiempo era el hombre más buscado! Pero Claudio tenía un olfato especial, para él nada era imposible. Por otro lado, pienso que al famoso Wiesenthal le convenía seguir teniendo como fugitivo a uno de los nazis más comprometidos con el régimen de Hitler, pues le servía de propaganda para su causa. Cuando Claudio lo encontró Mengele acababa de superar una embolia cerebral. El hombre estaba terriblemente asustado, vivía escondiéndose de todo el mundo y no fue fácil persuadirlo, pero Claudio llevó una copia de sus apuntes y lo convenció de asociarse con él. Mengele prosiguió con sus investigaciones en un laboratorio en Estados Unidos del que su tío Claudio era socio y fue allí donde Mengele se dedicó a perfeccionar la bendita fórmula y a experimentar con Claudio, quien se ofreció de manera voluntaria. No le quedaba otro camino. Su exposición al contenido del cofre le había causado daños irreversibles, solo retardados por el propio Mengele. A Claudio le obsesionaba tanto como a Mengele la eterna juventud. Una de las condiciones era que debería tener un hijo.

—Supongo que por eso fui concebido —dije, más como si fuera para mí.

—Claudio debería tener un hijo que tuviera su mismo tipo de sangre. Fue lo que él me explicó. La fortuna una vez más le sonrió, porque ustedes eran perfectamente compatibles, lo que equivale a que podrían haber compartido cualquier órgano de su cuerpo.

—Según veo, el tío Claudio me había convertido en su banco de órganos.

—¡No diga tonterías, *signore mio*! Pudo tener la oportunidad de extraer cualquiera de sus órganos y no lo hizo, ¿no se da cuenta?

Como una ráfaga pasaron por mi mente recuerdos que apenas en esos momentos empezaban a tener sentido. A tío Claudio, es decir, a mi padre, le gustaba viajar conmigo; una vez fuimos a Estados Unidos, a visitar a un señor que según él, era un viejo amigo. Y era de verdad un hombre anciano. Por lo menos a mí me lo pareció. Conservo recuerdos muy agradables de él. A partir de ese viaje tío

Claudio me tomó algunas veces muestras de sangre. Cuando iba a visitarnos a casa, en ocasiones llevaba una jeringa y decía estar preocupado por mi salud. Yo le dejaba pincharme porque sabía que luego me llevaría a comer helados y zumos de frutas. El empleado que solía acompañarlo se llevaba el recipiente hermético donde había depositado el tubo con el plasma y tío claudio —aún ahora me cuesta pensar en él como mi padre—, y yo, salíamos a dar el paseo prometido. La última vez que sucedió aquello en casa, mi madre y él discutieron acaloradamente y después de aquello, no regresó más. Pero yo me escapaba con Quentin para verlo, y no me importaba que lo siguiera haciendo. Yo lo amaba tanto que haría cualquier cosa con tal de complacerlo.

—¿Cómo pudo entrar Mengele a los Estados Unidos? —pregunté, regresando de mis recuerdos.

—Fue la parte más sencilla de todas. La máxima cabeza de la INTERPOL era un ex nazi. Él facilitó todo. Si usted supiera cuántos de aquellos personajes ocuparon cargos internacionales relevantes en la época de posguerra…

—Creo que voy entendiendo. ¿Logró obtener lo que quería?

—Estuvo a punto. Claudio empezó a tener insuficiencia pulmonar. Sin embargo, no sé si usted lo habrá notado, pero su padre, Claudio, tenía una apariencia sumamente juvenil para su edad, sesenta años. Casi podría decirse que se había detenido en los cuarenta. Mengele murió y la investigación quedó inconclusa. Claudio dejó de recibir el tratamiento y su enfermedad empezó a avanzar lentamente.

—Creo que Josef Mengele murió en Brasil a finales de los setenta. Lo leí en alguna parte.

—Esa noticia es la que se filtró. Josef Mengele vivió hasta los ochenta y dos años, es decir, hasta hace seis. A partir de allí la salud de Claudio empezó a empeorar, aunque no era ostensible. Él conservó todos los documentos de investigación que hizo Mengele, pues era su socio. Y en la caja que conservaron como recuerdo, aún permanece el isótopo radiactivo que dio origen a toda esta locura. Claudio deseaba proseguir con la investigación con el grupo farmacéutico norteamericano del que era socio, ellos estaban interesados en los estudios que había dejado Mengele, inclusive el mismo Claudio fue estudiado por ellos, pues era la muestra viviente de que era posible, pero algo salió mal. Al parecer hubo desavenencia con dos socios del grupo de origen judío cuando se enteraron de la procedencia de las investigaciones. El asunto se fue alargando, para infortunio de Claudio. Pero créame, Dante, eso es posible, y todos los estudios estuvieron basados en él y otros muchos. El caso es que con otras personas no consiguieron resultados tan excelentes como los que obtuvieron con Claudio. Él poseía una mutación en un gen cuyo resultado es que su organismo ayuda a estas células madre a regenerar tejidos. Y usted es genéticamente similar a su padre. Solo usted puede continuar el trabajo que le costó la vida. ¿Me comprende ahora? ¿Sabe lo que significaría para la humanidad?

—Por supuesto. Explosión demográfica —repliqué sin lograr que Martucci captara mi ironía.

—No sea ingenuo, Dante. La fórmula solo quedaría al alcance de un grupo de elegidos. La NASA estaría muy interesada en ella para sus viajes espaciales de larga duración, y solo la menciono como ejemplo. El asunto es que Claudio antes de morir escondió unos datos que son sumamente importantes, y según él usted es el único que podría dar con ellos. Me lo dijo personalmente. Me apena enormemente que él no haya confiado en mí, pero es comprensible, pues estoy seguro de que pronto yo mismo abandonaré este mundo.

—¿A qué se refiere?

—Estuve sometido a la radiación, aunque en menor medida. De ahí que mis pulmones no funcionen como debieran.

Después de esta conversación tuve la certeza de que Martucci era una de las personas más ingenuas que yo había conocido. Tenía una fe ciega en la honestidad de los demás. ¿Cómo podría pensar que tío Claudio se limitaría a vender su fórmula a unos cuantos elegidos? Conociéndolo, pensaba que su afán de hacerla realidad fue más que nada para hacer una gran fortuna con ella. No sé si pensé así porque me sentía en cierta forma defraudado. Hubiera deseado ser producto del amor.

CAPÍTULO 10

Cementerio Protestante, Roma, Italia
12 de noviembre de 1999 – 11:00 AM

Francesco Martucci y yo habíamos llegado hasta un mausoleo imponente que me hizo recordar al que ahora guardaba los restos de tío Claudio. Me detuve por un instante con el extraño presentimiento de ser vigilado, volví el rostro con disimulo y me pareció ver una silueta entre las lápidas y los espigados cipreses. Un hombre con aspecto de turista norteamericano tenía una especie de libro bajo el brazo y parecía disfrutar caminando entre la vegetación. Los reconocería en cualquier parte.

Fray Martucci también miró en la misma dirección, evitando ser obvio.

—Será mejor que salgamos de aquí.

—No sé por qué, pero me da la impresión de que alguien nos sigue —dije sonriendo, como si estuviese conversando y mi interés estuviese en el gato moteado que en ese momento cruzaba el sendero—. Estoy seguro de que aquí no deben existir muchas ratas— agregué, para que pareciera una conversación natural.

—La población de felinos en este cementerio cada día es mayor, pero nadie hace nada al respecto. El cementerio se encuentra en franco deterioro —afirmó fray Martucci.

Dimos media vuelta y empezamos a desandar el camino.

—De manera que, según usted, yo conozco la manera de encontrar parte del documento que contiene la fórmula. ¿Y si le dijera que no tengo ni idea? —pregunté, procurando hablar en voz baja.

—Es probable que lo sepa y no esté enterado.

—Sería formidable poseer el secreto de la eterna juventud. Se le podría dar muchas aplicaciones, y su valor sería incalculable.

—Ya empieza a hablar como Claudio —comentó Martucci con una sonrisa—. Yo me limitaré a entregarle el tubo con los documentos originales. La parte que falta la debe encontrar usted. Pronto será leído el testamento de Claudio, no hace falta que le diga que en él figura usted como heredero universal.

No hice ningún comentario. Desde mi llegada a Roma parecía que hubiese transcurrido demasiado tiempo. Me había enterado de muchos detalles insospechables en la vida de tío Claudio —de quien me costaba pensar como «mi padre»— y de cierta forma, sentía que había madurado; y que una fuerza desconocida me impulsaba a emularlo.

—¿Sabe una cosa, Martucci? Hasta hace unos días lo único que me importaba era obtener algo de dinero para saldar mi deuda con la florista. Ahora pienso que el legado de tío Claudio es más que solo dinero. Mucho más. A propósito de esto, creo que prefiero dirigirme a él como tío Claudio.

—Excelente. Era el cambio que hubiera querido ver mi querido amigo Claudio. Y puede llamarlo como guste, es su prerrogativa. Lo único que le ruego es que tenga mucho cuidado. Sé que hay gente interesada en conseguir esa fórmula a cualquier precio y lo más seguro es que le sigan los pasos de cerca. Hay mucho en juego, *carissimo amico mio*. Mucho.

—¿Quiénes? Por lo que usted dijo, del grupo interesado en ella, dos judíos se oponían.

—Precisamente. Ellos desearían eliminarla, que no quedasen rastros de los estudios y las investigaciones de Mengele. Hasta cierto punto, es comprensible por todo lo que estuvo implicado en esos estudios, pero son sujetos fanatizados, los mueve la venganza. Claudio se salvó de dos atentados. Ellos me conocen, de ahí que no quisiera que pensaran que usted y yo estamos en contacto. Probablemente consideran que si finalmente se lograse alcanzar la fórmula con éxito, Mengele sería elevado a la categoría de benefactor de la humanidad.

CAPÍTULO 11

A la búsqueda de Josef Mengele
1975 -1976

Durante el vuelo de regreso, Claudio Contini-Massera no dejaba de pensar en la manera de encontrar a Mengele. Si había dejado ocultos los documentos en Armenia, era porque le habría sido imposible retirarlos. En algunos círculos cercanos al nazismo se rumoraba que era probable que estuviese en Paraguay. El dictador de ese país sureño era muy amigo de algunos alemanes de la posguerra, en especial de los simpatizantes de Hitler, aunque Claudio sospechaba que su predilección por ellos se debía más que nada a intereses económicos. Era allí donde empezaría a buscar. Tenía algunos contactos con el gobierno de Stroessner. Consideró oportuno utilizarlos.

Apenas llegó a Roma sacó copias fotostáticas de cada una de las hojas, y guardó los originales en su caja fuerte. Sería un descubrimiento que revolucionaría la ciencia, estaba seguro. Por lo que pudo deducir, se trataba de los resultados de los minuciosos estudios y apuntes que había hecho de los experimentos con gemelos en Auschwitz. Estaban escritos en latín y por suerte, Francesco pudo leerlos, aunque su pobre amigo se había horrorizado y no quiso seguir traduciendo más.

¿Qué haría un nazi que deseara ocultarse? Pensó. Tratar de pasar desapercibido, obviamente. Tendría otro nombre, y contactos con otros alemanes. Había averiguado que su esposa y él se habían divorciado, que tenía un hijo llamado Rolf, y que la última entrada a Europa la había hecho por Suiza, en 1956, tal vez con la idea de viajar a Armenia para recuperar los papeles, pero algo muy grave debió impedirlo. Esto último lo averiguó cuando conversaba con un amigo de la embajada suiza, que parecía estar al tanto de lo ocurrido en esa ocasión, debido al alboroto que hacía el gobierno alemán para deslastrarse de cualquier duda acerca de actuar como tapadera de nazis fugitivos. Lo cierto es que el gobierno de Bonn nunca puso el empeño ni actuó con la diligencia necesaria. La embajada de Alemania Occidental en Asunción descubrió que Mengele vivía en Paraguay, y cuando solicitó el expediente al Ministerio del Interior de ese país, le suministraron unos documentos que no contenían nada relevante.

Cuando empezó a organizar su viaje a Paraguay Claudio estaba seguro de que Mengele estaba cubierto por el gobierno de Stroessner. Allí iniciaría su investigación. Tres meses después de dejar solucionados todos los compromisos que lo mantenían atado a Roma, ya en Asunción, se puso en contacto con Alejandro Von Ekstein, un amigo personal del presidente Stroessner. Iba recomendado por el gobierno suizo, por lo que no tuvo mayores contratiempos para ubicarlo y ser recibido por él. Obtuvo información más fácilmente de lo que hubiera imaginado acerca de algunas amistades de Mengele. Se dirigió treinta kilómetros al norte de Encarnación, a una aldea fronteriza de nombre Hohenau. El pueblo era una réplica de los muchos que existían en Alemania; excepto por las ondulantes palmeras que rodeaban el entorno, Claudio hubiera podido jurar que estaba en Europa. Entró a una taberna, se dirigió a la barra y pidió una cerveza.

—Buenos días, bonito lugar tienen aquí —dijo, en alemán.

—Buenos días… así es. Es un pueblo tranquilo —contestó el hombre detrás de la barra.

—¿Existe algún lugar donde hacer las compras? —inquirió Claudio tratando de buscarle conversación.

—Cómo no, a dos cuadras de aquí hay una bodega, ahí puede conseguir comestibles y artículos de ferretería.

—Me gustaría vivir en un sitio como este, alejado de la ciudad, con un aire tan parecido a la campiña europea.

El individuo sonrió con cierta satisfacción. Le agradaba que reconocieran que Hohenau era un buen lugar.

—Por algo la llaman «Nueva Baviera» —aclaró el camarero levantando la barbilla.

—¿Sabe de algún terreno que esté en venta?

El hombre escondió lentamente la sonrisa y lo miró con intensidad.

—Si desea establecerse aquí, debería hablar con el señor Alban Krug. Es el dirigente de la cooperativa de hacendados de la zona.

—¿Dónde puedo encontrarlo?

—En su hacienda, hacia el norte.

El hombre del bar empezó a sacar lustre a la superficie de la barra. Daba la impresión de que prefería no seguir conversando, una actitud que Claudio había previsto y, al comprobarla, le hacía ver aquel paradisíaco lugar como un montaje. Una especie de escenografía a la que sus actores aún no se habían terminado de adaptar.

—Hacia el norte… ¿alguna seña para ubicarla?

—Es la Hacienda Krug. Puede preguntar en el camino.

Claudio subió a la camioneta que había alquilado y después de preguntar un par de veces, enfiló por la carretera Hohenau 4, de Caguarene hasta una propiedad cuya enorme casa de estuco blanco, enormes techos a dos aguas de tejas rojas, rodeada por largos corredores de columnas y cuidadas jardineras repletas de geranios, le daba una idea de la clase de personas que vivían en ella. Se apeó del vehículo y encaminó sus pasos hacia la enorme puerta de madera.

Un hombre corpulento, de cabello canoso, apareció en la entrada, como si esperase su llegada.

—¿*Herr* Alban Krug? Buenas tardes, vengo de parte de Alejandro Von Eckstein —dijo Claudio, y le alargó dos tarjetas—. Soy Claudio Contini-Massera.

El rostro de Alban Krug fue adquiriendo una apariencia distendida a medida que leía las tarjetas.

—Adelante —invitó, haciéndose a un lado—. ¿Qué se le ofrece?

—Tiene usted una hermosa casa, *Herr* Krug —señaló Claudio tratando de no contestar de manera directa a la pregunta del alemán.

—El clima aquí es benévolo y la naturaleza, como puede observar, es como podría ser la del paraíso —afirmó Krug con una amplia sonrisa— ¿Desea usted adquirir alguna propiedad?

Claudio sopesó bien las palabras antes de hablar. Se dio cuenta de que su interlocutor había sido puesto sobre aviso por el hombre del bar.

—Vengo en una misión especial. Necesito ubicar a Josef Mengele —se arriesgó a decir directamente.

—No lo conozco —respondió Krug con brusquedad.

—El señor Von Eckstein me dijo que usted me podría dar alguna seña de su actual dirección, es imperativo que lo vea, no soy un cazador de nazis, se lo aseguro. Todo lo contrario.

—Supongo que si fuese un cazador de nazis como dice usted, no me lo diría, ¿verdad? Déjeme aclararle algo: no tengo ni he tenido nada que ver con asuntos relacionados con nazis.

Claudio permaneció en silencio. Su vista recorrió la casa como si buscase algo en qué afianzarse y se topó con una vitrina que contenía enormes mariposas Papillon azules. Krug se movió incómodo en el sillón, sacó un cigarrillo y se dispuso a encenderlo.

—Tiene razón, *Herr* Krug. Solo hipotéticamente: si le dijera que soy la persona que podría sacar de apuros al doctor Josef Mengele, ¿usted me ayudaría a ubicarlo?

—Hipotéticamente, podría ser. En todo caso, no veo cómo llegó hasta mí.

—Los señores Werner Jung y Alejandro Von Eckstein, quienes fueron los que lo ayudaron a obtener la ciudadanía paraguaya, no tuvieron reparos en enviarme con usted. Puede leer la tarjeta, de *Herr* Krug.

El alemán dio un suspiro mientras exhalaba el humo del cigarrillo y finalmente cedió.

—¿Por qué no recurrió a su familia, en Lundsburg?

—Ellos no me hubieran socorrido. Y ya que me encuentro aquí, cualquier ayuda de parte suya me serviría.

Krug no parecía muy animado de hacerlo, se tomó la barbilla y después de pensarlo resolvió que tenía que consultarlo.

—Debo hacer algunas llamadas… no estoy seguro de que el señor Mengele siga en Paraguay. En todo caso, si logro encontrar alguna pista, se lo haré saber en un par de días.

—Muchas gracias, *Herr* Krug, estoy seguro de que el señor Stroessner se lo agradecerá.

Krug le clavó una mirada indefinida, como si le hubiese molestado escuchar el apellido del presidente.

—No es necesario que me intimide. Si logro averiguar algo, le informaré.

—Creo que me entendió mal, *Herr* Krug, no fue intimidación. Es en serio que el presidente está muy interesado en que lo localice —aventuró Claudio.

—¿En qué hotel se aloja?

—Acabo de llegar y vine directamente hacia acá.

—Regrese dentro de dos días, tal vez le tenga alguna noticia.

De vuelta al pueblo, buscó alojamiento en una posada, después de guardar sus efectos personales, excepto los documentos que llevaba consigo en la camioneta, salió a conocer la región. Volvió a pasar por la fonda y el resto del tiempo lo pasó encerrado en su habitación. Dos días después fue a la hacienda de Krug y al ver su cara supo que tenía algo que decirle.

—Señor Contini, *Herr* Josef Mengele en la actualidad vive en Brasil. Por lo que he logrado averiguar, ocupa una pequeña casa en Sao Paulo, en un barrio periférico llamado El Dorado. Pero creo que primero debe ponerse en contacto con el señor Bossert.

Le alargó un papel.

—*Vielen Dank, Herr Krug. Ich bleibe in eurer Schuld, verdanke ich einen Gefallen.*

—*Hope hilft.* Siempre es bueno tener una deuda por cobrar —sonrió Krug y añadió—: Creo que no hace falta que le diga que debe ser muy cuidadoso, hay mucha gente buscando su paradero, y él mismo puede alarmarse con su llegada. Le sugiero mucha cautela. Esto debe quedar en estricto secreto: llámelo «don Pedro».

—Soy el más interesado en que así sea, señor Krug. Le aseguro que no comprometeré su seguridad.

—Le aconsejo que mantenga una apariencia sencilla, ¿comprende? Es un barrio humilde, cualquier extranjero con sus características llamaría la atención.

◻ ◻ ◻

Días después Claudio Contini-Massera se encontraba en la carretera Alvarenga. Una ruta polvorienta, llena de baches que hacían saltar la camioneta que conducía Wolfram Bossert de un lado al otro. Se entretuvo admirando la pericia del conductor mientras *A garota de Ipanema* inundaba con suaves acordes el interior del vehículo.

Una pequeña cabaña de estuco amarillo y tejas en mal estado se presentó ante ellos como la número 5555. Caminaron por el angosto sendero embaldosado y Bossert tocó la puerta. Momentos después, un hombre con bigotes de morsa la abrió.

Las facciones del hombre de los bigotes de morsa parecieron encogerse, a la par que escudriñaba al hombre alto que acompañaba a Bossert.

—Buenos días, «don Pedro» —saludó Bossert—, vengo con un amigo.

—Permítame presentarme, soy el conde Claudio Contini-Massera.

«Don Pedro» correspondió sin mucho entusiasmo a la mano que le extendió Claudio.

—¿A qué debo el honor de su visita? —inquirió el hombre de los bigotes, en tono cáustico.

—Es recomendado por *Herr* Krug, «don Pedro» —aclaró Bossert, visiblemente incómodo, intentando tranquilizarlo.

—Así es «don Pedro». Vengo en son de paz, tengo una propuesta que hacerle.

—Una propuesta —repitió en voz baja «don Pedro».

—*Ja, «Don Pedro», ich bringe mit mir ein paar Dokumente, die Sie möglicherweise interessieren könnten* —aclaró Claudio.

El hombre se sobresaltó visiblemente.

—¿De qué se trata? —inquirió con cautela.

—Los encontré en Armenia.

La respiración del hombre se hizo pronunciada, era claro que deseaba ocultar su ansiedad por aquello que parecía ser de mucha importancia para él. Sus ojos cobraron un brillo inusitado y un trazo de temor asomó a sus labios semiocultos por sus canosos bigotes. Con un gesto los hizo pasar y le ofreció asiento a Claudio, al tiempo que llevó a Bossert a la puerta que había quedado abierta.

Salieron y Josef Mengele se volvió hacia él.

—¿Cómo vino a parar aquí? —En su voz se reflejaba la angustia que luchaba por ocultar.

—Me lo recomendó Alban Krug. Él hizo averiguaciones y habló con Von Ekstein, el sujeto es de fiar, de lo contrario no lo hubiera traído —repitió Bossert.

Mengele relajó los hombros, y miró a su amigo.

—¿Podría dejarme con él a solas? Espero que sepa comprender...

—Por supuesto, amigo, daré una vuelta y regresaré en una hora.

—Gracias, Bossert. Es usted una buena persona.

El hombre de los bigotes de morsa entró en la casucha y se sentó frente a Claudio.

—¿Quién es usted? —preguntó achicando sus ojos de iris verdosos.

—Ya se lo dije... soy Claudio Contini...

—Usted sabe que no me refiero a eso —interrumpió con impaciencia el hombre.

—Entonces dígame primero quién es usted realmente. No puedo hablar de esto con cualquier persona.

El hombre se puso de pie. Su aspecto arrogante no hacía juego con la sencillez de su pulcro atuendo.

—No tema, «don Pedro». Debe confiar en mí, deseo hablar de negocios —aclaró Claudio intentando tranquilizarlo.

Mengele volvió a tomar asiento. Cruzó las piernas y lo escrutó. Claudio se sintió analizado como si fuese uno de los prisioneros de los campos.

—¿Cómo consiguió esos documentos? ¿Dónde los tiene? ¿Alguien más lo sabe?

—No vale la pena relatarle cómo los conseguí. Traigo las copias conmigo. —Abrió el cartapacio y sacó un fajo de papeles—. Tome. No se inquiete. Nadie más lo sabe.

Mengele cogió con avidez los folios y se colocó los lentes. A medida que su vista recorría las líneas de anotaciones en latín, una mueca parecida a una sonrisa partió su cara en dos.

—He deseado tanto tener esto en mis manos... cuando regresé a Europa me fue imposible ir a Armenia. Pasé diez días con mi familia, a instancias de mi padre, no quería contradecirlo, pues estaba haciendo planes para mi futuro con la viuda de mi hermano. Cuestiones de negocios. Tuve un accidente con el coche y el asunto trascendió. La policía empezó a indagar y tuve que salir de Alemania lo más rápido que pude.

—Le ahorré el viaje. —Claudio señaló los papeles. Echó una mirada a la estancia y antes de que pudiera decir algo, Mengele aclaró:

—Sí. Mi situación económica no es muy buena. Tantos años huyendo no es la mejor manera para iniciar un futuro en ningún lado.

—¿Entonces debo pensar que confía en mí?

—Señor Contini, a lo largo de estos años he aprendido a no confiar en nadie, excepto en algunas personas que, como usted ha comprobado, son excelentes amigos. Soy Josef Mengele. El mismo que todo el mundo busca por supuestos crímenes que han exagerado hasta límites inimaginables.

—No he venido a juzgarlo, señor Mengele, sino a proponerle algo. Estoy interesado en desarrollar los estudios que empezó en Auschwitz. Según estas anotaciones y algunas fórmulas que hay allí escritas, parece que consiguió estabilizar un gen que es el responsable de la longevidad.

—No solo de la longevidad, estimado amigo. Existe un factor X en ese gen que proporciona instrucciones diferentes a los cromosomas, dándoles propiedades únicas. Puedo hacer que las células reparadoras o del crecimiento se reproduzcan indefinidamente, ¿comprende usted lo que esto significa?

—No soy biólogo ni genetista, *Herr* Mengele, pero confío en que sabe de lo que está hablando. Es el motivo que me trajo aquí.

—Le agradecería que se dirigiese a mí como «don Pedro», por cuestiones de seguridad, ¿lo comprende, no?

—Perfectamente, don Pedro. ¿Cree usted que es capaz de desarrollar la fórmula antienvejecimiento que usted expone en estos estudios? —preguntó Claudio, señalando los papeles.

—Si tengo un laboratorio con los implementos apropiados, sí.

—Le conseguiré lo que pida. Haga una lista y lo instalaré. No aquí, por supuesto, como comprenderá, tendrá que ser en un lugar apartado, con suficientes medidas de seguridad como para que no sea localizado. Evidentemente que si usted lo prefiere, las personas de su confianza podrían tener acceso al sitio, el señor Bossert podría servirnos como puente con el exterior…

—Prefiero mantenerlo al margen, ya bastante lo he involucrado en mis problemas.

—Es un plan elaborado, pero creo que puede hacerse. En primer lugar, es primordial conseguir un doble suyo. Alguien que pueda confundir a sus «cazadores». He escuchado muchas historias curiosas, especialmente de Wiesenthal; constantemente lo ubica en los lugares más disparatados, pero creo que lo hace para que usted no pierda vigencia. Puede ser un arma de doble filo para él, pues en el caso de que logren dar con su actual paradero nos serviría para sembrar dudas. Usted debe abandonar esta casa. ¿Existen personas cercanas que podrían reconocerlo?

—Viene una señora que se encarga de la limpieza. También un chico que hace los trabajos de jardinería, de vez en cuando se queda, me hace compañía. De mis verdaderos amigos no debo temer.

—Va a tener que decirles a la señora de la limpieza y al chico, que no puede seguir pagando sus servicios. Es preferible que su doble no tenga trato con ellos.

—Creo que es la parte más sencilla —acotó Mengele con ironía— ¿Estuvo usted en contacto con el contenido del cofre? —preguntó de improviso.

—Sí…

—¿Cuánto tiempo?

—¿Es importante?

—¿Cuánto tiempo? —repitió Mengele con premura.

—La primera vez fue solo un momento.

—Si usted estuvo en contacto con lo que hay dentro del cofre en más de una ocasión, me temo, conde Contini-Massera, que está en grave peligro. Es altamente radiactivo. Debemos apresurarnos para ver si puedo retrasar los efectos.

Claudio empezaba a comprobar sus sospechas, que por desgracia, sabía eran ciertas.

—¿Apresurarnos?

—¿Tiene usted descendencia?

—Nunca me he casado.

—No me refiero a su estado civil, señor Contini —aclaró Mengele con una sonrisa—, si usted no tiene hijos, es necesario que empiece a pensar en la posibilidad de tenerlos. No importa de quiénes sean, lo que interesa son los fetos.

—¿Qué dice usted? —preguntó Claudio, al tiempo que su rostro de naturaleza jovial, hacía una mueca de espanto— ¿Pretende que una mujer conciba un hijo mío para sacrificarlo?

—Si la idea le parece poco honorable podríamos intentar que nazcan para obtener de alguno de ellos su cordón umbilical, que esperemos sea compatible con su organismo. Es la única manera de salvar su vida.

—Me niego a tener hijos a diestro y siniestro.

Mengele lo escrutó a través de sus gruesos anteojos.

—En los estudios que hice en algunos laboratorios en Argentina donde era socio, dejé experimentos avanzados acerca de las células madre. ¿Sabe usted qué son? —Al ver la expresión de Claudio prosiguió—: Son células que originan células distintas a ellas. O sea, son células indiferenciadas que poseen la capacidad de producir células diferenciadas. Le explico: La célula madre más potente, la más poderosa, es el huevo o cigoto: el óvulo fertilizado; esa única célula tiene la capacidad de generar todas las células específicas que formarán al individuo, las de los huesos, las neuronas, etc. En los primeros estadios del embrión, son casi tan potentes como esa primera gran célula madre. A medida que el embrión crece y se transforma en feto, las células madre son cada vez menos poderosas, en el sentido de que ya no pueden llegar a producir cualquier otro tipo de célula; algunas células madre producen otros tipos celulares. Son más especializadas. Las necesitamos para curar la leucemia que con seguridad usted tiene si ha estado expuesto al isótopo radiactivo del cofre. Tardé años en darme cuenta de que la llave que resolvería definitivamente la solución de mis pesquisas la tenía la célula ovular o las células madre.

Claudio tenía frente a sí a un hombre que hablaba de los seres humanos como si se tratase del cruce de ganado para mejorar la raza. No quiso seguir por esos derroteros y se centró en lo que dijo acerca de su enfermedad.

—Tendré un solo hijo. Si su cordón umbilical me sirve, lo usaremos. De no ser así, dejaré que la enfermedad siga su curso.

Mengele dejó de mirarlo y meneó la cabeza.

—Es difícil avanzar en la ciencia cuando existen tantos prejuicios. Pero está bien, es su vida. Le advierto que podría ser contraproducente un cáncer en las células productoras de sangre si usted realmente desea obtener beneficios de la fórmula antienvejecimiento. El factor X del que le hablé. Tendrá que escucharme atentamente y seguir paso a paso las indicaciones para que la manipulación sea efectiva.

CAPÍTULO 12

Villa Contini, Roma, Italia
1975

Claudio Contini-Massera reposaba en su inmensa cama de la villa Contini sin poder dejar de pensar en Carlota, la mujer de su hermano. «Si él supiera...», pensó. Pero su hermano siempre había sido un hombre indolente en todo el sentido de la palabra. Se conformaba con vivir de las dádivas de su padre, esperando el día en que recibiría la herencia familiar. Al igual que esperaba Carlota. Pero no sucedería. Y no porque él, Claudio, no lo quisiera. Era su padre, Adriano, el cabeza de familia, quien lo había decidido y se lo había dicho apenas el día anterior.

Y su hermano Bruno tampoco sabía que el hijo que su mujer llevaba en el vientre no era suyo. Claudio abrió el segundo cajón de la mesa de noche y extrajo la foto de Carlota. La amó desde el primer día en que la vio corretear por los jardines de la villa Contini. Después fue una chiquilla de quince años que jugaba a ser mujer coqueteando con Bruno y con él. Pronto se dieron cuenta de que ella era más mujer que adolescente y los juegos se transformaron en una lucha constante por llamar su atención, y aunque Claudio sabía que ella lo prefería a él, Carlota escogió a Bruno.

«Hay cierto tipo de mujeres que lleva en sus venas la sangre demasiado caliente —decía la *nonna*—. Cuídate de ellas, Claudio, porque una mujer así no está hecha para un solo hombre». Y parecía que Carlota pertenecía a esa casta. Ya antes de casarse con su hermano él la había poseído, o ella a él. Que era casi lo mismo. Nunca le preguntó quién había sido su primer hombre, y en realidad, cuando la tenía delante poco le importaba, solo la deseaba. La misma noche de bodas Carlota hizo un aparte con él en una de las tantas habitaciones de la villa, mientras la fiesta parecía un cuadro de El Bosco cobrando vida. Bruno hacía gala de uno de sus pecados capitales preferidos: la estupidez, y no se le ocurrió algo mejor que emborracharse en su noche de bodas.

Fue Claudio quien tuvo el privilegio de desvestir a la novia, y lo hizo con parsimonia, con todos los sentidos, pues sabía que era la mujer de su hermano. La imagen que dejó en él permaneció imborrable en su mente, así como los momentos de dolor que soportó en la iglesia, mientras veía avanzar a Carlota vestida de novia hacia las manos de Bruno. Los desquitó esa noche librando la batalla de su vida. Sin remordimientos de conciencia, así como Bruno tampoco los tuvo con él. Y su trofeo, Carlota, yacía esa noche nupcial como la Venus de Urbino, con su cabellera suelta, las redondeces justas, y su piel suave y satinada que contrastaba con su alma de hielo en un cuerpo de fiera en celo. Y mientras le hacía el amor, las palabras del cura retumbaban en su mente: «En la pobreza y en la riqueza, en la salud y en la enfermedad: los declaro marido y mujer, en el nombre del Padre, del Hijo, y del Espíritu Santo… Amén», y sus lágrimas se mezclaban con los gemidos de placer de Carlota, que no tenía la mínima idea de que lo que él realizaba en esos momentos era un ritual de purificación, que culminó cuando supo después que esa noche había concebido al hijo que lo uniría eternamente al amor de su vida.

Nicholas Blohm

A pesar de los deseos de seguir leyendo, sus ojos no pudieron más y se cerraron. Nicholas dejó el manuscrito sobre el escritorio abierto en la página en la que se había quedado. Fue directo a la cama y se quedó dormido, su último pensamiento fue que debía levantarse temprano para fotocopiar la novela.

Cada vez que pasaba por la puerta del cuarto de Nicholas, Linda veía la luz encendida que se colaba por debajo. Cuando finalmente la habitación quedó a oscuras, decidió entrar. Esperaría a que Nicholas se durmiera, tenía enorme curiosidad por saber de qué trataba su nueva novela. Y no era porque le interesara la literatura. Era simple. Quería saber qué era tan importante que actuaba como su rival.

Diez minutos después, Linda tiró del picaporte y entró en la habitación con sigilo. Nicholas dormía a pierna suelta, ni siquiera se había cubierto. El manuscrito reposaba abierto sobre el escritorio. Fue hacia él, lo tomó y salió. Tuvo cuidado de colocar una hoja en el lugar donde se había quedado Nicholas, y empezó a leer desde la primera página.

«Sin título». Fue lo primero que vio. Le pareció raro, pero más extraño fue no ver el nombre de Nicholas.

Capítulo 1

«Una vez que dejó la playa, cuando ya iba por las escaleras de madera, reparó en que había olvidado sus lentes de lectura. Regresó de mala gana, pero no podía dejar "sus otros ojos" como llamaba a sus gafas. Le molestaba tener que usarlas, pero mientras no tuviese para comprar lentillas… cuando llegó al lugar donde estuvo asoleándose mientras leía, vio con estupor que un cangrejo las estaba ocultando bajo la arena. En menos de un segundo desapareció con sus gafas, y aunque removió la arena, excavó, y metió la mano en el hueco que había dejado el crustáceo, no pudo recuperarlas. Se sentó a llorar con desesperación, no tenía otras y sin ellas no podría trabajar. No podría hacer nada. Maldijo al animalejo y se maldijo ella misma por habérsele ocurrido ir a la playa a leer».

Linda detuvo la lectura. ¿Su gran novela trataba de un cangrejo ladrón?, se preguntó mientras se esforzaba por no soltar una carcajada. ¿Y qué de Mengele y la fórmula de la eterna juventud? Mentiras de Nicholas, por supuesto. De manera que esa era la historia que se suponía era su rival. No quiso seguir leyendo, en buena cuenta era una pésima lectora, lo suyo era ver la tele, o ir al cine, cualquier cosa menos pasarse horas frente a unas páginas. Le parecía lo más aburrido del mundo y una pérdida valiosa de tiempo. Aunque el suyo realmente no tuviese mayor valor, pues lo derrochaba en cualquier actividad intrascendente.

Volvió a dejar el manuscrito donde lo había encontrado y regresó al cuarto que le había asignado Nicholas.

❏ ❏ ❏

Apenas abrió los ojos Nicholas buscó con la mirada el manuscrito. Un suspiro de alivio escapó de su pecho al ver que estaba abierto. Tenía miedo de que hubiese desaparecido la historia que estaba leyendo, al mismo tiempo, le causaba asombro que no hubiera cambiado como parecería ser lo normal con ese manuscrito.

Bostezó, se estiró, y lo primero que hizo fue ir a tomarlo para proseguir la lectura. Estaba en blanco. El corazón le dio un vuelco. Corrió las hojas de un lado a otro y no había una sola línea escrita. Lo cerró intentando repetir el ritual de la primera vez y cuando lo volvió a abrir seguía en blanco. No había otra historia, simplemente todo se había esfumado.

Salió del cuarto tambaleándose y se topó con Linda.

—¿Qué sucede? —preguntó ella al verlo pálido, como si un vampiro hubiese succionado toda su sangre.

—Se borró.

—¿Qué?

—El manuscrito se borró.

—¿Habías escrito mucho? ¿No lo tienes en el ordenador?

—No. No lo tengo en ningún lado. Era la mejor novela, la novela de mi vida…

—¿La del cangrejo ladrón?

Nicholas la miró con atención.

—¿A qué te refieres?

—A nada.

Nicholas la sujetó del brazo y escudriñó su cara.

—¿De qué hablas? ¿Qué hiciste?

—¿Yo? Nada. No hice más que dormir. No te entiendo. ¿Cómo puedes escribir una novela y no tener una copia en tu archivo si era según tú la mejor que habías escrito?

—¡No tengo copia! ¡La novela se borró! ¿Es que no lo entiendes? —entró al cuarto y agarró el manuscrito en blanco, enseñándoselo—. Mira: no hay nada.

Linda cogió el manuscrito y pasó las hojas.

—Es increíble. No está lo que leí, ¿estás seguro de que es el manuscrito?

—¿Que leíste, dices? Linda, si le hiciste algo a mi novela, te juro que…

—Nicholas… está bien. Ayer entré a ver tu manuscrito, leí solo un párrafo acerca de un cangrejo que escondió las gafas de una mujer en la arena. No me pareció tan buena, así que lo dejé donde estaba.

—¡Dios! Entonces fuiste tú…

—Te lo juro, Nicholas, yo no hice nada. Dejé todo tal cual estaba —repitió ella.

Nicholas dio media vuelta y se encerró en su cuarto. Tuvo que hacerlo para no cometer una atrocidad. Miró el manuscrito sobre el escritorio, el verde plateado del anillado pareció hacerle un guiño, se acercó y lo escudriñó, lo cerró y volvió a abrir, pero nada surtió efecto. Salió y buscó a Linda.

—Necesito que salgas de inmediato.

—Nicholas… no tengo adónde ir.

—Por favor, no hagas que te eche. Necesito estar solo, completamente solo.

—Por lo menos dame un par de horas, deja que haga algunas llamadas, no puedes hacerme esto.

—Puedo hacerlo.

Nicholas quedó unos instantes pensativo.

—Voy a salir, Linda. Espero no verte aquí a mi regreso.

Cogió el manuscrito y salió.

Esperaba que el hombre del cementerio estuviese, no sabía bien por qué, pues él no tenía mayor poder sobre el manuscrito. Sin embargo en aquellos momentos no podía pensar de manera racional. Solo deseaba hablarle, contarle, compartir con él su desgracia.

Al llegar no vio a nadie. El banco estaba vacío, excepto por una paloma que emprendió el vuelo en cuanto lo vio acercarse. Se sentó y sus ojos buscaron en vano alguna señal en los folios anillados que tenía delante. De pronto supo lo que tenía que hacer.

Escribiría la novela él mismo, al fin y al cabo era escritor, ¿o no? Se preguntó. Lo cierto es que le parecía difícil emular a quien sea que hubiese inventado la historia del cofre. Italia… Claudio Contini-Massera, Armenia y sus catacumbas… ¿Dónde buscar datos? en Internet, obviamente, ¿en dónde más? Debía buscar información. Esperaba al regresar no encontrar a Linda, bastante daño había hecho, no sentía remordimiento por echarla a la calle, la consideraba causante de su desgracia, antes, y en esos momentos. Por otro lado, estaba seguro de que era una mujer de recursos, sabría apañárselas como siempre lo había hecho. Linda era una mujer de recursos insospechables.

Con alivio notó nada más entrar, que ya ella no estaba. Fue directo al ordenador y se le ocurrió teclear en el buscador: Claudio Contini-Massera.

Para su sorpresa, toda una página de resultados con ese mismo nombre apareció frente a él.

«El conde Claudio Contini-Massera conocido empresario millonario falleció ayer, miércoles 10 de noviembre de 1999. Sus restos serán sepultados en su mausoleo privado, en la villa Contini. Su sobrino Dante Contini-Massera, a quien muchos consideran su heredero, se encuentra en Roma y…»

Nicholas estaba estupefacto. Los personajes de la novela que había sido escrita hacía más de tres meses eran reales, y no solo eso, se estaba cumpliendo lo que había leído en el manuscrito. O sea… la idea apareció nítida frente a sus ojos como si estuviese iluminada por un enorme letrero de luces de neón: todo *lo que se contaba en el manuscrito era cierto*. El secreto, la fórmula, las catacumbas, los estudios de Mengele acerca de la búsqueda de la eterna juventud…

Con el corazón latiéndole como si fuera un tambor, Nicholas siguió buscando información y obtuvo algunos datos más acerca de la trayectoria del difunto Claudio Contini-Massera.

Tenía que viajar a Roma. Debía conocer a Dante, a fray Martucci, debía terminar de escribir esa historia. ¿Cuánto le quedaría en el banco? Se metió a su cuenta y apareció su saldo: US$ 3.400. No era mucho. Y para Europa, menos. Aún contaba con sus tarjetas de crédito. Saldría esa misma noche si fuera posible, no podía perder la pista de Dante. Recordó la fecha que le interesaba: 12 de noviembre, en el Cementerio Protestante de Roma.

Nicholas Blohm

Cementerio Protestante, Roma, Italia
12 de noviembre de 1999 - 10:30AM

El taxi lo dejó justo en la entrada del cementerio. Nicholas entró y se entretuvo mirando las tumbas, descuidadas, así como la gran cantidad de felinos que parecían haberse apropiado del lugar. Echó un vistazo al reloj de muñeca y se dirigió a la entrada. En cualquier momento el Maserati plateado aparecería y se estacionaría pegado a uno de los muros cercanos al acceso. Había llegado directamente del aeropuerto para poder coincidir con Dante y Martucci en el lugar. Tuvo que contenerse para no lanzar un grito de triunfo al sentir el suave ronroneo del motor del coche de Dante. Tenía frente a sus ojos a los personajes de *su* novela. Lo que había leído era tal como lo había imaginado. Bajaron del vehículo y entraron en el cementerio; él mantuvo la distancia observándolos con avidez, mientras tomaba nota mental de los hombres que caminaban unos veinte pasos delante.

—Ahora se detendrán bajo un árbol, conversarán y después de un rato Dante se apartará de Martucci y se sentará en una lápida tomándose la cabeza entre las manos. Luego de un momento el fraile se le acercará— murmuró Nicholas. Y en efecto, fray Martucci, alto y delgado, caminó lentamente hasta situarse frente a Dante.

Nicholas esperó limitándose a observar. Sabía paso a paso lo que harían, incluso, lo que estaban hablando y lo que sentía cada uno de ellos. Esperó a que retomasen el camino hacia el mausoleo y se internó entre los arbustos para seguirlos sin ser tan obvio. Detalló a Dante, era un sujeto más alto que Martucci, de cabello castaño claro y complexión atlética. Admiró su porte elegante, su gestualidad tan mediterránea, al igual que la del fraile. La curiosidad que sentía Nicholas hizo que se descuidase. Entonces supo que Dante lo veía, pero que lo confundiría con cualquier turista. Dejó el resguardo entre los árboles y fue directo a la salida. Debía de estar preparado para seguirlo, tenía que buscar la manera de acercarse a él. ¿Cómo? Dante era uno de los hombres más poderosos de Italia. O pronto lo sería. «Me haré pasar por periodista.» Nicholas aún conservaba el carnet del *New York Times*, donde había sido columnista hasta hacía dos meses.

Detuvo un taxi.

—Por favor, espere un momento —dijo al conductor, esperando que lo entendiese.

Sin duda el taxista hablaba inglés. Puso en marcha el taxímetro y esperó.

—Siga al Maserati, por favor. De lejos.

Sintió la mirada del hombre por el retrovisor. Por un momento pensó que se negaría, pero siguió sus instrucciones. El Maserati entró al centro de Roma y se detuvo en una calle angosta. Dejó al fraile y luego siguió. No paró hasta llegar a la villa Contini en las afueras. Al traspasar la entrada de los leones de piedra, vio desde la distancia en que se encontraban, que una reja se cerraba tras el coche de Dante. Nicholas se preguntó de dónde habría salido, así como también, la caseta de vigilancia. Aquello no figuraba en el manuscrito.

—Debo hablar con el señor Dante Contini-Massera, vengo de Estados Unidos, trabajo en el *New York Times* —explicó Nicholas al vigilante.

—¿Tiene alguna identificación?

Nicholas le enseñó el carnet y su pasaporte. Después de examinarlos minuciosamente, el vigilante lo miró directamente a la cara como para memorizar su rostro.

—¿Tiene usted una cita con él?

—No. Pero ¿podría preguntarle si me puede recibir? Debo regresar a mi país esta noche.

—Un momento, por favor.

El guarda entró a la garita y Nicholas observó que hablaba por teléfono. Esperó un buen rato y el hombre se acercó al taxi.

—Está bien. El señor Contini-Massera lo recibirá. Aguarde un momento.

Volvió a la caseta y la reja se abrió.

Recorrieron el sendero arbolado y apareció la villa Contini. La mansión que tantas veces imaginó en esos días. Una rotonda en cuyo centro sobresalía la escultura de piedra de una mujer vertiendo agua de un cántaro daba un encanto especial a la villa. El taxi se detuvo justo frente a la entrada principal.

—¿Podría esperar? No sé cuánto voy a tardar, pero salir de aquí sin coche me será difícil.

El hombre echó un vistazo al taxímetro. Y le devolvió la mirada.

—*Va bene, signore*… Aquí lo espero.

—Gracias.

Nicholas subió hasta la entrada. La enorme puerta tallada se abrió antes de que pulsara el timbre.

—Buenas tardes, pase, por favor. El señor lo recibirá en unos momentos, sígame.

El lujo de la casa sobrecogió a Nicholas. Siguió al mayordomo y entró en un salón que más parecía formar parte de un museo que de la vida normal de una familia. Tomó asiento en uno de los sillones y esperó por un buen rato. Al cabo de nueve minutos apareció Dante en el umbral.

—Buenas tardes, señor Blohm. Dígame, por favor, ¿en qué puedo serle útil?

Por breves instantes Nicholas se quedó paralizado. Tenía frente a él al personaje del manuscrito. Se puso de pie y le extendió la mano; le urgía tocarlo.

—Señor Contini-Massera, soy columnista de Sociedad del *New York Times*. Antes que nada, quiero manifestarle mis condolencias, su tío, el conde Contini-Massera fue un personaje conocido en los círculos sociales y financieros de mi país —aventuró Nicholas.

—No lo sabía. Le agradezco sus palabras, ¿desea usted que hablemos de mi difunto tío? —respondió Dante invitándolo a sentarse.

—En realidad, a quien venía a entrevistar es a usted.

—¿Una entrevista? ¿Y de qué podría hablar yo? —inquirió Dante, con extrañeza.

—A la muerte de su tío, usted heredará su fortuna, ¿no es así? Es una noticia que muchos desearían saber. ¿También heredará el título?

—Me temo que no puedo responder a esas preguntas, señor Blohm. Son asuntos absolutamente personales.

—Le comprendo perfectamente, señor Contini, pero ya que he llegado hasta aquí, ¿podría decirme algo, cualquier cosa, para que no regrese con las manos vacías?

Dante se quedó callado y una imperceptible sonrisa se dibujó en su rostro. De un momento a otro se había convertido en una persona importante, y tres días atrás no tenía ni para pagarse el viaje. El hombre que tenía delante no parecía ser uno de esos periodistas de escuela, como los que había visto en las conferencias que diera el tío Claudio. Se le antojaba un primerizo. Como él. Le caía simpático. Si había algo que le gustaba del pueblo norteamericano, era el candor que parecía emanar de su gente.

—He vivido un tiempo en su país. Realicé un master de economía en Yale. Acabo de llegar y me encuentro con la triste noticia de haber perdido al ser más querido por mí. Puede poner en su columna que su muerte me ha causado un gran dolor, y que aún no sé si soy el heredero. La familia es grande, no conozco el contenido del testamento de mi tío, y tampoco me interesa mucho.

—Tiene razón. No estoy de acuerdo con divulgar secretos de familia, mucho menos los económicos. Pero es mi trabajo, y algo he de escribir. Entonces podríamos hablar de su estancia en mi país.

—Fui básicamente a estudiar y a conocer un poco la vida norteamericana.

—¿Dejó alguna persona allá? Me refiero a que dos años son muchos días…

—… y muchas noches, es verdad —terminó de decir Dante mostrando una sonrisa que cautivó a Nicholas—. Pero mi mente estaba en los estudios, por supuesto, tuve algunas amigas… Nada trascendente.

—¿Piensa volver? Su regreso a Roma fue intempestivo, supongo que quedaron cosas por hacer.

—Las podría gestionar desde aquí. No tengo pensado regresar pronto.

A Dante le vino Irene a la memoria. Tenía que pagarle el préstamo. Una sombra oscureció su rostro y escrutó el de Nicholas. ¿Quién era ese hombre? Martucci le había advertido de los negocios turbios de Irene.

—Parece que su vida es muy diáfana, señor Contini.

Dante había dejado de prestar atención a las palabras de Nicholas. Algo en la figura de él le hacía recordar un momento, fugaz, pero cada vez más nítido. La silueta de un hombre en el cementerio apareció en su mente.

—Usted me ha estado siguiendo, ¿verdad?

—Sí. Y le ruego me disculpe. Pero lo vi conversando con el cura y no quise abordarlo en el cementerio. —Se le ocurrió decir a Nicholas. Era preferible, a negarlo.

—¿Qué es exactamente lo que desea de mí, señor Blohm?

Nicholas suspiró y apretó los labios. Se decidió a hablar.

—Verá, señor Contini. Soy escritor, además de periodista. Su tío, el señor Claudio Contini, siempre me ha parecido un hombre fascinante. Quería conocerlo a usted, y que tal vez accediese a relatarme algo de su familia, me interesan los secretos… sé que su tío le dejó uno. —Nicholas vio el movimiento brusco que hizo Dante.

—No creo que debamos seguir esta conversación, señor Blohm. —Dante se dirigió a una consola y puso la mano sobre ella. El mayordomo apareció casi de inmediato—. Fabio, llame a Nelson, por favor.

El mayordomo desapareció y Dante observó fijamente a Nicholas. Algo no andaba bien.

—Señor Contini, le ruego que me escuche, no soy un ladrón, ni un delincuente. Solo escúcheme, por favor. Si le contase lo que me ha ocurrido tal vez no lo crea, o quizá piense que estoy loco.

Nelson ocupaba todo el espacio de la puerta de dos hojas. A los ojos de Nicholas ocuparía el espacio de cualquier puerta. Sus casi dos metros de altura se veían imponentes al igual que su musculatura, que resaltaba bajo la camiseta negra pegada al cuerpo como un guante.

—Por favor, Nelson, acompaña al caballero a la salida.

—Señor Contini, está cometiendo un error… yo solo quería… ¿Qué sucedió en Armenia con su tío Claudio y Francesco Martucci? Y el cofre, ¿qué contiene? ¡Escúcheme! Yo sé algunas…

Dante hizo un gesto y Nelson soltó el brazo de Nicholas.

—Espera afuera, Nelson. Yo te llamaré.

Antes de retirarse, el gigante revisó a Nicholas con gestos rápidos y profesionales. Lo encontró «limpio», aparte de un manuscrito, no llevaba nada en las manos. Le extendió a Dante el pasaporte, un billete de avión y todo el contenido de sus bolsillos.

—Pon todo en la consola, Nelson, gracias. Y usted, tome asiento, por favor.

Dante indicó un sillón con un gesto y luego él se sentó en otro. Abrió el pasaporte y leyó con cuidado los datos, verificó los sellos de entrada al país, y chequeó el pasaje, luego los dejó sobre el pequeño mueble situado a su izquierda.

Nicholas no estaba seguro cómo comportarse, ni cuánto debía decirle. Había ido hasta Roma obsesionado por un manuscrito y la situación se tornaba para él cada vez más complicada. Empezaba a arrepentirse de haber obrado de manera tan impulsiva. Si le contaba la verdad, jamás le creería, no tenía pruebas. El manuscrito estaba en blanco. Y empezaba a comprobar que no todo lo que había estado escrito en él era estrictamente cierto, existían ciertas variables, como la reja de la entrada, el mastodonte que había como guardaespaldas, o la personalidad del joven que tenía delante, que para nada semejaba a un inútil e indolente hijo de millonario. Sus gestos, su comportamiento, indicaban que era un hombre muy seguro de sí mismo.

Dante mantuvo el silencio por largos segundos. Sabía cómo hacer sentir nervioso a su adversario, el tío Claudio había sido su maestro, más que un padre. Intuía que el sujeto que tenía enfrente era un buscavidas. ¿Cuánto sabría él acerca de lo que dijo? Pensó en las precauciones que tomó Martucci y que ahora le parecían vanas.

—Bien, don Nicholas Blohm, ahora usted va a responder a mis preguntas. ¿Qué es exactamente lo que ha venido a buscar?

—Señor Contini, como le mencioné, soy escritor. Llegó a mis manos de la manera más extraña un manuscrito. Este, justamente. —Se lo alargó—. En él había escrita una historia sin título. Se refería a un secreto que poseía el conde Claudio Contini-Massera, y que a su muerte se lo había legado a usted por medio del fraile Martucci. Sé que suena insólito, pero debe creerme, es la verdad.

Dante hojeó el manuscrito y vio que estaba en blanco.

—Aquí no hay nada.

—Lo sé. Ese manuscrito es especial. Leí en él mucho acerca de usted, su tío, su familia, pensé que era una simple novela, pero cuando el manuscrito quedó en blanco, en mi desesperación por escribir o rehacer lo que allí estaba, empecé a buscar en Internet y me topé con la noticia de la muerte de su tío. Fue entonces cuando supe que lo que había leído era real, por muy extraño que parezca.

Después de hablar con Martucci, la capacidad de asombro de Dante se había expandido. Tal vez un par de días atrás hubiese actuado de manera diferente, pero el americano parecía creer lo que decía.

—No le voy a decir que le creo, señor Blohm, pero me gustaría que me contase qué fue todo eso que supuestamente leyó en este manuscrito.

Y Nicholas habló. Tenía aún frescas en la mente las líneas que tanto lo habían impresionado. Se mantuvo lo más fiel posible al relato y Dante lo escuchó con atención. Al principio con curiosidad, finalmente la curiosidad se transformó en asombro cuando el americano dijo: «Sé que Claudio Contini-Massera era su padre, y sé cuál es la clave para hallar la fórmula».

Al escuchar esas palabras tuvo la sensación de que algo extraordinario estaba ocurriendo en su vida. Siempre y cuando Nicholas Blohm no fuese un vulgar charlatán, obviamente.

El pacto

Y así llegué a este punto. Tenía frente a mí a un norteamericano desconocido, que juraba que todo lo que me había contado, lo había leído en un manuscrito del cual no existía una palabra escrita. Y por alguna extraña razón, yo le creía. No tenía el aspecto de ser un hombre peligroso, aunque había aprendido a no fiarme de las apariencias. Lo insólito de todo es que sabía mucho. Más de lo que yo apenas me había enterado ese día. Eso le daba una ventaja, pero no terminaba de comprender por qué deseaba ayudarme.

—¿Qué desea a cambio? —pregunté.

—Quiero formar parte de la búsqueda del secreto que le dejó su tío Claudio.

—¿Y qué le hace pensar que yo lo permitiré?

—No creo que tenga otra opción. Señor Contini, no deseo chantajearlo, si es lo que piensa. Verá usted, estoy seguro de que la extraordinaria historia de su tío es digna de una novela, puedo relatarla sin mencionar sus nombres, solo necesito participar en los acontecimientos. No le pido nada del otro mundo.

—¿Y si me niego?

—Podría escribir la novela con lo que sé, son muchos los secretos que podría utilizar. La relación de su tío con Mengele, la fórmula en la que estará interesada más de una empresa farmacéutica, eso sin contar los trapos sucios de la familia…

—Si eso no se llama chantaje… es usted muy arriesgado, señor Blohm. No puedo tomar una decisión en estos momentos. Debo pensarlo, le prometo que tendrá una respuesta. Comuníquese conmigo mañana por la noche y le diré qué he decidido.

Vi que Nicholas Blohm me miraba como esperando algo.

—¿Ha comprendido lo que le he dicho? —le pregunté.

—Sí, lo llamaré mañana por la noche. ¿Me puede dar un número adónde llamarlo?

—¿No estaba en el manuscrito? ¡Ah! Ciertamente, se ha borrado… —comenté con ironía.

Escribí en una libreta que había en la consola y arranqué la nota. No deseaba que él tuviese una tarjeta mía. Se la extendí y llamé a Nelson.

—¿Puede devolverme el pasaporte?

—El pasaporte se quedará conmigo, así como el billete de avión. Pero puede llevarse su cartera. Espere un momento.

Abrí su billetero y saqué las tarjetas de crédito, así como cualquier tarjeta, papel o documento que pudiera identificarlo. Únicamente le entregué el dinero y unas llaves.

—Pero es imposible, no puedo andar por ahí sin documentos, en cualquier hotel me pedirán identificación. Esto es ilegal… mis tarjetas de crédito… Me quejaré ante la embajada norteamericana.

—Hágalo, y me haría un gran favor. O Puede decirle al taxista que lo lleve a algún hotel donde no le pregunten ni el nombre. Le sugiero que acompañe a Nelson, señor Blohm. Espero su llamada.

—Al menos deme el manuscrito —pidió con desesperación.

—El manuscrito se quedará conmigo hasta que nos volvamos a ver.

Nicholas Blohm me miró y meneó la cabeza; capté la angustia en sus ojos, mientras Nelson con su mutismo insistente le decía que ya era hora de dejarme tranquilo. Vi sus espaldas desaparecer tras la puerta y tomé el pasaporte, el billete y el resto de sus cosas, y los llevé a mi habitación. Era preciso que hablase con Martucci ese mismo día. Nicholas Blohm se había metido en mi vida y le costaría caro. Sabía que él podía solicitar otras tarjetas de crédito, aduciendo que se le habían extraviado, pero sería un obstáculo más. Además, no tenía identificación. Por otro lado, su cara de terror me causó una honda satisfacción, no sé qué habría pensado él que yo podría hacerle, en todo caso, tendría algo de qué preocuparse.

Me comuniqué con Martucci llamándolo al número privado que me había entregado hacía poco menos de una hora.

—Abad Martucci, ha surgido un problema, no creo conveniente hablarlo por teléfono, por favor, diríjase a algún lugar donde pueda pasar por usted.

—Estaré a cien metros después de La Forchetta en... —hizo una pausa—: media hora.

Me gustaba Martucci. Comprendí por qué tío Claudio confiaba en él. No hacía preguntas inútiles, no dudaba, era directo. En cierta forma era reconfortante tenerlo de mi lado. ¿Qué habría hecho tío Claudio en esas circunstancias? ¿Seguirle el juego al americano? ¿Desaparecerlo? La idea no era mala. Pero no me podía dar ese lujo. Por otro lado, ¿cuánto mal podría hacerme Nicholas Blohm? A mi modo de ver era un sujeto que intentaba, según él, escribir una novela a cualquier precio.

Fui al garaje y elegí un coche azul marino, el único de apariencia ordinaria, un Fiat que era utilizado por el servicio para hacer las compras. Tenía vidrios oscuros y podía pasar desapercibido.

Martucci estaba de pie en una esquina. Lo reconocí pese a que no iba con su hábito.

—Espere a que le cuente. No lo va a creer —le advertí apenas subió al coche.

—Créame, *signore mio*, en mi vida he escuchado casi de todo. Tenga esto.

—¿Qué es?

—Este tubo contiene los documentos. En la primera hoja están las indicaciones.

—Será mejor que vayamos a la villa, no quiero andar por las calles de Roma, allá estaremos seguros.

—Pensé que *la sua mamma* estaría instalada allí.

—Ella prefiere su casa en Roma, yo estoy en la villa porque no deseo hospedarme en casa de mi madre.

Él asintió, y en el camino le hice un recuento de lo sucedido con el americano.

Fray Martucci parecía pensativo. Estoy seguro de que su mente trabajaba afanosamente.

—¿Nunca se cruzó con el americano en los Estados Unidos? —preguntó Martucci.

—Jamás lo vi antes. Lo peor de todo es que yo le creo. No sé por qué, pero me parece que lo que dice es cierto. El manuscrito lo tengo en mi poder, así como también su pasaporte y sus tarjetas de crédito.

Martucci sonrió levemente, lo noté y él se dio cuenta.

—Creo que Claudio hubiera hecho lo mismo —dijo—. Es una pena que él no lo pueda ver ahora.

Al llegar a la villa fuimos directamente a mi habitación. Le mostré el manuscrito, que no era más que un fajo de hojas vacías con tapas negras, anillado.

—No parece nada extraordinario. ¿Ha contemplado la posibilidad de que el sujeto esté loco? Hay mucho insano en este mundo, y los americanos son especialmente susceptibles de serlo.

—En todo caso sería una locura clarividente. Me dijo con todo lujo de detalles lo que usted me ha contado, y más. ¿Cómo podría alguien saber algo así?

—Supongamos que el americano dice la verdad y que esto —puso la mano en la tapa del manuscrito—, sea una especie de libro de la vida. No voy a cuestionarlo ahora. El asunto es: ¿Por qué? ¿Por qué precisamente sucedió con ese hombre? ¿Cuál es el motivo por el cual la vida de Claudio Contini-Massera apareció aquí? ¿Qué desea él? ¿Escribir una novela con un argumento que forma parte de la vida de unas personas? No parece ser muy inteligente. Con lo que sabe, ya hubiera podido empezar a escribir, y el resto, inventarlo. Ni siquiera es un buen escritor. Eso es seguro.

—Dijo que quería ayudarme a buscar el secreto que me dejó tío Claudio.

—¿Se refiere a las palabras que debe recordar? Eso lo podría hacer usted sin su ayuda.

—Es cierto. Pero no tengo idea por dónde empezar.

—¿Y el americano cree poder ayudarlo?

—Dijo que recordaba todo lo que estaba escrito y que las claves estaban allí.

Francesco Martucci se tocó la barbilla mientras caminaba despaciosamente de un lado a otro de la habitación mirando el suelo.

—¿Se da usted cuenta de que si el americano contribuye a encontrar las claves también tendrá acceso a la valiosa fórmula?

—Sí. Pero no necesariamente podrá hacer uso de ella.

—¿A qué se refiere?

—No creo que él sepa el final de «la novela» —dije, intentando no parecer demasiado irónico. —El final puedo escribirlo yo. Claro, no de manera literal, pero puedo hacer que sucedan cosas.

—Usted no es un personaje de novela, Dante —enfatizó con impaciencia Francesco Martucci.

—Ya lo sé. Solo me pongo en su situación, él ha leído una parte de un manuscrito donde yo aparezco. Después, yo puedo hacer que sucedan cosas. Es como ser libre, ¿me comprende?

—Por lo que veo, se dejará ayudar por el americano.

—Viéndolo de esa forma, sí. Hasta cierto punto es emocionante.

—Empieza a hablar como Claudio, ¡*andiamo*! ¡Esto no es un juego, *Don Dante*!

—Tranquilo, Martucci, creo que sé cómo llevar todo esto. Tal vez el americano me sea útil. En todo caso, necesito su complicidad, y por la memoria de mi padre, su gran amigo Claudio, usted debe prometerme que cumplirá lo que aquí pactemos.

Martucci me miró con sus extraños ojos, como si estuviera tasándome. Pero había algo más que su actitud, aparentemente concienzuda, no podía ocultar. El temor se reflejó en un gesto que trató de parecer indiferente.

—Un pacto…

—¿Le teme a dar su palabra?

—No es a eso a lo que temo.

—¿Entonces?

—Tengo miedo de morir antes —dijo Martucci en tono sombrío.

—¡Qué dice! ¡Todos moriremos algún día!

—Lo sé. Pero yo tengo razones para pensar que puede suceder antes de lo que quisiera.

—Es por la radiación, ¿verdad?

—Yo estuve menos expuesto a ella. Quien sí lo estuvo y más de una vez fue Claudio.

—¿Dónde se encuentra el cofre ahora?

—Lo tengo a buen recaudo. Créame, es mejor que no lo sepa, por su seguridad.

Era todo lo que tenía que saber. Le expliqué mi plan a fray Martucci y él, como supuse, estuvo de acuerdo. Se persignó tres veces y miró al cielo. Después soltó un: «¡Qué diablos!», que me dejó boquiabierto.

Fui con él al centro de Roma y lo dejé en una esquina.

El testamento

—Su madre llamó. Dijo que era urgente.

Fabio me dio el recado apenas entré. Como siempre, mi madre tenía urgencia. Probablemente querría hablar sobre la lectura del testamento. Y no me equivocaba. La llamé y poco después oí su voz al teléfono. Mi madre suele utilizar inflexiones graves y muy elegantes cuando da órdenes.

—Recuerda que la lectura es mañana a las diez. Los abogados dieron aviso a todas las personas involucradas, nos reuniremos en su despacho. ¿Sabes dónde, no? —Inquirió como si yo no fuese capaz de llegar a la dirección correcta.

—Sí, mamá. Estaré allí sin falta.

Volvieron mis temores. Después de la lectura del testamento, sabía que tarde o temprano me enfrentaría a la junta directiva de la Empresa, esta vez representando a Claudio Contini-Massera. ¿En qué estaría pensando él cuando decidió hacerme responsable de todo? Aquello me abrumaba por el peso que suponía y por lo mucho que debí significar para él. Deseaba poder estar a su altura. Con sinceridad, en ese momento fue lo que más deseé.

☐ ☐ ☐

Fabianni, Estupanelli & Condotti, la firma de abogados que velaba por el testamento de tío Claudio quedaba en el último piso de un bloque colindante con la Piazza Navona. A las diez de la mañana nos encontrábamos en la sala de reuniones y Fabianni ocupaba la cabecera de la mesa. Estupanelli, Condotti, y otros dos hombres cuyos rostros creí reconocer como miembros de la Empresa, ocupaban los asientos a su lado. Mi hermana y mi madre estaban sentadas frente a mí.

—Los señores Bernini y Figarelli pertenecen a los estudios jurídicos que representan a la Empresa, y han traído el informe financiero de la compañía —presentó Fabianni—. Primero daremos lectura al testamento.

Mi madre asintió con impaciencia y Fabianni abrió la gran carpeta que tenía delante:

Claudio Contini-Massera - Mi última voluntad y testamento.

Un asistente nos repartió copia del documento «para que todo nos quedase claro», explicó Fabianni.

Leí la mía mientras escuchaba la voz de Fabianni. En ella decía claramente que yo heredaría la totalidad de los bienes de mi tío. Incluyendo el título nobiliario. Había pequeños legados para mi madre y mi hermana que les permitiría vivir aunque no tan holgadamente como hasta ese momento. Creo que fue lo que ocasionó que mi madre torciera el gesto y alzara las cejas como preguntando si no estarían equivocados.

No hubo mucho tiempo para prestarle más atención, pues Fabianni apenas terminó de leer, dijo que Bernini nos explicaría la situación financiera de la Empresa.

—La Empresa, compañía que dirigía el señor Claudio Contini-Massera como accionista mayoritario y fundador, tiene un activo aproximado de tres mil millones de dólares. Sin embargo… tiene deudas que superan los cuatro mil millones de dólares.

Pensé que no había oído bien. Quedé pegado al asiento y fui incapaz de mover un dedo, me sentí paralizado. Mi madre, en cambio, pegó un salto.

—¿Qué clase de broma es esta? ¡No puede ser cierto!

Yo deseaba intensamente que fuese una broma, pero algo me decía que era verdad. Sentí como si la losa de mármol negro que cubrió a tío Claudio hubiese caído sobre mí.

—Mamá, tranquilízate —dijo mi hermana.

—No puedo, Elsa, no es posible, debe haber una explicación.

—Y la hay, *signora* —enfatizó Bernini. Luego me miró a mí—. En el pasado, Claudio Contini-Massera ganó millones en la bolsa, a pesar de ello, tomó préstamos importantes. Cuando los intereses empezaron a subir, pensó que sería algo momentáneo y que volverían a bajar, y siguió comprando títulos a largo plazo. Los bancos le dieron crédito por su reputación, pero él siguió invirtiendo en valores de alto riesgo, y los préstamos se tornaron impagables por las refinanciaciones. También figura que hubo ganancias, muy altas. Pero no entraron a la Empresa. Lo cual indicaría que él estaba desfalcando su propia compañía. En pocas palabras: financiaba la compra de valores utilizando como garantía los ya adquiridos, es decir, operando ilegalmente. Por desgracia, las tasas de interés experimentaron una de las subidas más extraordinarias de la historia financiera y sus préstamos no llegaron a cubrir sus deudas acumuladas.

—¿Y dónde fueron a parar esas altas ganancias que usted dice que tuvo?

—No lo sabemos, señora Contini.

Yo sí lo sabía. Estaba seguro que todo ese dinero fue destinado a las investigaciones de la maldita fórmula de Mengele.

—Quiere decir que no recibiremos nada.

—Usted y su hija, sí, señora, hay un aparte con una cuenta bancaria, cuyo fideicomiso lo tendrán los abogados. Recibirán una cantidad mensual. No se preocupe.

—Por supuesto —contestó mi madre con una sonrisa sarcástica. Se levantó de su asiento y miró a mi hermana. Salió sin despedirse, y Elsa antes de ir tras ella, me puso una mano en el hombro.

—Tranquilo, hermano. Buscaremos una solución. —Me dio un beso en la mejilla y se fue.

Miré a Fabianni. Percibí en sus facciones bonachonas algo parecido al gesto de condolencia de los entierros. Y de eso sabía bastante.

—Señor Contini-Massera, tal vez le interese saber que su tío hipotecó la villa Contini, pero hizo un trato con el banco y puede usted seguir ocupándola hasta un año más.

Yo no presté mucha atención a lo que dijo. Solo entendí que por el momento podría estar allí. Busqué con la mirada a Bernini, que parecía rehuir a la mía.

—Señor Bernini, mañana a las nueve de la mañana deseo hablar con la junta directiva de la Empresa. Quisiera que todos estuviesen presentes.

Él me miró como si yo fuese una sombra.

—¿Podría saber cuál es el punto a tratar?

—Debo informarles que estamos en quiebra.

—Eso ya lo saben. Y están tomando las previsiones del caso…

—Con su ayuda, supongo.

Bernini guardó silencio al ver mi cara. Tal vez recordó a tío Claudio.

—No creo necesaria esa reunión, señor…

—No le estoy pidiendo permiso, señor Bernini. Quiero a todos reunidos allá mañana, incluyéndolos a ustedes. Tengo algo muy importante que decirles.

No esperé a que me respondiera, me despedí y salí al mejor estilo de tío Claudio.

Camino a la villa llamé a Martucci. Él literalmente se quedó mudo cuando le conté que era más pobre que antes.

—Martucci, usted dijo que los dos millones que mi tío había salvado del corredor de bolsa estaban a buen recaudo.

—Lo están, Dante. Y a su disposición, en mi cuenta.

—Por lo menos me servirán para lo que pienso hacer.

—¿Es lo que me estoy imaginando?

—Pienso emprender la búsqueda del tesoro —dije en tono de broma, para distender un poco la situación.

—¿Tiene alguna persona de confianza como para que maneje dinero? Recuerde que usted no puede tener mucho efectivo en su cuenta, pues le sería embargado —dijo Martucci.

Pensé en Quentin. El bueno y fiel Quentin que había quedado en el apartamento en Nueva York.

—Sí. Lo llamaré hoy más tarde para darle el número de cuenta, fray Martucci. Mañana usted podrá hacer la transferencia.

Esa noche debía comunicarme con Quentin, y Nicholas Blohm tenía que ponerse en contacto conmigo; tal vez sería quien me ayudase a salvar la Empresa. Pero era mejor que no lo supiera, si no, sus demandas serían insostenibles.

Al fin pude sentarme a leer los documentos que me entregó Martucci. Abrí el tubo y alisé las hojas con cuidado. Estaban escritas cronológicamente en latín con indicaciones en alemán. En la primera hoja, sin embargo, había una nota con la letra de tío Claudio. Unas palabras bastante crípticas:

«Querido Dante: usa la caja fuerte para guardar los documentos, espero que recuerdes la combinación. Te deseo toda la suerte de la que puedas disponer, así como también apelo a tu memoria: *Meester snyt die keye ras/ myne name is lubbert das.* Si no puedes con esto invoco al libro rojo, y recuerda: Las letras y los números primos, se guardan como un tesoro. Confía en las personas más cercanas a ti».

En esos momentos comprendí la confianza que tenía en mí. Yo no era nadie para juzgarlo, tuvo que tener motivos muy fuertes para haber quebrado La Empresa, y era mi deber no esconder la cara. Volví a leer las palabras, pero mi memoria no me ayudaba. ¿Por qué él dejaría eso en clave en lugar de decirme directamente lo que quería? ¡Había hablado tanto con él! ¿A qué libro rojo se referiría?

Obviamente, yo no tenía la mente tan despejada como para dilucidar el enigma. Según Martucci, debería saberlo, pero no era así. Dejé los documentos en la caja fuerte y puse la hoja a la vista, sobre el escritorio. Marqué el número del apartamento en Nueva York. La voz apacible de Quentin atendió al repicar el teléfono por tercera vez.

—¿Quentin?

—*Don* Dante, qué gusto escucharlo.

—Tío Claudio ha fallecido.

—Lo siento tanto, *don* Dante… —dijo Quentin. Su voz parecía que se quebraría en cualquier momento.

—Gracias, Quentin. No sé cuándo regresaré a Nueva York, debo solucionar algunos problemas. Por favor, dame el número de tu cuenta corriente que haré una transferencia.

Me dictó el número y en ese instante y por primera vez, conocí su apellido. Después de tantos años supe que se llamaba Quentin Falconi.

—Cuando se haga efectiva, Quentin, necesito que hagas un cheque y lo entregues personalmente.

Le di las señas de Irene y pude respirar tranquilo por esa parte. Me había prestado cinco mil dólares y yo le devolvería diez, como le había prometido. Sé que no estaba para tirar el dinero, pero había dado mi palabra y no quería problemas con ella.

—Está bien, señor Dante, esperaré la transferencia y seguiré sus instrucciones.

Sentí que le debía una explicación. El viejo Quentin estaba solo, prácticamente abandonado, en un país que no era el suyo y quién sabe cuánto tiempo más debería quedarse allí.

—Quentin, es importante que sigas allá, pues necesitaré de tu cuenta corriente para mover un dinero, ¿comprendes? No es nada turbio, solo es cuestión de seguridad.

—Como usted diga, *don* Dante. No se preocupe, cuidaré su dinero como siempre lo hice.

—Y por favor, cóbrate lo que te debo, sé que has estado cubriendo los gastos con tus ahorros.

Conociendo a Quentin, estoy seguro de que se sentiría avergonzado. Me alegré de tenerlo a mi servicio. Otro acierto de tío Claudio.

Cuando Martucci llamó esa noche le di el número de la cuenta adonde debería transferir los dos millones. Quentin me reenviaría el dinero por la Western Union cuando lo necesitase, en pequeñas transferencias y así no figuraría en mi cuenta. Miré la hora, eran pasadas las siete, en cualquier momento Nicholas Blohm haría sonar el teléfono. No bien lo pensé, apareció el mayordomo.

—El señor Nicholas Blohm está al teléfono, señor Dante —dijo Fabio, alcanzándome el aparato.

—Buenas noches, señor Blohm.

—Señor Contini, ¿hasta cuando me va a tener secuestrado en este hotel?

—Usted es libre de caminar por donde quiera, supongo que tiene llave de su habitación…

—Sabe a lo que me refiero.

—¿En qué hotel se encuentra?

—En el Viennese Rome.

—Deme la dirección. Enviaré a alguien por usted.

—Está en la Via Marsala, a unos metros de la estación Termini.

—Por favor, espere a Nelson en la recepción y traiga su equipaje. Tenemos mucho de qué hablar.

—Mi maleta está en un casillero en el aeropuerto.

—Él lo llevará adonde usted le indique.

La clave

Nicholas Blohm era el prototipo del hombre americano, según la imagen que tengo de ellos. Se meten de manera asombrosamente fácil en terrenos que no les incumben, sienten que el mundo es libre y les pertenece, que pueden hacer de él lo que quieran, apelando a la famosa libertad de expresión, de la que hacen uso indiscriminado y que se ha expandido como una enfermedad contagiosa por todo el mundo occidental. Y no es que yo tenga nada en contra, pero me molesta profundamente cuando en nombre de ella exhiben en público, sin escrúpulos, los secretos que pertenecen a cualquier individuo. Por dinero son capaces de todo. Me equivoco: por dinero y por la fama. Y yo de ninguna manera permitiría que el americano se hiciera rico a mi costa. Pero requería de «sus servicios» y debía comportarme de una manera diplomática.

Reconozco que me dio un poco de lástima verlo aparecer al lado de Nelson. Desgarbado, con una ropa que parecía una talla mayor a la de él y vestido con la chaqueta de cuero negra del día anterior, desgastada por el uso pero que hacía perfecto juego con su personalidad. Tenía una expresión que me recordaba a la de un perro apaleado. Sus oscuras cejas caídas le daban un aspecto triste, aunque en su mirada celeste se podía entrever la agudeza y cierta forma de inteligencia que más corresponde a los que trabajan con la mente.

—Tome asiento, señor Blohm, ¿cómo se siente?

—Bien, gracias. ¿Podría entregarme el manuscrito? —dijo Nicholas, mirando el escritorio.

Le alargué el manuscrito. Él lo retuvo pegado al pecho.

—Nelson, dile a Fabio que lleve la maleta del señor Blohm a su habitación —ordené al guardaespaldas. Nicholas no parecía sorprendido—. Señor Blohm, he pensado que podríamos llegar a un acuerdo.

—Le escucho.

—Usted dice que tiene la clave para encontrar la parte faltante de la fórmula de mi tío Claudio. De ser así, le doy permiso para que escriba su novela utilizando nuestra historia. Creo que es lo justo.

Sentí el interés que había despertado la posibilidad en el americano. Su actitud era otra, se levantó del sillón y caminó de un lado a otro sin decir una palabra. De pronto se detuvo y dejó el manuscrito sobre el escritorio.

—¿Tiene la hoja?

Recordé que él sabía tanto de los documentos como había leído en el manuscrito. Fui al escritorio y se la mostré. La retuvo en sus manos como si agarrase el Antiguo Testamento, escrito por el mismísimo Dios. Lo sostuvo por las puntas y lo colocó con cuidado sobre el escritorio.

Miró largamente las líneas escritas por tío Claudio.

«Querido Dante: usa la caja fuerte para guardar los documentos, espero que recuerdes la combinación. Te deseo toda la suerte de la que puedas disponer, así como también apelo a tu memoria: *Meester snyt die keye ras/ myne name is lubbert das*. Si no puedes con esto, invoco al libro rojo. Y recuerda: Las letras y los números primos, se guardan como un tesoro. Confía en las personas más cercanas a ti».

A pesar de que eran instrucciones muy personales, consideré necesario que las leyera, podría ser que también allí se encontrase la clave.

—Es indudable que su tío confiaba en que usted apelase a su memoria. Lo dice repetidamente. En el manuscrito también lo leí. Y creo que la clave está en la forma como le enseñó a leer a usted. Creo recordar que solía cantar una canción que parecía un sonsonete.

—¡Claro!, fue así como aprendí a memorizar las letras: «A, más B, más C, más D, más E… son uno, y dos, y tres, y cuatro…» —entoné, buceando en mis recuerdos.

—Exacto. Fue tal como lo leí en el manuscrito —afirmó Nicholas con una sonrisa de satisfacción.

—¿En serio?

—¿Tiene usted la nota de su tío que le entregó fray Martucci?

—Sí. Aquí está.

Nicholas leyó la nota con cuidado y después de examinarla la colocó al lado de la hoja.

Mi querido Dante:

Tengo tanto que decirte, quiero que sepas que las horas más felices las pasé contigo, te enseñé tus primeras letras, y espero que tus primeros pasos sin mí te recuerden que hay tesoros más duraderos que el dinero. Confía en Francesco Martucci, es mi mejor amigo. Y sobre todo, confía en los que te han acompañado toda la vida. Escribo esto ahora pues sé que no me queda mucho tiempo. Quiero dejarte mi posesión más preciada, espero que hagas buen uso de ella; no está registrada en mi testamento. Te la entregará Francesco Martucci en el momento que él crea conveniente. Tú sabrás reconocer las señales en el libro rojo. Y, por favor, cuídate.

Ciao, mio carissimo bambino.
Claudio Contini-Massera

—Segunda referencia al libro rojo. Debemos buscar un libro rojo, ¿sabe dónde se encuentra?

Negué con la cabeza. Tomó un bolígrafo y me pidió una hoja de papel.

—Dejaremos eso para después. Las palabras que se repiten son: primeras, letras, tesoro, libro rojo… Recuerdo al leer el manuscrito algo así como que podría recordar las letras del abecedario si las asociaba con la familia, ¿sabe usted de qué se trata?

—Claro, las letras del abecedario coinciden con los nombres de los que están en mi familia:

A – Adriano, mi abuelo

B – Bruno, mi padre, el primogénito.

C – Claudio, mi tío.

D – yo, Dante.

E – Elsa, mi hermana

—Y F, Francesco, el cura —recordó Nicholas.

—Él no cuenta. No lo consideraba de la familia, jamás lo vi hasta hace unos años y ahora.

—Pero quién sabe, cuantas más posibilidades, mejor, según leí, él formaba parte de la familia, tal vez como un hijo bastardo… —leyó en mi rostro la expresión de desagrado y agregó—: Y cada letra tiene un número, es una de las claves más simples que existen:

A - 1

B - 2

C - 3, y así, sucesivamente.

—Resultado: 1 + 2 + 3 + 4 + 5: 15.

—Y 1 + 2 + 3 + 4 + 5 + 6: 21. Si contamos a Francesco

—Eso siempre y cuando tu tío Claudio no haya considerado el alfabeto de 29 letras, que por cierto, está en desuso.

—Explícate.

—Durante los siglos XIX y XX se ordenaron las letras C y L de manera separada. La práctica se abandonó hace poco, en 1994.

—Creo que él ideó todo esto mucho antes, así que no creo que haya estado pendiente de la normativa que impone la Real Academia de la Lengua.

—Tienes razón. Tal vez en un futuro la vuelvan a implementar, con ellos nunca se sabe. Pero lo de «tesoro» no me parece que se refiera a los números.

Nicholas cruzó un brazo sobre el pecho y se agarró con la otra mano la barbilla, como tratando de recordar algo. De pronto hizo sonar los dedos y exclamó:

—¡Sabía que se me estaba escapando algo! En el manuscrito había una parte en la que recordabas una biblioteca encadenada, ¿cómo se llamaba?

—¿Hereford? —sugerí, sin asombrarme demasiado de que hubiera empezado a tratarme con más confianza. Cosa de americanos.

—Sí. Pensabas en lo que tu tío había dicho, algo así como que si tuviera un secreto que guardar lo haría allí, dentro de uno de esos libros, y nadie podría robárselo, pues están encadenados. ¿Te dice algo eso?

Lo pensé un rato. ¿Sería posible que tío Claudio hubiese guardado algo tan íntimo como un secreto en una biblioteca pública? No parecía lógico. Pero era cierto, él lo había dicho.

—Cuando aquello yo era un niño, Nicholas, tal vez lo hizo para distraerme, me refiero a que a los niños se les cuentan muchas cosas para avivar su imaginación… —respondí en el mismo tono de cercanía con el que Nicholas parecía sentirse tan a gusto.

—Pero encaja, tiene sentido. Para él los libros eran un tesoro, así lo decía, ¿no? Las letras, los nombres, la familia, los libros, es como si estuviera indicándonos el camino.

Asentí, pensando que él creía con firmeza en lo que pensaba. Definitivamente había que ser ingenuo para creerlo. Aun así le seguí el juego, no tenía otra posibilidad a la vista.

—Supongamos que todo tiene sentido, como dices, ¿cómo encajan los números? Tenemos el 15 y el 21. Podría ser cualquiera de los dos, supongamos que sea el 21, ¿será un tomo?, ¿de qué? ¿Qué clase de libro tendría el número 21?, ¿o el capítulo 21?, ¿o la página 21? ¿Te das cuenta de las infinitas posibilidades? —elucubré. Me parecía demasiado cuesta arriba.

—Estoy seguro de que existe una relación, tengo que concentrarme. Debo pensar.

—¿Tú crees, Nicholas, de verdad, poder encontrar la solución a este acertijo? Es necesario que me digas la verdad.

—Te prometo que sí.

—Eso espero. Hay mucho en juego.

—Necesito pensar, hay algo que se me escapa. —Cogió el manuscrito y lo abrió. Pasó las hojas como si esperase encontrar algo entre ellas.

—Fabio te llevará a tu habitación, Nicholas, serás mi huésped hasta que logremos encontrar la respuesta.

◻ ◻ ◻

Al quedar a solas, supe que el futuro de la Empresa dependía de que yo pudiera encontrar la fórmula de Mengele. El futuro de la compañía y el de la humanidad. Si tío Claudio había arriesgado tanto para obtenerla, debía valer mucho. Él jamás invertía sin obtener ganancias que quintuplicasen su inversión, aunque de manera inexplicable había dejado que su fortuna desapareciera.

El día siguiente sería mi prueba de fuego. Debía convencer a los accionistas de que esperasen antes de ejercer acciones contra La Empresa. Lo contrario sería la ruina total. Y al pensarlo me asombraba hacerlo en esos términos, ¿desde cuándo para mí todo aquello era tan importante? No acertaba a comprender el cambio que se estaba operando en mí, hasta hace unos días desinteresado de los negocios de mi padre.

La reunión

Cuando la puerta del ascensor se abrió, Nelson se situó teatralmente en toda la entrada, cubriéndola, naturalmente. Luego se hizo a un lado dándome paso y penetré en la sala de juntas que yo conocía, pero que había visto siempre desde otro ángulo. Una fina línea punteada empezó a dibujarse mentalmente en mi espalda, como si estuviesen haciéndome un tatuaje de aquellos que siempre me negué a llevar. Respiré suave y profundo para evitar que se notase mi ansiedad y caminé con paso firme a la cabecera de la larga mesa de superficie brillante, que reflejaba la luz de las diez pequeñas lámparas que iluminaban cada uno de los diez lugares. Sentí diez pares de ojos sobre mí. Los mismos diez pares de ojos que días antes me habían mostrado su condolencia en los funerales, ahora pendientes de cada uno de mis gestos. Me sentí como si estuviese en un escenario representando el papel estelar sin haber ensayado.

—Buenos días, señores, agradezco su presencia. Ya saben ustedes la situación de la empresa, así que pasaré por alto ese punto y solo les expondré un proyecto.

Nadie dijo una palabra, pendientes de lo que saldría de mis labios.

—Claudio Contini-Massera estuvo trabajando en un proyecto que dejó inconcluso y que yo pienso proseguir. Uno cuyo resultado será tan importante para la humanidad que dudo mucho que pueda haber otro descubrimiento similar en muchos años. Tengo la responsabilidad de que se lleve a cabo, y cuando eso ocurra, el capital de La Empresa será recuperado y multiplicado con el consiguiente beneficio para todos los accionistas. Les pongo al corriente para que no ejecuten ninguna acción contra la compañía en un plazo de seis meses, que calculo sería el tiempo necesario para completar las negociaciones, las cuales no expondré hasta nuestra próxima reunión por tratarse de un secreto que no debe ser revelado por cuestiones de seguridad.

—¿Es el motivo de la presencia del guardaespaldas? Su tío, que en paz descanse, nunca tuvo necesidad de traer a Nelson a las asambleas —dijo Bernini, cuyo rostro había pasado de la sorpresa al escepticismo.

—Es por ese motivo que él no está con nosotros —afirmé con temeridad.

—Vamos, jovencito, su tío murió por un infarto de miocardio, eso lo sabemos todos —insistió él.

Sopesé bien qué podía dejar entrever y dije lentamente:

—En efecto, así fue. Pero ese infarto hubiera podido evitarse de haber habido más colaboración de parte de ustedes.

Un rumor recorrió la sala, y por un momento pude contemplar casi con claridad ante mis ojos, el acto de la Última Cena.

—Joven Dante, él estaba enfermo, mientras usted se daba la gran vida en los Estados Unidos… ¿A qué viene ahora echarnos la culpa de la salud de su tío? —arguyó Bernini.

—Yo estaba en una misión especial. Mi tío cargaba con toda la responsabilidad del descubrimiento que llevó a La Empresa a la bancarrota, su salud estaba deteriorada por envenenamiento químico, pues él se prestó de conejillo de Indias para llevarlo a cabo. Aparte de eso tuvo dos atentados contra su vida. Es todo lo que puedo decir.

—Lo que usted nos está pidiendo es inaceptable. Claudio Contini-Massera hizo uso indebido del capital que le confiamos…

—Del cual la mayoría era de él —interrumpí con vehemencia—. Señores, no piensen que la muerte de mi tío ha cambiado las cosas. Compórtense como si estuviese con vida. ¿Actuarían ustedes en su contra sabiendo lo que ahora conocen? ¿Por qué ahora que está muerto deciden hacerlo? ¿Es porque yo, Dante Contini-Massera soy el que está al frente? No sé qué idea equivocada tienen de mí, señores, en todo caso, denme el beneficio de la duda. No propongo nada descabellado: seis meses. Es todo. No les estoy pidiendo dinero.

—¿Usted estaba en una misión especial? —interrumpió Bernini, que parecía haberse convertido en el asesor del enemigo—. ¡Vamos, hijo, todo el mundo sabe qué clase de misión especial tenía usted!

Yo le clavé la mirada con la mayor calma que pude. No podía dejar que me faltase al respeto, fue una de las primeras reglas que tío Claudio me había enseñado.

—Señor Bernini, ¿en qué bando se encuentra usted? Me da la impresión de que trabaja para la competencia. Creo que tendré que revisar su posición en esta organización.

—¡Joven Dante!, me está faltando el respeto, llevo muchos años asesorando…

—Llámeme señor Contini-Massera, por favor. Y así guardaremos mejor las formas.

No sé si mi parecido físico a tío Claudio fue lo que surtió efecto, pero el hombre cerró lentamente la boca como si se empezara a arrepentir de lo que estaba por decir. Fue como una reacción en cadena. La sala volvió a quedar en silencio y esta vez sentí que había ganado unos cuantos puntos ante los diez pares de ojos.

—Les tendré al tanto de todo en cuanto me sea posible. Necesito saber si están ustedes de acuerdo.

Al principio se oyeron algunos murmullos afirmativos con cierta timidez, para después elevar el tono. Uno de ellos se dejó escuchar claramente, a pesar de que su voz era bastante más baja que la de los demás.

—Señor Dante Contini-Massera, confiamos en usted como lo habríamos hecho con su tío.

Lo escuché porque cuando él habló todos guardaron silencio.

Se me acercó y me dio la mano, luego me entregó una tarjeta haciendo una pequeña venia. Después de él siguieron uno a uno los demás, como si se tratase de una fórmula ceremonial. Al final quedé con nueve tarjetas en las cuales pude leer los nombres más insospechados.

—Usted sabe, don Dante, estoy para lo que se le ofrezca. No lo dude, por favor —me dijo con su voz cavernosa el primero que se había acercado a mí, Giordano Caperotti—. Espero que esté haciendo lo correcto. Tiene seis meses, recuérdelo.

Dio media vuelta y su traje negro y su espalda encorvada me evocaron la vaga idea de un buitre.

Y como si tuviesen un tácito acuerdo, todos fueron saliendo de la sala. El último fue Bernini, quien me ofreció su mano lánguida y se despidió. Me quedé únicamente con Nelson, que seguía parado como un tótem y me miraba con una admiración incipiente. Las últimas palabras de Caperotti me sonaron claramente a una amenaza. Había pasado la primera prueba, y era solo el comienzo.

El plan

De regreso a casa quise evadir la realidad y me entretuve por el camino contemplando a los turistas que invadían las calles de Roma. Lo hacían en grupo, en parejas y también en solitario. Cámara en mano irrumpían en las iglesias, invadían las plazas, se solazaban en las innumerables fuentes y tomaban fotos de cada rincón que tuviese un aspecto antiguo. En realidad toda Roma era antigua y estábamos orgullosos de ello. Y yo que hasta hacía poco formaba parte de un estrato de aquella sociedad heterogénea, cosmopolita, tradicional y vanguardista al mismo tiempo, ahora me encontraba en una encrucijada, sentía sobre mí una carga que no había querido llevar, y que de todas maneras, indefectiblemente me estaba destinada, si bien no como yo lo había esperado. Y tenía la impresión de que ya no sabía a qué estrato social pertenecía.

Mis manos habían dejado de temblar, pero seguían frías.

Las palabras de Caperotti aún resonaban en mi mente, sus maneras suaves y tranquilas eran demasiado suaves y tranquilas. Su voz ronca y baja era de aquellas que saben que no necesitan esforzarse para ser escuchadas, pues es el interlocutor quien debe hacer el esfuerzo, porque en ello podría irle la vida. Fue la desagradable sensación que me dejó. Ahora dependía de la memoria e imaginación de un escritor norteamericano que había irrumpido en mi vida sin que yo lo hubiese llamado. ¿Es que acaso podía suceder algo en la vida de uno que fuese estrictamente programado de antemano?

Yo no había pedido estar en ese lugar, y sin embargo allí estaba, sentado en el asiento trasero de un gran coche negro conducido por un gigante marcial llamado Nelson, en un patético esfuerzo por emular a mi padre. O sea, a tío Claudio.

Un manuscrito en blanco era toda la prueba que había necesitado Nicholas para convencerme de que allí estaba escrito mi destino. Y yo le creía.

▯▯▯

Al llegar vi al americano sentado en una de las incómodas sillas de hierro pintadas de blanco de la terraza que daba al parque interior. Tenía un cigarrillo entre los dedos, con la mirada absorta en una hoja de papel que tenía frente a él apoyada en una pequeña mesa. Levantó la vista al sentir mi presencia y yo le interrogué en silencio.

—Creo que tengo la respuesta —dijo, mirándome con sus ojos de oscuras cejas tristes. Había algo en él que me hacía suponer que debía tener un poco de carga mediterránea en su sangre.

—Te escucho.

—¿Sabes lo que es un salmo?

—¿Algo relacionado con la Iglesia? —respondí inseguro.

—Específicamente la palabra «salmo», de origen griego, significa cántico. Salmo es, por consiguiente, una composición poética cantada. *Psalmus*, en latín, y *Psalm*, en inglés. Una de las acepciones de salmodiar, es «cantar la cartilla». Lo que me hace suponer que al indicarte lo de la cartilla se refería a «salmo». El 15 o el 21, si incluimos a la «F» de Francesco Martucci. Y es probable que si buscamos en la biblioteca de Hereford encontremos alguna clave en esos salmos o alguna señal que nos de la respuesta que estamos buscando.

—¿No podríamos leer aquí esos salmos y ver de qué se trata? Tengo una Biblia en mi habitación.

—Podríamos, sin embargo la lógica me dice que ha de ser en ese lugar, el sitio donde tu tío «guardaría un tesoro si tuviera que esconderlo», ¿recuerdas? Tal vez esté escrito en esos salmos, o quizá exista algo detrás del libro…

La idea de que nos estuviéramos acercando a la respuesta me excitó. Me sentía ansioso por salir para Inglaterra. De cualquier manera, no tenía mucho tiempo para perderlo divagando. Seis meses era el plazo que yo mismo me había dado y debía cumplirlo.

Nicholas quiso salir a realizar algunas compras que, según él, eran necesarias antes de partir, y le dije a Nelson que lo acompañara. Había captado entre esos dos americanos cierta corriente de simpatía. Yo aproveché para comunicarme con Martucci e informarle los últimos acontecimientos.

⁂

Hereford parecía haber quedado quieta en el tiempo. El mismo viejo hotel El Dragón Verde, en una época posada para diligencias, nos esperaba con su impresionante fachada, situado en la misma calle donde está ubicada la catedral, un majestuoso ejemplo de la arquitectura normanda, algo equivalente a la Torre Eiffel para una ciudad tranquila como Hereford. Sus torres que dominan todo el paisaje, apuntan al cielo como exigiendo atención.

Llegamos cuando anochecía, en un coche alquilado en el aeropuerto de Birmingham, y no me costó nada hacer el mismo recorrido de hacía tantos años con tío Claudio. El hotel no era lo máximo en confort, pero tenía el aire añejo que tanto le gustaba a él. Aunque nada de eso importaba, lo verdaderamente práctico era que desde allí se podía ir caminando a la catedral. Cenamos en el viejo restaurante Shire, del hotel, disfrutando de la excelente y fría atención inglesa, y pude comprobar el grado de civilización de mi inesperado compañero de aventuras al darle a escoger la bebida para acompañar la cena. Para mi sorpresa eligió jerez para acompañar el consomé y vino tinto para el guisado de jabalí. Supongo que ser escritor tiene sus ventajas.

—¿Cuál es tu interés de encontrar la fórmula? —me preguntó Nicholas de improviso.

—Quiero terminar la investigación que inició tío Claudio. Ojalá pudiera culminar sus deseos de lograr la eterna juventud.

—¿En serio crees que eso sea posible?

—No creo que él se hubiese embarcado en una aventura tan importante sin bases. Estoy seguro de que es posible.

—¿Y las implicaciones? ¿No te importa que uno de los nazis más odiados por sus atroces crímenes sea el propulsor?

—No creas que no me importa. Pero la ciencia siempre deja sacrificios. Hay investigadores que se han inoculado virus para estudiar en sus propios cuerpos los efectos y poder conseguir una cura.

—Ese no fue el caso de Mengele.

—Mira, Nicholas… es muy importante que obtenga las notas que faltan. De lo contrario toda aquella matanza no hubiera servido de nada, ¿no crees?

No deseaba decirle que de esa fórmula dependía mi futuro, podría ponerme alguna condición que yo no estaría dispuesto a cumplir.

—Si tú lo dices —dijo Nicholas en tono escéptico.

—¿Sabes ya qué buscaremos en la biblioteca?

—Sí —contestó él—. Una Biblia. Supongo que debe de haber alguna. Empezaremos buscando los salmos 15 y 21. Estamos tomando en cuenta la inclusión o exclusión de Francesco.

Asentí pensando que nos encontrábamos muy cerca de concluir con nuestra búsqueda.

—¿Puedo hacerte algunas preguntas? —inquirió Nicholas.

—Supongo que sabes más de mí que yo mismo —dije, sintiéndome por un momento desnudo. No hay peor cosa que estar delante de una persona que supuestamente sabe de uno más de lo que se es capaz de recordar.

—¿De haber seguido vivo tu tío, a qué te habrías dedicado?

—Supongo que acabaría por hacer lo que hago ahora, ser la cabeza de La Empresa.

—¿Te sientes cómodo ejerciendo ese papel?

—Aunque te parezca extraño, sí. Es como si hubiese vivido siempre para llegar a este momento, y no es que yo lo deseara, tú lo sabes bien.

—¿Eres muy rico? ¿Qué se siente al tener tanto dinero?

—No te lo puedo decir, Nicholas.

—Recuerda nuestro trato. Escribiré una novela y debo profundizar en los personajes.

—Supongo que ser rico es igual que ser pobre. Creo que es cuestión de acostumbrarse, en realidad no sé qué decir al respecto. Si hubiese sabido lo que es ser pobre, podría comparar, no tengo ni idea.

—Lo suponía. ¿Sabes que cuando se desea algo y no se puede obtener porque no tienes dinero para ello, se vuelve una obsesión? Hubo momentos en los que deseé tanto comer un sándwich de queso… y no tenía para comprarlo. Cuando empecé a ganar mis primeras monedas como limpiador de coches, llegué a atiborrarme de sándwiches de queso. Ni te imaginas lo que se siente —dijo Nicholas.

Capté un desprecio en su mirada que me hizo sentir culpable de que todos los chicos pobres del mundo no tuvieran dinero para comer sándwiches de queso.

—Yo una vez quise tener un coche de la Fórmula Uno, la imitación de un Ferrari en miniatura. Tío Claudio se negó. Dijo que era peligroso que me acostumbrase a la idea de convertirme en piloto de carreras.

—¡Dios mío! ¿Y qué edad tenías?

—Ocho, creo. Siempre me han gustado los coches.

—A esa edad yo estaba en un orfanato peleando para conservar mi lugar en el patio.

—Tu niñez ha debido ser muy entretenida.

—Más o menos igual que la tuya. Tal vez tengas razón al decir que ser rico y ser pobre es igual. Yo vivía mi vida sin conocer qué más había al otro lado del muro del orfanato, de manera que no extrañaba nada.

—Y ahora estás aquí, buscando una fórmula y a un paso de conseguir una historia para tu novela. Si yo fuese tú, con lo que sabes, ya habría escrito una. No sé qué es lo que esperas de mí.

Nicholas me miró pensativo. No dijo nada y se dedicó a jugar con el borde de su copa. Al cabo de un rato observó a los comensales que dejaban la mesa a nuestra izquierda y echó un vistazo al resto de personas que aún quedaban en el restaurante.

—¿No tienes la impresión de que alguien nos vigila?

—¿Crees que nos están siguiendo? —dije, acercándome a él.

—Hay un hombre que está solo, sentado tres mesas a tu derecha. No parece ser un turista, y es raro, pues todos aquí lo son, excepto nosotros. No viste como turista, no se comporta como turista, luego, no es turista.

Miré con disimulo al hombre de la mesa que indicaba Nicholas. Parecía absorto en el contenido de su plato, como si estuviese escogiendo lo que iría a llevarse a la boca. Tendría unos cuarenta años, su cuerpo delgado me decía que se encontraba en forma. Su cabellera negra un poco desordenada le daba cierto aire desenfadado. Usaba zapatos de goma.

—Creo que es un turista, mira sus zapatos —dije.

—Los espías usan zapatos de goma.

—¿De dónde sacas eso?

—Es lógico. Pueden caminar sin ser escuchados, correr con comodidad, trepar…

—No recuerdo haber visto a James Bond con zapatos de goma —argumenté.

Nicholas me brindó una sonrisa que me hizo sentir idiota.

—Es mejor que vayamos a dormir —propuse.

—Ve tú. Me quedaré un rato más, iré al bar —dijo Nicholas, y se dirigió hacia allá.

☐ ☐ ☐

Desde mi cama vi las finas telarañas en una de las cuatro esquinas de la habitación. Llegué a pensar que tal vez fuesen las mismas de la vez que estuve allí con tío Claudio. Deseé que en el cuarto de Nicholas hubiese arañas venenosas. ¿Sería verdad que alguien nos estaba siguiendo? Hasta ese momento me había sentido cómodo, pensando en la proximidad del descubrimiento de los acertijos de tío Claudio, pero Martucci me había prevenido pensando en los que atentaron contra la vida de mi tío. Podría ser cierto, tal vez el hombre del restaurante fuese un sujeto contratado por el o los interesados en impedir las investigaciones, o en desarrollar la fórmula. En buena cuenta, sería muy fácil obtenerla, solo tenían que seguir mis pasos.

Me senté en la cama. Debía ir a advertir a Nicholas. Salí del cuarto rumbo al bar, pero no estaba en él. No habían transcurrido más de ocho minutos, desde que fui a mi habitación, ¿dónde diablos se habría metido?, pensé, fastidiado por sentirme engañado. Recordé que Nicholas era fumador, y en ese hotel estaba prohibido fumar en las ochenta y tres habitaciones. Salí por la puerta principal y lo vi, tenía un cigarrillo en los labios y miraba el cielo.

—¿Averiguaste quién era el sujeto? —pregunté sin más preámbulos.

—Es un huésped del hotel. Llegó casi a la par que nosotros, es italiano, me lo dijo el botones.

—¿Y cómo es que no lo vimos? Debió venir en el mismo vuelo, nos debe haber seguido desde Roma.

—Es el tipo de hombre que pasa inadvertido. Además, no estábamos pendientes de que alguien nos estuviera siguiendo. Craso error.

—¿Qué hacemos?

—No lo sé. Nunca me habían seguido antes.

—Pero eres escritor, algo se te ha de ocurrir.

Parece que Nicholas captó la ironía, pues me escrutó con sus ojos semicerrados a causa del fuerte viento, y soltó una risita.

—Creo que debemos seguir nuestros planes, iremos a la catedral, buscaremos las señas que dejó tu tío y regresaremos lo más rápido posible al aeropuerto. Pero no regresaremos en el mismo vuelo, tú tomarás uno diferente, nos encontraremos en villa Contini. Yo trataré de que me siga, pues él piensa que vamos juntos —dijo.

—Este asunto se complica. Espero que valga la pena.

—Lo sabremos mañana en la biblioteca —sentenció Nicholas y aplastó el cigarrillo con la suela del zapato.

La biblioteca encadenada

Hasta ese momento yo tenía la sensación de bailar tango en la cuerda floja, pero sentía que empezaba a guardar cierto equilibrio. Mas no estaba nada preparado para lo que me tocó ver esa mañana. Nicholas apareció en la puerta de mi habitación vestido de sacerdote. Llevaba un traje negro con alzacuellos. En realidad, podría haber sido un traje negro cualquiera, pero el detalle blanco le otorgaba propiedad eclesiástica. Lo increíble era que, la personalidad de Nicholas parecía encajar a la perfección con el atuendo, su figura desgarbada de hombros caídos y mirada triste le daban cierto aire de mártir santificado. Al ver mi cara sonrió de manera muy diferente a la de la noche anterior.

—En Roma se consigue todo esto con facilidad —explicó, levantando los hombros para acomodarse el saco, en un intento inútil de que sus hombros encajasen con propiedad en el traje—. Creo que nos facilitará la búsqueda.

—¿Era necesario el atuendo? —observé divertido—. Como periodista podrías entrar a cualquier lado.

—Todo periodista tiene un carnet de investigador, yo tengo el mío, pero no queremos que la gente nos identifique, ¿o sí?

Yo no dije una palabra. Era obvio. Me puse un suéter gris y salimos.

▢ ▢ ▢

EL SECRETO

Si existe algo en las catedrales es la sensación de grandeza. Son edificios construidos con las dimensiones apropiadas para inculcar recogimiento en cualquiera que ose caminar por todo el frente del ala principal, o que observe los capiteles que sostienen las bóvedas entre las diferentes estancias. La catedral de Hereford tiene unos capiteles esculturales, no hay rincón donde se haya desaprovechado el espacio para exhibir algún signo de apabullante grandeza. Y pienso que aun los no creyentes, al entrar en un sitio de estos desea creer en algo con fervor. Paseamos por su interior haciendo tiempo hasta que fuesen las diez, hora en la que abrían la biblioteca. Para entrar en ella tuvimos que salir de la catedral y dirigirnos a un edificio situado en la esquina sureste; un lugar que para nada guardaba relación con la imponencia anterior.

Una señora que hacía juego con aquellos viejos tomos se hallaba sentada detrás de un pequeño escritorio. Al vernos llegar dirigió un saludo a Nicholas. A mí me ignoró. Me fijé en un cartel en el que invitaban a hacer una donación de cuatro libras por visitante. Deposité ocho libras esterlinas sobre el escritorio.

—¿Desean hacer un recorrido?

—En realidad, no, *madam* —aclaró Nicholas—. Vengo de los Estados Unidos especialmente enviado por la Catequesis de la Holy Bible, con la intención de conocer en persona los famosos volúmenes sagrados de esta institución.

—Esta es una biblioteca de exhibición, reverendo…

—Reverendo Nicholas Blohm. ¿Cuál es su nombre, querida señora?

—Molly Graham. No está permitida la investigación o la consulta, a no ser que hayan pedido autorización previa.

—Señora, reconozco que estoy aquí de manera imprevista, pero es una promesa que he tardado años para poder cumplir. ¿Podría echarle un pequeño vistazo a sus Biblias? Se lo agradeceré profundamente. El día que usted desee ir a mi país, será recibida con todos los honores por nuestra congregación, se lo garantizo. Debo regresar a los Estados Unidos esta misma tarde…

Definitivamente Nicholas tenía un gran poder de persuasión. Me pareció que la buena mujer estaba creyendo el cuento al igual que lo hice yo. Vaciló por un momento después de ver el rostro compungido de Nicholas. Cuando le vio ponerse los guantes de látex, se adelantó y dijo:

—Sígame.

Caminamos detrás de ella que, con pasos cortos y apresurados, se dirigió a una entrada cerrada con llave, la abrió y caminó hacia la sección de Libros Sagrados. Era más pequeña de lo que recordaba, he visto muchas bibliotecas, y esta no podía comparárseles en belleza o en dimensiones. Puedo decir que es diferente, especialmente por la gran cantidad de burdas cadenas que cuelgan de cada una de sus casi dos mil valiosas obras originales y otros tantos manuscritos correspondientes a la Edad Media. Pienso que de niño se ven las cosas desde otra perspectiva, pero lo que seguía allí, flotando en ese ambiente austero, para mí, era el misterio. El conjunto de libros tiene aspecto antiguo, gastado, las hojas no lucen alineadas como en los libros normales, son una colección de folios de papel vitela en algunos casos, que sobresalen sin orden ni concierto entre las tapas.

Sin perder mucho tiempo apuntó con el dedo índice y buscó entre los libros que tenía enfrente hasta detenerse en un tomo voluminoso, por supuesto, encadenado, de aspecto importante. Nicholas me dio otro par de guantes.

—Por favor, trátelo con cuidado. Es un raro ejemplar, tiene ilustraciones hechas a mano en el siglo XVII. Solo hay otro similar en la Biblioteca Británica, en Londres. Pero… no me ha dicho qué clase de Biblias busca.

—Las protestantes, por supuesto.

—Entonces esta es la indicada —afirmó la mujer, satisfecha— aunque también puede encontrar otras católicas. —Hizo un gesto con la mano y señaló algunos estantes.

Nicholas tomó la Biblia con la emoción reflejada en el rostro, agarrándola con sumo cuidado como si fuese un tesoro, e hizo una reverencia. Supongo que no besó el libro por aquello de la contaminación.

—Gracias, hermana, que Dios se lo reconozca. —De pronto fijó sus ojos suplicantes en ella y preguntó—: ¿Tiene aquí por casualidad un libro rojo?

—¿Desea ver usted el Libro Rojo?

—Me encantaría.

—Se encuentra en la fila del otro lado de este mismo estante. Le suplico tenga extremo cuidado con él.

—Le aseguro que lo cuidaré como mi vida.

Molly Graham observó con aire de extrañeza a Nicholas.

—En pocos minutos llegará un grupo de japoneses, le ruego no dilate mucho su lectura.

Nicholas se puso una mano en el pecho y bajó la cabeza asintiendo. La mujer se retiró con la apariencia de estar feliz de haber contribuido a una buena obra.

Al pie de cada hilera de estanterías había una mesa larga, una especie de anaquel sobre el que se colocan los libros para que las cadenas no tengan que desplazarse demasiado. Nos sentamos frente al inquietante volumen y empezamos a buscar los Salmos. Se suponía que debían estar después del libro de Job, pero no aparecían.

—Debes ser un raro ejemplar, es extraño que no aparezcan los Salmos —murmuró Nicholas—. Razón tenía Molly de tener tanto cuidado con esa Biblia.

—Ni falta hace que lo digas —espeté—. Creo que será necesario que busquemos otra —convine. Empezaba acostumbrarme a la facilidad con la que Nicholas tomaba confianza con la gente.

—Los lomos están del otro lado… —murmuró Nicholas, estupefacto, mirando la fila de libros que se extendía ante nuestros ojos— ¿Cómo diablos se supone que sabremos cuál coger?

Puse un dedo en mis labios para advertirle que moderara su lenguaje.

Colocamos la Biblia protestante en su lugar y Nicholas tomó la siguiente, con el resultante ruido de cadenas. Estaba escrita en arameo. Si algo reconozco es ese alfabeto para mí indescifrable, que según tío Claudio se leía de derecha a izquierda, pues tenía en su despacho una copia del Targum: la Biblia Hebrea traducida al arameo en el siglo XI. Nicholas la dejó en su sitio y cogió la que seguía, tratando de hacer el menor ruido posible con las cadenas, pero era inevitable. En el silencio de la biblioteca, se escuchaban como campanas llamando a misa. En medio de su desesperación, Nicholas abrió otro libro: la Torá, de manera que tampoco entendíamos nada. Y creo que si hubiéramos encontrado una Biblia en italiano no hubiésemos sabido dónde estaban los Salmos, por el apuro.

—Dante, voy a ir al otro lado del estante, necesito ver ese libro rojo.

Asentí con la cabeza y procurando no enredar más las cadenas, tomé un libro a mi alcance, antiguo, cuyas finas hojas hacían contraste con las de otros libros, que tenían los bordes ásperos e irregulares. Cuando vi la tapa decía en inglés: *Holy Bible* ¡al fin algo reconocible!, me dije, y lo abrí casi con desesperación. Por fortuna, el grupo de turistas empezaba a llegar y Molly Graham estaba bastante ocupada con los visitantes. Encontré los Salmos. De mi garganta salió un involuntario grito de alegría, pero de inmediato recordé que debía guardar silencio y el grito se transformó en un largo y extraño gemido que hizo que la señora Graham adelantara la cara para mirarme en el extremo del pasillo de anaqueles, al igual que Nicholas, que se encontraba frente a mí al otro lado. Busqué los salmos 15 y 21 y no me decían nada. No había marcas ni señas, fui a la página de atrás, a la de adelante, palpé la superficie del sitio donde había estado la Biblia. Nada.

—Dante, ¡creo que he encontrado algo! —exclamó Nicholas en voz baja mirándome a través de los libros.

No teníamos tiempo. La bibliotecaria venía con la caterva de turistas tras ella mientras daba una serie de explicaciones; pronto daría la vuelta y llegaría a nuestro sitio, y vería el desastre que habíamos hecho con las cadenas. Cerré el libro y un pequeño papel saltó. Decía: «C.C.M.». El corazón me dio un vuelco; en ese momento supe que no tenía otra opción. Arranqué las hojas que iban desde el Salmo 20 hasta el 50. Unas ocho páginas. Cerré la Biblia y la dejé en su lugar. Molly Graham llegó con los visitantes justo cuando yo escondía las hojas en un bolsillo del pantalón y Nicholas se situaba a mi lado. Nos lanzó una rara mirada al observar las cadenas enredadas y los libros con los lomos hacia fuera.

—Se lo puedo explicar *madam*… —empezó a decir Nicholas, mientras se quitaba los guantes con parsimonia.

Sentí varios clics. Supe que quedaría para la posteridad en algún álbum de fotografías de Japón.

Nicholas aprovechó la momentánea distracción de Molly Graham para reiterar su invitación:

—No olvide visitarme cuando vaya a los Estados Unidos, recuerde: Iglesia de San Patricio en Nueva York, y la congregación es la Catequesis de la Holy Bible —insistió Nicholas.

—Muchísimas gracias, señora Graham, ha sido usted de mucha ayuda. Nos retiramos. Que tenga un buen día —dije en mi mejor estilo, y salimos casi corriendo.

◻◻◻

Una vez fuera, pude respirar con alivio. Fuimos rápidamente hacia el hotel, mientras Nicholas se quitaba el alzacuello y se desabotonaba el saco. Avisé en recepción que me preparasen la cuenta y subimos hasta mi habitación, recogimos nuestras pertenencias previamente preparadas, y bajamos con toda la intención de salir de Hereford cuanto antes. Si Molly Graham se percataba de que faltaban varias hojas de la Biblia, con seguridad tendríamos problemas, y yo sospechaba que ella sabía dónde podía encontrarnos.

☐ ☐ ☐

En el coche Nicholas examinaba como un poseso las hojas arrancadas comparándolas con sus anotaciones mientras yo iba a toda velocidad. Momentos después sacó de uno de sus bolsillos una hoja con un dibujo.

—Mira —dijo, y me mostró la hoja. Era la reproducción de una pintura que se me hacía conocida.

—¡Santo Dios!, ¿la arrancaste del libro?

—Del libro rojo. Y coincide con esto. —Al mirar lo que me enseñaba, me distraje por un momento. El coche hizo una extraña pirueta y me detuve.

Noté que el vehículo gris que venía unos cien metros detrás desde que salimos de Hereford disminuía la marcha. Hasta ese momento yo no me había cuidado, simplemente había tomado las palabras de fray Martucci como algo quimérico, pero para entonces empezaba a tomar conciencia de que era muy posible que mi vida corriera peligro. Vi pasar el coche gris a nuestro lado conducido por el hombre del restaurante.

—Nos viene siguiendo desde que salimos —le dije a Nicholas.

—¿Estás seguro?

—Ahora sí. ¿Qué fue eso que conseguiste? —pregunté, poniendo en marcha el motor.

—¿Recuerdas las palabras extrañas en el mensaje de tu tío? Las copié y las traje conmigo. Coinciden con la litografía de un cuadro de El Bosco: *Meester snyt die keye ras/ myne namsnyt die keyee is lubbert das;* escritas en idioma flamenco, según indagué. El libro rojo es un catálogo de todas las obras de El Bosco, fue editado en 1730.

—Santo Dios... y tú le has sacado una hoja...

—¿Y qué me dices de ti? ¡Por poco dejas la Santa Biblia vacía!

Tenía razón, no era momento para aspavientos.

—Recuerdo ese cuadro, creo que tío Claudio tenía uno en su estudio —apunté.

—¿Tenía *La extracción de la piedra de la locura*? Imposible. Está en el Museo del Prado, en Madrid.

—No me refiero al original, había un cuadro pequeño, supongo que era una reproducción, de unos treinta centímetros de alto. Por cierto, no lo he visto últimamente.

—¿Y si el cuadro y los salmos tienen algo que ver?

No respondí. Cavilé durante el resto del trayecto. Nuestra incursión en la biblioteca de Hereford había sido relativamente fructífera. Prácticamente habíamos saqueado tan insigne recinto, y no estaba aún muy seguro del resultado. Al llegar al aeropuerto, luego de entregar el coche en la agencia, le dije:

—Quédate con las hojas. El hombre del restaurante me seguirá a mí. Toma el avión a Roma y me esperas en villa Contini.

Nicholas asintió, aunque me pareció que su mente estaba en otro lado.

☐ ☐ ☐

En el aeropuerto me dirigí al despacho de billetes y vi que el hombre del coche gris venía tras de mí con disimulo. Llevaba en la mano un periódico o revista, y de vez en cuando palmeaba con él su mano izquierda, como si estuviera impaciente. Dos personas se interponían entre nosotros en la fila.

Compré un billete para Nueva York y supuse que él también haría lo mismo. Fui a la sala de espera de mi vuelo y poco después apareció él. A la última llamada me levanté del asiento e hice la fila detrás de otras personas. Él hizo lo propio y aproveché que una mujer bastante robusta hablaba en voz alta con la sobrecargo creando una momentánea distracción y me situé en la fila detrás del hombre. Cuando él se dio cuenta ya entraba por la manga. Me cercioré de que no regresara, y me dirigí a la salida.

—Lo siento, pero estamos a punto de partir —dijo la empleada— Debe entrar al avión.

—No puedo viajar, es urgente que regrese, acabo de recordar algo muy importante, tomaré el próximo vuelo —dije con prisa y salí lo más rápido que pude.

Regresé al mostrador de venta de billetes y compré un vuelo de regreso a Roma.

La pista

Cuando crucé el umbral de la villa Contini, lo primero que hice fue preguntar por Nicholas. Fabio dijo que estaba en su habitación y que no había salido desde que llegó.

Llamé a la puerta y no sucedió nada, decidí entrar y vi con alivio que Nicholas estaba completamente dormido. Abrió los ojos cuando lo sacudí para despertarlo y sus cejas tan inclinadas, que parecía que podrían caérsele por los lados de la cara, predijeron que el asunto no estaba nada bien.

Se incorporó del lecho con agilidad, sacó un fajo de hojas de debajo de la almohada y comenzó a explicar caminando de un lado a otro; parecía que era su forma de concentrarse.

—Salmo 15: «Reglas de la hospitalidad divina»; lo he leído y no hay nada que me indique una pista. Salmo 21: «Yahvé y su ungido»; lee el contenido de cada salmo y dime si tiene algún significado especial para ti.

—Se suponía que eras tú el que sabías la clave.

—Podría ser que en el manuscrito no haya estado escrito todo lo que recuerdas de los momentos que pasaste con tu tío, y aquí exista algo en especial y estos salmos disparen tu memoria —dijo Nicholas, señalando los papeles.

No quise discutir, pues era consciente de que no ganaba nada con ello, y me dediqué a leer cada salmo.

Después de leerlos con cuidado, elegí el quince.

—De los dos, al que más le encontré sentido fue al 15:

Salmo 15
¿Quién señor podrá ser huésped de tu tienda?
¿Quién de tu santo monte hacer morada?
Aquel que se conduce íntegramente,
Que obra con rectitud
Que dice la verdad en su interior:
Que con su lengua no calumnia,
Que no hace daño a su vecino
Ni a su prójimo carga vilipendio;

Que en sus ojos desprecia al reprobado
Y estima a los que temen al Señor;
Que, si jura en su daño, no se torna;
Que no da por usura su dinero
Y no acepta soborno en mal del inocente.

Quien cumpliere estas cosas
Jamás perecerá.

—¿Por qué? —inquirió Nicholas.

—Hace una exhortación a obrar rectamente, y al final habla de la *vida eterna.*

—Estudiando el asunto, es incongruente. Es como si tu tío te alentase a obrar bien, pero ¿él actuó bien? Obtener dividendos a costa de las investigaciones de un criminal como Mengele no era precisamente actuar correctamente, además de otros asuntos turbios... Perdóname que me refiera a tu tío de esa forma, pero es la verdad, de manera que el salmo no iba dirigido a él, es como si te diera unas directrices.

—¿Y qué hay del otro salmo? —reflexioné, más que pregunté.

—Material para despistar, supongo. A propósito, ¿qué sucedió con el hombre del restaurante?

—A estas horas debe estar a mitad del Océano Atlántico.

Nicholas soltó su risita.

—Yo pienso que los salmos y las religiones son tan ambiguos que pueden prestarse a cualquier interpretación. ¿Tienes la pequeña nota que encontraste en la Biblia?

—Sí. Aquí. —Le extendí el pequeño papel, de no más de tres centímetros por tres.

—¿En qué salmo estaba?

—¡No lo sé! Saltó cuando cerré el libro de golpe.

—Aún queda la que yo creo es una pista más certera: el asunto del libro rojo. Como te adelantaba camino al aeropuerto, existen dos claras coincidencias; la leyenda que aparece en el cuadro es la misma que tu tío escribió en su nota, y el libro rojo aparte de ser un antiguo catálogo de las obras de El Bosco, forma parte de la pintura: la mujer tiene un libro rojo en la cabeza.

—Ese pequeño cuadro estaba en la biblioteca del despacho de tío Claudio. Ven conmigo —invité, mientras salíamos de su habitación—. Lo recuerdo porque cierta vez presencié una discusión entre mi tío y un amigo suyo que estaba de visita; decía que lo que le estaban sacando de la cabeza no era una piedra, sino el capullo de una flor, que representaba el órgano de la reproducción, por tanto el nombre del cuadro estaba errado, y todo el significado cambiaba.

Al llegar fui directamente al lugar donde siempre lo había visto. En su lugar había un portarretratos donde estábamos mamá, mi hermana y yo.

—Pregúntale a Fabio, los mayordomos siempre saben dónde están las cosas —me aconsejó Nicholas.

Obediente, apreté el botón de la consola y después de unos momentos se presentó Fabio.

—¿Me llamaba el señor?

—Fabio, ¿recuerdas el pequeño cuadro que estaba antes aquí? Uno igual a este —le señalé la hoja con el dibujo.

—Sí, *signore* Dante. Lo recuerdo. Pero hace cosa de dos años, un buen día desapareció. Desde entonces es esa foto la que ocupa su lugar.

—Gracias, Fabio, era todo.

Nicholas esperó a que el mayordomo cerrara la puerta.

—Tenemos un problema —dedujo.

Y sí que lo teníamos. O mejor dicho: yo estaba en serios problemas y a punto de tirar la toalla.

—Creo, Nicholas, que es hora de que regreses a casa. No parece que me puedas servir de ayuda, es más; te doy permiso para que escribas tu novela basándote en lo que sabes hasta ahora, eso, siempre y cuando cambies los nombres, claro —dije con desaliento.

Nicholas me escudriñó con sus ojos inquisitivos parecidos a los de un felino a punto de saltar sobre su presa.

—No, Dante, quiero quedarme para ayudarte a solucionar todo este enredo. Pienso que fui puesto en tu vida a través de extraños mecanismos… y es muy estimulante…

—¿Es que acaso no comprendes que no es un juego? —interrumpí. La ira empezaba a inflamarme.

—No veo por qué tienes que tomártelo tan a pecho. Acabas de heredar una gran fortuna, tener o no esa maldita fórmula no cambiará nada.

Yo moví la cabeza negativamente. ¡Qué poco sabía Nicholas! ¡Si hubiese leído más de aquel maldito manuscrito hubiéramos tenido más respuestas!, pensé, aun sabiendo que aquello podría ser tan loco como todo lo que me ocurría desde hacía días. Decidí decirle la verdad.

—Nicholas… no heredé nada. No te lo dije porque creí que al encontrar la fórmula se acabarían mis problemas, pero ahora me encuentro en un verdadero embrollo. Tío Claudio no solo perdió el capital de La Empresa: me hizo heredero de deudas que sobrepasan los cuatro mil millones de dólares. Y eso no es todo. Creo que los socios accionistas pertenecen a algún tipo de mafia encabezados por un tal Caperotti. Yo les prometí encontrar la manera de pagarles en seis meses y ahora faltan unas cuantas horas menos para que se cumpla el plazo, así que, como ves, es probable que termine con los pies enterrados en cemento como en alguna de las novelas que escribes, con la diferencia de que esta es mi vida, y es muy real.

Las cejas de Nicholas habían vuelto a su sitio a la par que su boca se había ido abriendo. Quiso decir algo y creo que se desanimó. Volvió a mirar los papeles que tenía regados en la pequeña mesa frente a él, como si de ellos dependiera mi vida.

—Hace dos años… hace dos años… hace dos años… —repitió pensativo— Hace dos años tú partiste para Estados Unidos… y hace dos años desapareció el cuadro de El Bosco. Qué coincidencia—. Empezó a escribir frenéticamente en un papel y exclamó—: El salmo 40. Ese es —dijo.

—¿Qué hay con el salmo 40? Ese número no encaja en nuestras cuentas.

—Estábamos equivocados. Los números no importan. Solamente tenían que llevarnos a los salmos. Es la palabra «Holocaustos». Mira: Corrió su dedo índice por las páginas arrancadas de la Biblia y leyó:

Salmo 40

Sacrificios y oblaciones no deseas
—Tú has abierto mis oídos—
Holocaustos y víctimas no pides
Y así digo: Aquí vengo
Con el rollo del libro

Escrito para mí.
Hacer tu voluntad, mi Dios, es mi deseo,
Y tu ley está en el fondo de ti mismo.

Nicholas ordenó las frases:

Con el rollo (tubo) del libro escrito para mí (Claudio)
Holocaustos y víctimas no pides
Tu ley (decisión) está en el fondo de ti mismo.

—Por primera vez todo tiene cierto sentido… habla de holo-caustos, víctimas, libros… el cuadro de El Bosco hace clara alusión a un libro rojo, un hombre está siendo operado voluntariamente, mientras de la cabeza le sacan el símbolo de la reproducción… —cavilé en voz alta.

—Te está dejando la elección a ti.

—¿Por qué tenía que ser tan complicado?

—Pienso que tu tío deseaba darte una lección, una gran lec-ción, Dante.

Lo miré fijamente pensando que Nicholas era parte de toda esa lección, ¿también sería un invento de tío Claudio?

—Ahora comprendo, tú eres parte del plan, tío Claudio te contrató para que vinieras con el cuento del manuscrito, y que viésemos hasta dónde yo era lo suficientemente idiota como para seguirte el juego. Ya no entiendo a dónde quería ir a parar, me voy a volver loco.

—No, no, no… Dante, estás equivocado. Yo no tengo nada que ver con tu difunto tío. Todo lo que he dicho hasta ahora es comple-tamente cierto, esta —dijo blandiendo el manuscrito en blanco con su mano— fue la razón por la que vine aquí. Aquí estaba escrita tu vida, o parte de ella y también la de tu tío, si no se hubiera borrado no me habrías conocido, yo no habría venido porque simplemente lo hubiera publicado pensando que era una novela. Así que quítate la idea de la cabeza de que soy parte de una farsa… por favor, déjame ayudarte.

Nicholas parecía sincero, se sentía involucrado en mi problema y la verdad, a pesar de que no era mayor que yo sino por un par de años, en cierta forma me sentí reconfortado. Cuando se tiene problemas es mejor contar con un aliado, y él era buena persona. Comprobaba que no siempre los amigos se alejan cuando falla la fortuna. La verdad, me sentía conmovido, alargué los brazos y lo abracé. Le estampé un par de besos en las mejillas y le di las gracias.

—Eres un verdadero amigo, Nicholas.

Él no dijo nada, creo que no estaba acostumbrado a ese tipo de manifestaciones corporales y mi actitud lo tomó desprevenido. Tenía los ojos brillantes cuando reaccionó.

—No es nada, compañero. Estoy pasando los mejores momentos de mi vida.

Se retiró de la biblioteca, tal vez para que yo no notase su desconcierto.

⁂

Repasé paso a paso todo lo que había sucedido desde que recibí la llamada anunciándome la muerte de tío Claudio. Eran muchos, demasiados eventos, más de los que podía digerir, y sin embargo sabía que faltaban más. Ahora lo importante era hablar con Quentin. Y con los inversores —si existían—, pues ya nada parecía ser lo que era. Otra de las decisiones que tomé fue no informar a Martucci de lo que haría. Era preferible no involucrarlo en el caso de que mi vida corriera peligro. El problema principal consistía en que no sabía cómo localizar a unos inversores de los cuales no sabía ni siquiera el nombre. Vacié el contenido de la caja fuerte; aparte de dinero en efectivo, solo quedaba el grueso sobre con los folios originales de las investigaciones de Mengele. Lo saqué y por primera vez pasé mis ojos con atención sobre algunas de sus páginas. Por fortuna, en la facultad de letras el estudio de latín era una de las asignaturas. En caligrafía bastante clara, había anotaciones adicionales en alemán en los bordes, de las cuales entendía muy poco.

Agosto 16, 1943
Sujeto: Jonas Coen, 10 años

Día 1: El individuo fue inyectado con proteína morfogénica ósea. Espero como resultado una Fibrodisplasia Osificante Progresiva rápida.

Día 30: Se ha empezado a curvar el dedo grande de ambos pies.

Día 39: Un bulto ha empezado a aparecer en la espalda, según el paciente es causa de un dolor lacerante.

Día 60: Las protuberancias en todo el cuerpo causan deformidad en las piernas, el sujeto no puede mantenerse erecto, camina totalmente doblado hacia delante.

Día 70: He abierto sus pies, los huesos tarsianos se han fundido a los metatarsianos, no existen falanges, todo se ha convertido en un solo hueso sólido enorme y deforme.

Indicaré una inyección para eliminar al sujeto.

Octubre 10, 1943
Gemelos Steinmeyer

Día 1: Situé a los gemelos en cubículos diferentes.

Hice un tajo de quince centímetros en al antebrazo del gemelo Alfa. Sorprendentemente, el gemelo Beta sintió una molestia en el mismo lugar.

Día 2: La herida expuesta del gemelo Alfa se está infectando.

Estoy aplicando penicilina en una pequeña sección del antebrazo del gemelo Beta.

Día 3: No parece haber alguna mejoría en el gemelo Alfa.

Día 4: Curaré la herida del gemelo Alfa. No deseo perder estos gemelos monocigóticos.

En otra página:

Noviembre 24, 1943
Esto es inadmisible. El tifus está amenazando con expandirse. Al día de hoy 6458 mujeres están enfermas en Birkenau; ni siquiera sirven para experimentos. 587 de ellas no tienen salvación. Habrá que eliminarlas.

Noviembre 25, 1943
He ordenado la total limpieza y desinfección del barracón desocupado de las judías gitanas. Se colocarán bañeras entre barracones y mandaré desinfectar a todas las mujeres.

Noviembre 30, 1943
El tifus ha sido totalmente controlado. Según el doctor Wirths el malestar que siento amerita un chequeo médico.

Diciembre 3, 1943
Tengo tifoidea. Espero recuperarme en un par de semanas.

Casi al final:

Octubre 30, 1944
Existe un patrón en la información genética de cada ser humano, según la confirmación de los resultados a mis análisis que acabo de recibir del profesor von Verschuer. Es como una cadena que contiene miles de datos. Esto que acabo de descubrir podría probar la teoría de la evolución de Darwin. La ley del más apto. La raza aria es la más perfecta. Estoy cerca de comprobarlo. Ojalá me quede suficiente tiempo.

En la última página:

Enero 16, 1945

Hoy es mi último día aquí. Mañana partiré a primera hora. Este año y medio ha transcurrido demasiado rápido para todo lo que quise hacer. Si hubiera contado con más tiempo, mis estudios de genética no se hubieran visto interrumpidos de manera tan estúpida. La pérdida de la guerra debe tener sus culpables, jefes ineptos, incapaces, una vergüenza para la raza aria.

Asqueado de tanta aberración detallada, empecé a pasar las páginas con la esperanza de encontrar alguna dirección o siquiera el nombre del laboratorio en algún apunte al margen, pero evidentemente allí no había nada, aparte de las anotaciones de Mengele.

⬚ ⬚ ⬚

Esa misma noche partimos para Nueva York. Al encuentro de Quentin.

Quentin Falconi

La última llamada en el aeropuerto Leonardo Da Vinci anunciando que nuestro vuelo estaba a punto de salir se difundía por los altavoces cuando vimos al hombre del restaurante. Parecía que acababa de llegar. Él también nos vio cuando partíamos. Por un instante me pareció ver un gesto como queriendo decir algo.

Crecí siendo un niño solitario, los únicos compañeros de juego que tenía eran algunos primos lejanos que veía en las reuniones familiares; en la escuela tuve un compañero al que llegué a considerar «mi mejor amigo», pero cuando me di cuenta de que era yo el que más aportaba a esa amistad, supe que tener amigos era una de las cosas más difíciles. Mi madre tenía la tendencia a comprarme amistades, y fue uno de los motivos por los que me fui alejando de ella, si no físicamente, al menos nuestros vínculos emocionales eran casi nulos.

Ahora tenía la posibilidad de contar con un amigo verdadero que había aparecido en mi vida por arte de magia, como en los cuentos que leía de niño, y lo tenía sentado a mi lado y era de carne y hueso. No sabía cuál sería el papel que jugaría en mi vida, pero teniéndolo de mi parte, me hacía sentir menos solo, especialmente en aquellos momentos en los que me encontraba afrontando una vida que no había escogido.

Al salir del aeropuerto de Newark tomamos un taxi y nos dirigimos a casa de Nicholas. Quería dejar su maleta y saber si su amiga Linda de veras había salido de su vida. Yo no llevaba equipaje, excepto un cartapacio con los documentos. Es lo bueno de vivir aquí y allá. La casa de Nicholas estaba vacía. Excepto por sus pertenencias, claro. Y no eran muchas. No había rastro de Linda.

—Creo que esta vez me liberé de ella. Fue la culpable de que el manuscrito quedase en blanco.

Nicholas lo colocó sobre un escritorio que parecía salido de algún remate de muebles usados, abrió una página determinada y lo dejó así por un buen rato. Yo preferí no preguntarle nada, pues me dio la impresión de que formaba parte de un ritual íntimo.

—Ahora vamos a casa —dije.

—¿No quieres conocer el lugar donde encontré el manuscrito?

Me pareció una idea fantástica. Durante el vuelo él me había relatado todo lo sucedido con el encuentro del extraño personaje. Y yo que deseaba conocerlo, y quería saber más de todo aquello, lo acompañé con gusto. Fuimos caminando y al cabo de unos ocho minutos llegamos a un extenso camposanto. El viento terminaba de arrebatar las últimas hojas a los árboles y el banco que señaló Nicholas estaba, según él, más desolado que nunca.

No apareció el hombre de los libros usados en todo el par de horas que estuvimos allí. Nicholas pareció entristecerse, como si en realidad hubiese esperado que el hombre de los libros fuera a presentarse en cualquier momento.

—Vamos, Nicholas, él no vendrá.

—Tú me crees, ¿verdad? —dijo, sujetando el manuscrito bajo el brazo.

—A pesar de lo extraordinario que pueda parecer, yo te creo.

—¿Puedo hacerte una pregunta?

—Adelante —respondí un poco a la defensiva. Nunca se sabía lo que a Nicholas se le ocurriría preguntar.

—Solo por curiosidad: ¿La empresa de tu tío se llama La Empresa?, o es un eufemismo…

—Para todos es La Empresa. Tío Claudio siempre se dirigía así a la compañía y está registrada con ese nombre.

Caminamos a lo largo de la acera que bordeaba el cementerio.

—¿Dónde vives?

—En Tribeca.

—Conozco una forma de ir que sé que te va a gustar.

Me indujo a seguirle y pronto estábamos bajando por unas escaleras para tomar el metro.

Era la primera vez que entraba al metro de Nueva York; en realidad, era la primera vez que entraba a un metro. No había mucha gente, así que pudimos sentarnos con comodidad, y como en todo lugar donde se junta un grupo de personas, cada cual miraba al vacío, como forma civilizada de guardar el territorio. Un rato después, Nicholas me hizo una seña y nos movimos a la puerta. Cuando salimos a la calle, reconocí Tribeca de inmediato. Me pareció formidable poder llegar sin someterme a los problemas de tráfico, aunque para ser sincero, prefería conducir mientras escuchaba mi música preferida.

—El metro es una manera rápida de desplazarse, Dante, es así como me muevo en Manhattan para ver a mi agente. Cuando lo veo, y hace ya tiempo de eso. —Sonrió con una mueca y metió una de sus manos en un bolsillo de su chaqueta de cuero.

—Mi casa queda a dos calles de aquí —dije, y empecé a caminar. De pronto me sentí con muchas ganas de ver a Quentin.

☐☐☐

—*Signore* Dante —exclamó Quentin, cuando me vio en la puerta— no lo esperaba.

—Perdona, Quentin, no tuve tiempo de llamarte, ¿cómo está todo?

Quentin se dispuso a quitarme la chaqueta, pero le hice un gesto y me la saqué yo mismo.

—Todo está bien, *signore* —Quentin se quedó en silencio al notar que venía acompañado.

—Él es Nicholas, es un amigo de la casa, Quentin.

—Buenas tardes, señor Nicholas.

—Nicholas Blohm, señor Quentin, estoy encantado de conocerlo.

Y de veras parecía encantado, pues lo miraba como si estuviese contemplando una aparición. Le dio la mano y sé que el viejo mayordomo se sintió un poco confundido.

—¿Llamó alguien, Quentin?

—La señora Irene varias veces, dijo que se comunicara con ella en cuanto volviera. También un señor que no quiso dar su nombre, estoy seguro de que era italiano —me informó Quentin, mientras miraba a Nicholas.

—No hay cuidado, Quentin, Nicholas es una persona de confianza. Es como mi guardaespaldas. ¿Y qué quería?

Quentin miró a Nicholas, esta vez no disimuló su curiosidad.

—No dijo gran cosa. Solo preguntó por usted, y si sabía cuándo vendría. Yo, por supuesto no le di ninguna información. Fue ayer por la noche. Parece que llamaba de una fiesta, pues el ruido era intenso.

Nicholas y yo nos miramos. Estoy seguro de que ambos pensamos que era el hombre del restaurante.

—¿Qué quiere de cenar, *signore*?

—No te preocupes por la cena, Quentin, pídela por teléfono. Debo conversar contigo.

—Yo me haré cargo, Dante —se ofreció Nicholas.

Nicholas me hizo una seña y se quedó en el salón.

Fui a la biblioteca y le pedí a Quentin que se sentara.

—¿Recibiste la transferencia?

—Sí, *signore* Dante, está en mi cuenta. Llevé a la señora Irene el cheque que usted me dijo pero ella lo rechazó. Dijo que deseaba hablar con usted, pero como no estaba autorizado para darle su número en Roma, no se lo di. El extracto de la cuenta lo tengo en mi cuarto.

—Después me lo darás, Quentin, ahora quiero que me digas si alguien más vino o preguntó por mí. ¿Notaste algo fuera de lo normal en mi ausencia?

—Aparte de esas llamadas, no, señor. Perdone mi indiscreción, pero ¿usted sabe quién es el joven que lo acompaña?

—Es un buen amigo, Quentin, me está ayudando a resolver un problema. A propósito, últimamente hemos hablado mucho de ti.

—¿De mí, señor?

—Sí. De ti —me causó gracia ver la cara de Quentin y solté una carcajada, me hacía falta. Últimamente había acumulado demasiada tensión.

—Usted ríe igual que su tío Claudio. Él era un hombre muy alegre, ¿recuerda?

—¿Cómo se conocieron, Quentin?

—Yo entré a trabajar para el señor Adriano, su abuelo, cuando era apenas un chiquillo, *signore* Dante. Había perdido a mis padres en la guerra, y andaba vagando por las calles. El señor Adriano pasó un día en su coche y me vio hurgando en la basura. Hizo parar el coche y me preguntó qué estaba haciendo. «Buscando comida», le dije. «Sube», dijo, abriéndome la portezuela y yo subí. Tenía tanta hambre y estaba tan desesperado que no me detuve a pensar en nada. Su abuelo acababa de regresar de Berna, y empezaba a instalarse en la villa Contini otra vez. Los alemanes la habían dejado devastada. Según el señor Adriano decía, se llevaron muchas cosas de valor cuando salieron huyendo. Al bajar del coche, el mismo señor Adriano me llevó a la cocina y le dijo a una señora que después supe era el ama de llaves, que me alimentara y me diera ropa limpia. Yo empecé a trabajar desde ese día para los Contini-Massera. El niño Claudio, su tío, siempre me gastaba bromas acerca de mi delgadez, y yo me divertía mucho, pues él era muy gracioso.

—Entonces conociste a tío Claudio desde pequeño.

—Sí, *signore*, y al padre de usted, don Bruno.

—¿Recuerdas a Francesco Martucci?

—Por supuesto, era el hijo de la nodriza del señor Claudio. Como usted sabe, la *sua nonna*.

—Dicen que Francesco también era hijo de mi abuelo Adriano.

—No podría asegurarlo, *signore*, si lo fue, tuvo que ser durante la guerra, cuando yo aún no les conocía.

Quentin guardó silencio, como si de pronto hubiese pensado que había hablado de más.

—¿Qué piensas de Francesco Martucci, Quentin? Con sinceridad.

—Creo que es un buen hombre. Se separó de la familia muy joven, porque quería ser sacerdote, pero yo creo que lo hizo porque deseaba estar lejos.

—Según tío Claudio, era su mejor amigo, casi su hermano. ¿Tú qué crees?

—Su tío Claudio era una de las personas más humanas que yo he conocido. Excepto por el señor Adriano, su padre, que me recogió de las calles.

—No es la respuesta a mi pregunta, Quentin.

—Siempre tuve la impresión de que Francesco envidiaba a su tío Claudio. Solo un poquito —agregó.

—¿Por qué? Según él mismo me dijo, tío Claudio le legó una parte de su fortuna, y siempre fueron buenos amigos.

—No era por el dinero, *signore* Dante —dijo Quentin con voz casi inaudible.

—¿Por qué, entonces?

—Sé que es muy delicado esto que voy a decirle, pero es la verdad. Francesco siempre estuvo enamorado de la *sua mamma*.

—¿De mamá? —pregunté estupefacto. De ella no me asombraba ya nada, pero sí de Francesco Martucci.

—Así es, *signore* Dante. Los dueños de la casa piensan siempre que nosotros somos unos muebles. A veces hacen cosas como si no existiéramos o no tuviéramos sentimientos.

EL SECRETO

—Quentin, no te angusties. Quiero saber si Francesco y ella tuvieron algo.

Quentin entornó los ojos y empezó a recordar.

Francesco y Carlota

—Desde la primera vez que visitó villa Contini, la niña Carlota revolucionó nuestras vidas. Era una chiquilla de siete años que pasaba temporadas con nosotros, y todos los miembros de la familia acataban sus caprichos como si sintieran placer. La madre de Carlota era muy amiga del señor Adriano, y era una amistad en toda regla, no existía otra cosa que una sana camaradería fraterna, de eso puedo dar cuenta yo, que he estado presente en casi todos los rincones de esa casa como una sombra invisible a los ojos de los dueños. La niña Carlota era, además de caprichosa, excepcionalmente hermosa. Pocas veces he visto una criatura tan angelical, y sin embargo, su exterior no conjugaba con sus sentimientos. Nosotros, los del servicio, sabíamos que la frescura y la bondad que refulgía en su superficie, eran producto de un cálculo matemático para hacer maldades. Y lo asombroso era que no había necesidad de ello, pues se le daba todo cuanto quería. A los ojos de su madre era un ángel, a la que, pobrecilla, le faltaba el padre. A los del señor Adriano, mi patrón que Dios tenga en la gloria, era un hada mágica que todo lo que tocaba lo convertía en alegría, y la niña sabía bien cómo hacerlo feliz, era zalamera como la que más, y yo no sé cómo lograba hacernos quedar mal a todos los que formábamos parte de la servidumbre, pues sus argumentos eran irrebatibles. Le decía al señor Adriano que poníamos arena en su cama a propósito, para que le saliera sarpullido, y era cierto que su piel era tan satinada como la de una flor, como contaba la muchacha encargada de bañarla. «Nunca he visto una niña con una piel tan hermosa» solía decir, pero Carlota iba con la queja al señor Adriano y le hacía creer que la muchacha encargada de su baño la restregaba con un cepillo de cerdas ásperas y le mostraba su espalda rasguñada.

»Sus temporadas en la villa afectaban también a Claudio y a Bruno. Sentían predilección por la niña de las trenzas castañas, que siempre los esperaba con flores para cada uno. A medida que transcurría el tiempo, la niña Carlota se fue convirtiendo en una jovencita y los hermanos empezaron a verla como una mujer, especialmente después de la fiesta de quince años que el señor Adriano ofreció en la villa. Que yo recuerde, nunca había estado presente en una fiesta con la magnificencia de aquella. Ese día la joven Carlota apareció por primera vez calzando zapatos de tacón, y el vestido largo que tuvo a la modista corriendo durante más de un mes por sus constantes cambios y caprichos, la hacía lucir como una verdadera princesa de cuentos de hadas, de esos que de vez en cuando yo tomaba de la biblioteca para extasiarme en sus mundos fantásticos.

»Creo que fue ese el día en que Claudio y Bruno se enamoraron de ella, o supieron que lo estaban. Recuerdo a Francesco que ya en aquellos días tenía todas las intenciones de hacerse cura, admirarla con sus extraños ojos de enormes iris, y sentir su respiración entrecortada al verla pasar a su lado en dirección al salón principal. Ella, que no perdía detalle, lo miró y le envió un beso volado, y fue cuando comprendí que entre ellos existía algo más que una amistad. Nunca lo hubiera sospechado de Francesco, pues era un joven tranquilo, para quien Claudio era su adalid, ya que él era más bien de complexión delicada, pero tenía una inteligencia que, según decían, sobrepasaba con mucho el coeficiente intelectual de cualquier científico. Su afán de hacerse cura se acrecentó cuando supo o intuyó que Carlota jamás podría ser suya. Después de aquella fiesta las visitas de la joven Carlota se hicieron más frecuentes, pero solía llegar cuando Claudio y Bruno estaban en la universidad. Y ¡qué casualidad!, cuando era libre el día de Francesco. Él sabía arreglárselas para salir del seminario. Era lo suficientemente inteligente.

»La villa Contini es un palacete de treinta y ocho dormitorios, de los cuales solo seis estaban ocupados por la familia: el señor Adriano; su señora madre, la *nonna*, sus hijos Claudio y Bruno y eventualmente, Carlota. Era muy fácil perderse en sus recovecos, y aún para mí, que conozco cada uno de sus rincones, recorrerlos todos en un día, es imposible. Si el señor Adriano estaba en casa, con seguridad jamás se encontraría con sus parientes de no haber un lugar de reunión como el comedor. De manera que la joven Carlota podía hacer y deshacer a su antojo. Pero las pruebas siempre quedan, y por más cuidado que se tenga, en este caso, por parte de Francesco, para uno que tiene los ojos habituados a preservar el orden en cada lugar de la casa, una pelusa de más era suficiente para que me diese cuenta que allí ocurría algo extraño. Y lo que encontré fue más que una pelusa. Fue la prueba fehaciente de que en la habitación marfil la señorita Carlota había dejado de serlo.

»La pasión que abrasaba a estos dos seres era tanta que cada vez se volvían menos cuidadosos, creo que estaban de verdad enamorados, *signore* Dante, y yo me preguntaba cómo era posible que una joven tan hermosa como ella pudiese sentir algo por un joven tan poco agraciado como Francesco. Pero el amor suele ser ciego, claro, y en este caso, acompañado de un aliciente que en la vida de algunas mujeres se vuelve una obsesión: no hay nada que incremente más la lujuria que lo prohibido, y creo que era la motivación principal de la joven Carlota: acostarse con un futuro sacerdote. Y un hombre que iba a hacer los votos, la convertía a ella en la tentación de Cristo. Y una por la que cualquier hombre rompería cualquier voto, menos Francesco, que era inteligente y sabía el terreno que estaba pisando. Supongo que si ella lo hacía por sus motivos, él lo hacía por los suyos. Deseaba a Carlota, la amaba, y sabía que tarde o temprano sería para Claudio, pero no se la entregaría completa. Fue en esa época que Francesco decidió romper para siempre con Carlota y los Contini-Massera, excepto que poco después, Claudio lo buscó y continuaron su amistad. No sé si realmente Francesco quiso a Claudio, y si fue suficiente lo que hizo con Carlota para resarcirse del hecho de ser un hijo bastardo sin derecho a la fortuna del señor Adriano. Según decían, la nodriza de Claudio tuvo a Francesco primero, cuando la madre de Claudio sufría una grave enfermedad en Berna. Es lo que he oído, pero como en aquella época yo no vivía con ellos, sino que estaba tratando de sobrevivir en Italia al constante agobio al que los fascistas nos tenían sometidos, no puedo dar fe de aquello.

»Lo que sí escuché una tarde mientras la madre de Francesco organizaba la cena fue:

«No esperes nada de aquí, Francesco, elige tu camino, sé que llegarás a ser Papa. Cuando estés en la curia de Roma, Adriano Contini-Massera reconocerá que eres su hijo; mientras, solo eres el hijo de la nodriza».

»Estaba claro que pertenecer a la corte papal era como ser noble, y creo que era lo que en principio motivó a Francesco, pero después de que murió su madre, se dedicó con firmeza a los estudios y parece que se volvió un especialista en lenguas muertas, y uno de los investigadores más demandados, tanto, que hasta los soviéticos, que después de la guerra eran tan reacios a las cuestiones religiosas, aceptaron que Francesco Martucci viviera en Armenia y diera clases en la universidad. De aquello se hablaba mucho en casa.

»La joven Carlota dejó de frecuentar la villa por un tiempo y un buen día volvió a aparecer; ya Claudio y Bruno eran hombres hechos y derechos y ella había escogido a Bruno. Claudio andaba como alma en pena y Carlota lo sabía, lo consoló muchas veces, incluso en su noche de bodas. Mientras el señor Bruno pescaba una gran borrachera ellos celebraban el matrimonio en el cuarto nupcial.

»A mi modo de ver, Francesco siempre fue un hombre probo. Tal vez el único desliz que haya tenido fuese con doña Carlota, y de eso ya hace mucho tiempo. Y así hubiese quedado para mí, de no ser porque antes de venir a Nueva York tuve la oportunidad de verlos conversando en un restaurante. Fue en una de las tardes previas al viaje, tenía que comprar algunos efectos personales, porque era la primera vez que vendría a los Estados Unidos, y nunca se sabía, ¡los americanos son tan diferentes de los italianos! Llegó la hora de almuerzo y opté por entrar a uno de los tantos restaurantes que abundan en el centro. Cuál no sería mi sorpresa cuando los vi en una mesa en un rincón, un cubículo bastante oculto, pero no lo suficiente para no reconocerlos y escuchar sus voces. Una conversación íntima, con cierto aire nostálgico, con palabras que se quedan en puntos suspensivos y largos silencios.

«Nunca te casaste, Carlota, después de la muerte de Bruno, pudiste hacerlo con Claudio».

«No lo amé, y tú lo sabes… al único que verdaderamente quiero es a ti».

«Pero sabes que eso es imposible… y ya es muy tarde».

«Nunca es tarde. ¿Y si Claudio te dejase parte de su fortuna?, es lo que me dio a entender».

«No la aceptaré. Sería una tontería».

«¿Por qué lo dices?»

«Claudio está muriendo… y yo también. Te lo puedo asegurar… si tan solo pudiera…».

«¡Oh, Francesco! Cómo es posible… ¿Qué sucedió?»

«Es muy largo de contar. Dante heredará todo, pero Claudio no confía en él. Lo ama, pero cree que terminará dilapidando su fortuna. Así y todo, creo que no tiene más remedio que dejársela. Así que tendrás lo que siempre has querido».

«Dante es un bueno para nada, eso es cierto, pero es por culpa de Claudio. Lo conozco muy bien, Francesco, como una madre conoce a su hijo».

«¡Qué dices, Carlota!»

«Siempre me han ocultado cosas, Francesco. Pero si de algo estoy segura es de que Dante es el hijo que hicieron pasar por muerto. Supongo que se debe a alguna jugarreta de Claudio, tal vez desee resguardar su vida, un hijo suyo sería un blanco fácil para cualquiera de sus enemigos. Sé que todos me consideran una mujer fatua, el único que supo valorarme has sido tú, amor mío. Pero jamás pondría en peligro a mi hijo. Solo dejo que piensen lo que quieran de mí».

«Entonces crees que sabes la verdad»

«Sé que te amo, Francesco, y que podemos ser felices».

«Tú amas el dinero, y tanto, que muchos hombres pasaron por tu cama».

«No es cierto. ¡No es verdad! Apenas unos cuantos… pero eso no era amor. Te demostraré que aún te quiero, Francesco, ven conmigo, ven, como antes, vayamos a cualquier parte donde nadie nos conozca».

»Supongo que irían a "cualquier parte". Eso nunca lo supe, pero conociendo a doña Carlota es posible que se haya salido con la suya. Yo debí retirarme pues había terminado mis *raviolli*. Escancié mi copa y salí. Nunca supe qué papel jugaba Francesco en la vida de Claudio excepto por la obvia amistad que siempre habían tenido, y tampoco podría jurar que él actuase en contra suya, pero existe algo en ese hombre que nunca terminó de gustarme, después de todo es mi derecho. Pero ser mayordomo significa que puedo aparentar lo que no siento. Pienso que los diplomáticos debieran ser mayordomos por un tiempo, ayudaría mucho a las relaciones internacionales —acotó Quentin con una ligera sonrisa.

»Siento por usted, señor Dante, el cariño que nunca me inspiró Francesco. Y a pesar de haber pasado la mayor parte de su vida ignorándome, sé que es usted una buena persona. En las últimas semanas lo he confirmado, y deseo que lo sepa. Perdóneme si he hablado mal de su madre, pero usted deseaba saber, y es lo que he hecho, contarle todo.

　　□ □ □

Yo estaba atónito. Tío Claudio, o sea, mi padre, jamás creyó en mí. Y mi madre me amaba. De todo lo que acababa de escuchar era lo que había quedado grabado en mi mente. Cierto es que nunca me interesé por los negocios de mi padre, pero creo que si hubiese sabido que era su hijo todo hubiera sido diferente. Por otro lado, ¿de qué fortuna hablaba? Yo era heredero de un gran imperio de deudas, y tenía que enfrentarme a tipos como Caperotti y sus esbirros. ¿Por qué mi padre me haría algo así? Parecía que un torbellino arrasaba mi vida a la par que día a día me enteraba de algo diferente. Me sentía en medio de uno de esos sueños de los que uno no se puede despertar por más esfuerzos que haga. Sentí la inquietud de Quentin, y con un gesto de la mano, porque era incapaz de articular palabra, le dije que todo estaba bien. Necesitaba estar solo, empezaba a darme cuenta de que el mundo que me rodeaba, que la gente que me rodeaba no era lo que parecía. Ya no podía confiar más en el cura Martucci. Quentin me había contado la parte que él sabía, pero no la que ignoraba. Y estaba aprendiendo a comprender que cada persona tiene diferentes caras. Y cuanto más lo pensaba más lo creía, hasta que todo se volvió oscuro y no supe más de mí.

Lo insospechable

—¿Cree que debo llamar a un médico?

—Espere, Quentin, parece que está empezando a recuperar la conciencia.

Era cierto. Les oía hablar y sentía como si yo no pudiera responderles, y en cierta forma era así. Me costó poner a funcionar la lengua, la sentía adormecida, como si hubiese estado bajo los efectos de la anestesia.

—Estoy bien —dije, aunque lo dudaba. Lo hacía más que nada por tranquilizarlos.

—*Signore* Dante, usted se desmayó. Perdóneme por haber hablado más de lo debido.

Nicholas hizo un gesto de extrañeza, y desde mi delirio me pareció que sus cejas empezaban a movilizarse fuera de su rostro. Noté que se llevaba a Quentin a un lado y le decía algo al oído. ¿Estarían tramando algo en contra de mí? Me sentí más solo que nunca. Si no podía confiar en mi padre, si Martucci se había convertido en un sujeto sospechoso, y hasta Irene, a quien creí una gran mujer me había mentido ¿qué podía esperar de la vida? Y ahora Quentin y Nicholas hablaban en secreto… Deseé estar muerto. Cerré los ojos y no quise abrirlos más.

Un rato después, no sé cuánto, en realidad, sentí que alguien me tocaba. Abrí los ojos y supuse que era un médico.

—¿Cómo se siente? —me preguntó con una sonrisa paternal.

—Bien. Gracias —respondí, aunque hubiera querido decirle que me sentía peor que nunca.

—¿Ha sufrido de dolores de cabeza últimamente?

—No.

—¿Qué ha comido?

—Nada.

El médico terminó de tomarme la tensión y asintió satisfecho.

—Creo que lo que le ha sucedido es producto del estrés acumulado. Parece que últimamente ha sufrido algunos disgustos; el organismo tiene sus maneras de defenderse, no se preocupe, por ahora todo está normal, su tensión está en óptimas condiciones. Para salir de dudas, le recomiendo hacerse un chequeo completo. Tal vez exista alguna diabetes latente.

Escribió algo en un bloc, arrancó la hoja y la dejó sobre la mesa de noche.

—Le dejo las instrucciones y el lugar adonde puede ir para hacerse los análisis.

Nicholas entró con un vaso de agua con azúcar y una píldora. Yo me incorporé y quise levantarme, pero él me lo impidió.

—Dante, amigo, descansa. Esta es una pastilla para dormir. Creo que necesitas descansar, todo esto es demasiado para ti, te ha sobrepasado, debes reposar, yo estaré aquí cuando despiertes —dijo, señalando el sillón con la mirada.

No sé si alguien lo podría entender, pero al escucharle hablar así quise llorar. Ahogué un sollozo, tomé el agua y la pastilla y me arrebujé en la cama.

—Yo me quedaré aquí, Dante, tranquilo —dijo Nicholas desde el sillón.

❑ ❑ ❑

Cuando abrí los ojos, al primero que vi fue a Nicholas. Se había dormido, y por su barba incipiente supuse que habrían pasado mínimo veinticuatro horas. Aún amodorrado por efecto del Librium, me puse de pie y fui al baño, abrí la ducha y estuve un buen rato bajo el agua, deseaba purificarme de toda la porquería que era el mundo, como si con el líquido que se escurría por el desagüe se filtrase también la mierda de los seres en los que yo había creído y que ahora eran simplemente eso: un poco de agua sucia yendo directamente a las cloacas de Nueva York.

Decidí que ya estaba bien de autocompadecerme. Lo que tenía que hacer era afrontar la situación, o simplemente dejar que todo se fuera al diablo y olvidarme del mundo. Y como había llegado a comprender que el mundo siempre existiría, aunque yo tratase de olvidarlo, escogí afrontar la situación. El ruido de la ducha puso en alerta a Quentin, que me esperaba con un juego de ropa limpia sobre la cama, mientras Nicholas seguía roncando en el sillón.

—¿Cuánto tiempo lleva aquí?

—No se ha movido desde ayer noche, *signore*.

—Déjalo descansar y ven conmigo, Quentin.

Fuimos a mi despacho y me senté frente al escritorio. Al otro lado, Quentin tomó asiento y me observó con expectación.

—Tío Claudio, es decir, mi padre, no me dejó nada. ¿Comprendes? Absolutamente nada. Lo que heredé fueron varios miles de millones de dólares en deudas. Cometí el error de pensar que podría hacerme de una fórmula que tío Claudio supuestamente mantenía en algún lugar, pero no fue así. Nicholas es un escritor que se brindó a ayudarme, un día de éstos te explicaré más.

—No es necesario, *signore* Dante. Él ya lo hizo. Y *veramente*, es sorprendente.

—¿Alguna vez oíste hablar de un tal Giordano Caperotti? —se me ocurrió preguntarle.

—¿Don Giordano? ¡Claro que sí! Era la mano derecha de los negocios de su tío… perdón, su padre.

—Tío está bien, Quentin, descuida. ¿Cómo lo sabes?

—No había un día en que el señor Claudio no hablase con él por teléfono. Le tenía mucha confianza, parece, y... bueno, usted sabe, algunos asuntos eran un poco turbios... discúlpeme usted, pero el señor Claudio de vez en cuando conversaba conmigo y me pedía consejo. Yo simplemente le escuchaba, y tal vez alguna de mis preguntas disparaba en él alguna solución, pues siempre decía: «eres un genio, *mio caro*, vales tu peso en oro... lástima que seas tan delgado...» y soltaba una de sus carcajadas, de esas tan agradables.

Jamás pensé que Quentin fuese la Caja de Pandora que se perfilaba ante mis ojos. Comprendí en segundos que las personas más insospechadas pueden ser depositarias de los secretos mejor guardados.

—¿Tanta era tu confianza con tío Claudio?

—*Signore* Dante, yo lo conocía prácticamente desde niño, imagínese a alguien que usted hubiera tratado durante casi sesenta años... Él sabía todo, absolutamente todo de mí. Sabía que yo jamás lo traicionaría, pues era para mí más que cualquier patrón. Era como mi familia, la familia que nunca tuve. El señor Adriano fue muy bueno conmigo, pero el señor Claudio era especial, él me amaba de verdad. Yo le prometí cuidar de usted y solo así aceptó que usted viniese a América.

«Todos esos años mirando a Quentin como si fuese un florero, cuando en realidad era las flores», pensé. La vida sí que da sorpresas, y a mí no dejaba de sorprenderme desde hacía escasamente una semana.

—Quentin, Francesco dijo que tío Claudio no confiaba en mí. ¿Es cierto?

—Don Claudio lo amaba como solo un padre puede hacerlo. No era cierto que le fuese a dejar su fortuna a él. Le dio algo, sí, porque así era su tío, pero Francesco no decía la verdad. Es innegable que usted no daba muestras de ser una persona de fiar, y algunas veces le sugerí a don Claudio que le dijese la verdad, hubiera sido mejor para usted saber que era su hijo, pero en ese sentido él nunca me escuchó. Él amó a doña Carlota hasta el último día de su vida y no habría sido capaz de ensuciar su imagen.

Yo negué con la cabeza varias veces, me parecía increíble que el amor fuese tan ciego.

—Es necesario que sepa quién es Giordano Caperotti, Quentin, ¿crees que él sería capaz de atentar contra mi vida?

—El señor Giordano puede ser capaz de muchas cosas, ¡ah, claro que sí!, pero de ahí a atentar contra su vida…, no lo creo, *signore* Dante, ¿por qué habría de hacerlo?

—Si no consigo la fórmula que escondió tío Claudio no podré recuperar el dinero que él tomó de La Empresa. Y yo le prometí a Caperotti que lo haría en seis meses.

—Tal vez Quentin tenga la clave —dijo Nicholas, entrando a mi despacho—. No pude evitar escucharlos. Usted, Quentin, debe saber algo que nosotros no sabemos.

Extendió sobre el escritorio sus notas, los salmos, y la cartilla que tío Claudio cantaba.

—¡Ah! Recuerdo esa canción… —exclamó Quentin.

—¿La recuerda? —pregunté mientras miles de ideas cruzaban por mi mente.

—¡Claro, no podría olvidarla! Trata de un secreto que se debe guardar como un tesoro.

Nicholas y yo nos miramos. Sus ojos parecían salirse de las órbitas. Quentin empezó a tararear:

A, más B, más C, más D,
Son uno, dos, tres y cuatro

E, más F, más G, más H, más I,
Son cinco, son seis, son siete, son ocho, son nueve

La J, la K, la L, la M
Diez, once, doce y trece

N y O y P y Q

catorce, quince, dieciséis, diecisiete

Son todas las letras que llevan a Quentin, quien tiene el tesoro que oculta al bambino.

R, S, T, U

Son letras que siguen y me las dices tú…

y así seguía…

Quentin calló y nos observó. Debíamos tener cara de idiotas, pues nos miraba de hito en hito; lo habíamos estado escuchando atentamente, como si nos fuera en ello la vida, y tal vez sería la única oportunidad en la que Quentin tendría un público tan subyugado.

—¿«Son todas las letras que llevan a Quentin quien tiene el tesoro que oculta al bambino»?

Cantamos al unísono, en el mismo tono de Quentin.

—Su tío había inventado esa canción para que usted la recordara, pero siempre se quedaba en la Q, porque era muy distraído, con todo, usted aprendió muy bien la cartilla, por lo cual su tío estaba *veramente* orgulloso.

Nicholas le mostró la hoja en la que figuraba el cuadro de El Bosco.

—¿Recuerdas este cuadro?

—Claro que sí. Está en Villa Contini, en la biblioteca del despacho del difunto *signore* Claudio.

Dante y yo nos miramos, estaba claro que Quentin no sabía que la pequeña reproducción había desaparecido.

—Quentin, piensa bien. ¿Tío Claudio en algún momento te dio algo para que lo guardases?

—Él me dio muchas cosas, *signore*. —Quentin se mostraba agitado. Pensó un buen rato mientras nosotros estábamos pendientes de lo que saldría de sus labios.

—Espere un momento, por favor.

Se puso de pie y salió del despacho. Nosotros nos quedamos en silencio como si tuviésemos miedo de romper un hechizo. Poco después sentimos sus peculiares pasos, como si siempre caminase para no resbalar.

—Tal vez es esto lo que andan buscando. —Me extendió un sobre de unos cuarenta centímetros de largo, sellado.

Lo abrí casi con desesperación, sencillamente no lo podía creer hasta cerciorarme de que era lo que andaba buscando. Extraje el contenido. Era el pequeño cuadro.

Después de despegar la nota miré en la parte más obvia: la de atrás. Retiré el cartón que sujetaba la reproducción y encontré lo que tanto habíamos buscado, cinco hojas con anotaciones en alemán escritas a mano y una nota:

Dante:
Es la fórmula.
Te quiero,
Claudio Contini-Massera.

Y una tarjeta con la dirección:

Mereck & Stallen Pharmaceutical Group
Park Avenue 4550, Peoria, Illinois

Y un número telefónico.

Nicholas y yo pegamos un alarido de alegría y nos abrazamos, también abrazamos a Quentin, que guardaba cierto aire preocupado, pero no le di mucha importancia; en ese momento tenía en la mano lo que cambiaría todo.

—De haberlo sabido, yo… perdóneme *signore*, no pensé que lo que buscaba estaba allí.

—No importa ya, Quentin, hoy mismo me pondré en contacto con el grupo farmacéutico.

Yo estaba realmente feliz, se habían acabado los problemas, y sentía deseos de compensar a Quentin de alguna manera, no se me ocurrió nada mejor que preguntarle:

—Pídeme lo que quieras. Lo que sea. Te lo daré.

—No es necesario, *signore*…

—Por favor, Quentin, es lo menos que puedo hacer.

—Está bien, *signore* Dante. Quisiera usar unos zapatos Reebok, en lugar de estos… De ser posible, negros.

Yo reí ante su petición.

—¡Me muero de hambre! —dije.

John Merreck

—Quentin, ¿puedo confiar en Nelson?

—Sí, señor, Nelson era inseparable de su tío Claudio. Fue quien le salvó la vida en los dos atentados.

Quentin se había convertido de un día para otro en mi asesor, debo reconocer que lo percibí así. Su experiencia, y los años pasados al lado de mi padre, lo hacían un informante ideal. Debía llamar a Nelson, no podía exponerme a que me robasen la fórmula o a que atentasen contra mi vida. Así que fue lo primero que hice. Al día siguiente lo tenía en casa, y, en efecto, su sola presencia me proporcionaba una gran tranquilidad. Fuimos juntos al banco y guardé la fórmula y los documentos en una caja de seguridad.

—Señor Dante —me dijo—: Si voy a hacerme cargo de su seguridad, necesito que usted siga algunos consejos.

—Te escucho.

—Fui entrenado por la CIA como guardaespaldas de políticos de alto nivel. Conocí al señor Claudio Contini-Massera cuando estuve asignado en la embajada de los Estados Unidos en Roma. Debía acompañarlo a todas partes, pues su tío era un enviado especial del gobierno italiano aquí, en los Estados Unidos.

No me pareció oportuno preguntarle qué hizo tío Claudio para convencerlo de sumarse a sus filas; no obstante, Nelson era una persona muy intuitiva y explicó:

—Trabajar para la administración pública equivale a someterse a los constantes cambios de gobierno, cada presidente prefiere un determinado entorno, y ello conlleva a que no todos tengamos cabida. Su tío fue un hombre al que yo respeté mucho, y espero también serle de ayuda a usted.

—Sigo las costumbres de la familia, Nelson. No hago cambios de personal porque sé el cuidado que tuvo mi tío al elegirlos. Es probable que, al igual que sucedió con él, alguien desee acabar con mi vida. Sospecho que pudieran ser judíos, personas relacionadas con un laboratorio al que iremos de visita mañana.

—Creo saber de qué se trata. He visitado antes ese laboratorio acompañando a su tío. Es importante que usted deje de pensar en las coincidencias. Las coincidencias no existen. En general, representan peligro. Si usted se topa más de una vez con una misma persona, si ve un automóvil dos veces, si el rostro del camarero de un restaurante al que nunca antes había entrado le parece familiar, de inmediato, cúbrase las espaldas si no está conmigo. Y aún estando conmigo, facilitaría mucho las cosas si usted fuese buen observador.

De manera que Nelson sabía dónde quedaba el laboratorio, y yo rompiéndome *la testa*. No pude dejar de recordar al hombre del restaurante.

—Cuando estuvimos en Hereford nos siguió un hombre. Era un italiano, estoy seguro.

—¿Qué apariencia tenía?

—Era delgado, de cabello negro un poco revuelto…

—Creo saber quién es.

—¿Es peligroso?

—Creo que es un hombre de Caperotti. Hasta donde yo sé, Caperotti no le hará daño, lo más probable es que el hombre del restaurante, como usted lo llama, lo haya estado protegiendo.

—¡Qué dices!

—A Caperotti no le conviene que a usted le suceda nada malo. Sin embargo, creo que usted fue seguido por alguna otra persona, con seguridad, de aspecto inofensivo.

Para mí el asunto de la seguridad empezaba a cobrar visos desconocidos. Hasta ese momento pensaba que un guardaespaldas era un hombre que simplemente tenía una masa de músculos que podría amedrentar a cualquiera que osara dejarme sin puesto de estacionamiento.

—La verdad… no sé a qué te refieres, no recuerdo haber visto a ninguna persona de aspecto insignificante.

—Es el motivo por el que los escogen así. Incluso podría ser una mujer.

La única mujer que recordaba era a la bibliotecaria Molly Graham. A menos que fuera alguno de los japoneses que tomaban fotos.

—Unos japoneses nos tomaron fotos en la biblioteca, pero no creo que ellos supieran que íbamos a estar allí.

—A menos que alguno se haya infiltrado ese día en el grupo. ¿Tenía algo de importancia la foto?

—No. Excepto por las cadenas revueltas, no creo que haya algo en esas fotos que pudiese servirles de pista. Es más, ahora que lo pienso, si lograsen dar con el libro al que arranqué las hojas, estarían siguiendo una pista falsa. Me gustaría que le enseñaras a Nicholas algunas medidas preventivas, Nelson, él será mi acompañante, es una persona de confianza.

Nelson escrutó a Nicholas, que hasta ese momento había permanecido callado, sentado con las piernas estiradas, en un sillón situado al lado del suyo.

—¿Sabe usted manejar un arma? —fue lo primero que le preguntó.

—Tengo licencia para portar armas. Estuve dos años en el ejército y soy cinturón negro en karate.

Di un respingo.

—Eso facilita las cosas. Le daré una pistola automática, debe llevarla siempre, excepto, claro, en los lugares donde lo revisarán porque no están permitidas, como en el laboratorio, mañana. Creo conveniente que usted permanezca aquí, en casa del señor Dante, no es bueno que venga todos los días desde donde vive, debemos evitar todos los movimientos rutinarios.

—Entonces tengo que ir por mis efectos personales.

—Yo lo acompañaré esta noche.

Nunca hubiera imaginado que Nicholas, con su apariencia tan poco marcial hubiese servido en el ejército y fuese un experto en lucha, me sentía más tranquilo. No obstante, valía la pena tener a Nelson. De inmediato mi mente me llevó a John Merreck. Miré el teléfono de la tarjeta y me dispuse a llamarlo.

Al segundo toque una voz suave, con un ligero acento alemán, contestó, sorprendiéndome.

—Buenos días, señor Contini. He estado esperando esta llamada con bastante interés.

Asumí que sabría que era yo quien llamaba, quizás le apareció mi número en la pantalla de su teléfono.

—Buenos días, señor Merreck. Me gustaría conversar con usted personalmente.

—Será un placer. Lo espero mañana. Supongo que sabe la dirección.

—Sí, la tengo. Allí estaré, señor Merreck.

▢ ▢ ▢

Esa tarde Nicholas se instaló conmigo en el enorme piso propiedad de tío Claudio en Tribeca. No podría en esos momentos decir que fuese mío, pues estaba más que comprobado que yo no poseía nada, excepto cuantiosas deudas y unas hojas que parecían ser muy importantes. Mi amigo americano había traído consigo algunas pertenencias: una maleta y un ordenador portátil. Su presencia se había vuelto familiar para mí, siempre él y su sempiterno manuscrito de hojas vacías bajo el brazo, como si aún esperase que en cualquier momento apareciera allí la respuesta a todas nuestras preguntas.

Peoria, situada a unos doscientos kilómetros al sudoeste de Chicago, es una de las principales ciudades del estado de Illinois. No fue difícil dar con la dirección siguiendo las indicaciones de Nelson. Se trataba de un edificio de apariencia ordinaria, de arquitectura cuadrada, de ocho plantas, sin nada que lo hiciera sobresalir del resto de los que ocupaban esa misma avenida. Nelson, Nicholas y yo atravesamos la puerta de vidrio que separaba la recepción de la calle y mi parecido a tío Claudio o el que Nelson fuese reconocido, surtió efecto inmediato en la joven que estaba detrás de un mostrador.

—Buenos días, ¿señor Dante Contini? —preguntó la chica.

—Buenos días. Así es.

—Tengan la amabilidad de seguirme, por favor.

Fuimos tras ella hacia el ascensor y salimos directamente al helipuerto en el techo, donde nos esperaba un helicóptero. Unos veinte minutos después estábamos aterrizando en los terrenos de un lugar situado en Roseville, según escuché mencionar al piloto. Un hombre de traje gris nos dio la bienvenida y nos condujo hasta «el Rancho». Apenas sobresalía del horizonte como una casa de una sola planta, con una larga cerca pintada de blanco que bordeaba sus terrenos parcialmente cubiertos de árboles. Tenía la apariencia de una inofensiva casa situada en medio de un campo de golf, por lo bien cuidado del césped. Pero si se observaba con cuidado, se podía distinguir que sus paredes estaban construidas no de madera o de estuco, sino de un material recubierto por láminas de metal con apariencia veteada.

Al traspasar el umbral, pasamos por un detector de metales y unos pasos antes de entrar al ascensor fuimos registrados por segunda vez. Me llamó la atención el cuidado que ponían en la seguridad, aunque Nelson ya me lo había advertido: «No se intimide cuando lo revisen, lo hacen siempre, inclusive con los que trabajan allí».

Poco después lucían en nuestras respectivas solapas unas etiquetas plásticas de identificación. Pero para lo que no estaba preparado, fue para los diez pisos que tuvimos que bajar antes de que el ascensor se detuviera. Aquello era impresionante. Todo estaba iluminado con luces blancas que asemejaban la luz del día, supongo que para evitar la sensación claustrofóbica que un ambiente bajo tales profundidades podría proporcionar.

Antes de entrar a la oficina de Merreck, Nelson fue detenido. Dócilmente se hizo a un lado y esperó sentado en una de las sillas del pasillo.

—Él viene conmigo —afirmé, señalando a Nicholas con la mirada.

—Buenos días señor Contini, soy John Merreck. —Saludó un hombre pálido y delgado, extendiéndome la mano, con esa costumbre americana de no utilizar los apellidos compuestos.

—Buenos días. Señor Merreck. Nicholas Blohm, mi asesor.

—Encantado. ¿Puedo ofrecerles un café?

—Me encantaría, muchas gracias —accedí con agrado, el olor que impregnó mi nariz al entrar se me hizo irresistible.

—Es un café cultivado por nosotros, está saborizado genéticamente con cacao —explicó Merreck con orgullo.

Él personalmente sirvió el susodicho café en una esquina de la oficina, nos lo alcanzó haciendo gala de una delicada cortesía, y se sentó tras su escritorio.

—Lamento lo ocurrido, señor Contini, su tío era un gran amigo de esta casa.

No parecía apurado por hablar acerca de lo que tanta tensión me había causado últimamente, se limitaba a dar vueltas a su café con la cucharilla, como si yo no existiera. Tuve la impresión de estar frente a un soñador. Nicholas me lanzó una mirada y yo opté por esperar a que Merreck empezara a hablar.

—¿Le gustaría dar un paseo por el Rancho? —preguntó una vez que terminó de tomar su café.

—Por supuesto.

—Síganme por favor.

Salimos de su oficina por una puerta situada frente a la que nos sirvió de entrada, y fuimos a dar a una especie de vestidor.

—Por favor, quítense las chaquetas y colóquense esto. —Nos alcanzó unos trajes blancos con cierre delantero, gorros, guantes y cubre botas desechables—. Todo está esterilizado —aclaró.

Fuimos detrás de él y al traspasar la puerta nos encontramos en un pabellón largo, con muchas puertas a ambos lados del pasillo, todas las paredes eran de vidrio, de manera que se podía ver lo que hacían dentro. En la mayoría de los cubículos de tamaño apreciable había personal enfrascado en algún tipo de trabajo.

—De aquí sale la cura para muchas enfermedades, a veces se precisan años para conseguir un solo avance, pero vale la pena.

Llegamos a un cubículo en donde había muchos ratones blancos en diversos receptáculos de vidrio.

—No siempre el metabolismo animal se puede equiparar al nuestro, para obtener resultados —dijo con pesadumbre—, pero hacemos lo que podemos. Estos ratones fueron inyectados con la hormona del crecimiento, se ha logrado algún avance en la regeneración de sus células; por desgracia, su hígado está empezando a segregar exceso de somatomedina. El resultado es algo parecido a la fibrodisplasia osificante progresiva. Es decir, la transformación de músculo en hueso.

Vi unos ratones que apenas podían moverse, tenían el cuerpo terriblemente deformado, en definitiva se habían convertido en monstruos. No pude dejar de asociarlo con lo que había leído en las anotaciones de Mengele.

—He leído acerca de unos experimentos parecidos, hechos en seres humanos.

—Yo también, créame. Pero eso está prohibido aquí. Todo lo que hacemos es legal —respondió, dando una mirada alrededor.

Llegamos al final del pabellón y entramos a otro, en donde la atención parecía centrada en las plantas.

—Lo que verá es lo último en el desarrollo de la genética. Una teoría que finalmente está tomando visos de realidad, pero aún falta dar algunos pasos.

—¿Lo que se hace aquí son alimentos transgénicos?

—No, mi apreciado señor Contini. Los alimentos transgénicos se los dejamos a Monsanto. Ellos lo están haciendo muy bien, en ocasiones solemos hacer alguna travesura, como con el café al que les invité, pero eso es todo. Aquí podría estar básicamente la respuesta a la eterna juventud. Le asombraría saber que todo lo que toca, todo lo que le rodea, vive.

Debió darse cuenta que no entendía a qué se refería. Prosiguió:

—Esto. —Tomó un cenicero y lo puso a la altura de mis ojos—. No es un objeto inanimado, aunque en apariencia lo parezca. Son miles de millones de átomos en perpetuo movimiento; el átomo es tan pequeño que una sola gota de agua contiene más de veinte mil trillones de átomos, cada uno de ellos en movimiento constante, con sus protones, neutrones y electrones como infinitésimos microcosmos. Y así es cada objeto que usted ve a su alrededor y con usted mismo. Cada célula de su organismo está formada por átomos. Y hemos comprobado que es posible manipularlos para que duren tanto como lo deseemos. Las plantas tienen vida, escuchan, sienten, respiran, se alimentan, y algunas de ellas tienen células que se reproducen indefinidamente.

Supe en ese instante que empezaría a hablar del terreno que me interesaba.

—¿Se está refiriendo al alargamiento de la vida?

—Hasta límites insospechados.

—¿Cuánto? ¿Doscientos años, tal vez? ¿A quién le interesaría vivir tanto? Creo que lo importante no es la cantidad, sino la calidad.

—Usted no le da la debida importancia porque es joven, señor Contini. ¿Cuántos años tiene?

—Veinticuatro.

—¿Y si le dijera que podría hacerlo inmortal conservando la misma apariencia que tiene —miró su reloj— a las cuatro de la tarde de hoy, miércoles 17 de noviembre de 1999?

Buen golpe de efecto, pensé. El tipo debía haberse dedicado a la venta de enciclopedias.

—Me parecería poco probable. Nadie está libre de la muerte; en todo caso, ¿qué sucedería con la humanidad si nadie muriese?

—Hay personas que merecen vivir eternamente. Podríamos tener un Einstein para siempre, y estoy seguro de que la teoría del campo unificado ya se hubiese resuelto y comprobado. Los viajes intergalácticos podrían empezar a pensarse como algo posible...

—Sí, no sé dónde escuché eso antes —interrumpió Nicholas.

Merreck no acusó su ironía. Abrió una puerta y nos invitó a entrar.

—¿Sabía que la planta más longeva de la Tierra es la larrea? El estudio de sus células sugiere que la que existe en el desierto de Mojave tiene una edad de once mil setecientos años. Es el experimento en el que estuvo trabajando el doctor Josef Mengele aquí —dijo, refiriéndose al laboratorio al que acabábamos de entrar—. Por desgracia, falleció antes de terminarlo. El señor Claudio Contini estaba enterado de todo, pero por razones que desconocemos se llevó unos documentos esenciales para la consecución de la fórmula. Con su muerte, me temo que todo quedó en el limbo. Él era la prueba viviente de que era posible.

—¿De que era posible la inmortalidad? —le pregunté, estupefacto— ¿Y cómo se explica que haya muerto?

—Su tío se había expuesto a un elemento radiactivo hacía más de veinte años; al aplicársele el tratamiento de longevidad, el cáncer que invadía su sistema también adquirió características inmortales. Fue una lucha que su organismo perdió.

—¿Y qué garantiza que esta vez los estudios resulten positivos?

—Hacer una alteración en el desarrollo de un sistema orgánico es fatal. Una secuencia codificada no puede ser revisada una vez establecida. Es la conclusión a la que habíamos llegado.

—¿Y qué les hizo cambiar de idea?

—El doctor Josef Mengele logró hacerlo con su tío, el señor Contini.

—Pero murió —dije casi como un reproche.

—Porque el doctor Mengele no pudo completar la secuencia. Murió debido a los efectos de sus largas horas de exposición a la radiactividad. Sin embargo, sé que tenía la fórmula exacta para lograrlo; su tío, por desgracia sufría de cáncer, y eso no facilitó el experimento.

—¿Por qué no?

—Porque al poco tiempo de la incubación cualquier célula que haya sufrido mutaciones de reversión produce pautas de retroceso, y en el caso de su tío, ocurrió con las células cancerígenas. Se volvieron poderosamente inmortales. Una proteína represora que bloqueaba las células cancerígenas operantes impediría la duplicación *ad infinitum*, pero al mismo tiempo causó un error de replicación, que hizo que la cadena de ADN reestructurada llevase consigo una mutación mortal.

—He leído todo eso en alguna parte —comentó Nicholas

—Aparte de los experimentos de Mengele, ¿nadie más en el mundo científico ha investigado acerca de este tema? —pregunté. Sentía curiosidad y al mismo tiempo deseaba saber si habría alguna competencia al respecto.

—Cómo no, señor Contini. Se han hecho experimentos, por lo que sabemos, el doctor Robert White aquí en los Estados Unidos realizó algunos transplantes de cerebro, con cabeza y todo, por supuesto, en monos. Tuvo un éxito relativo, fue entre los años 1950 y 1971. También los hizo en la Unión Soviética el doctor Vladimir Demikhov, sin mucha repercusión, como suelen hacer ellos.

—¿Y qué sucedió?

—Hubo mucha oposición de los grupos de defensa por los derechos de los animales. El doctor White logró transplantar la cabeza de un mono en el cuerpo de otro. El animal sobrevivió siete días durante los cuales parecía tener la misma personalidad que la del dueño del cerebro. Es decir, se podría utilizar cualquier cuerpo humano en buen estado y transplantar la cabeza de un hombre aquejado de cualquier enfermedad paralizante.

Me pareció una solución demasiado bizarra. La imagen de alguien con la cabeza de otro no me agradaba en absoluto.

—¿Qué sucedería si el señor Dante Contini les entregase los documentos faltantes? —preguntó Nicholas, que hasta ese momento había permanecido ignorado por Merreck.

—¿Los tiene usted? —me preguntó Merreck.

—No dije que los tuviera —aclaró Nicholas.

—De poseer los documentos y de traerlos, obviamente, podríamos terminar los estudios y empezar a producir la enzima que permitirá la inmortalidad —explicó Merreck.

—Mi tío, el señor Contini, fue blanco de dos atentados, ¿estaba usted al corriente?

—Lamentablemente sí. Y lo sentí mucho, pero si está insinuando que nosotros tuvimos algo que ver, está equivocado, no ganaríamos nada con su muerte. Ya ve usted, él falleció, y para nosotros fue más un problema que un beneficio.

—¿Cuál es la participación de Contini-Massera en este laboratorio? —pregunté.

—El señor Contini tenía el veinticinco por ciento de las acciones. Nicholas soltó un silbido.

—Era dueño de la cuarta parte de todo esto —dijo.

—Viéndolo de esa forma, sí. Pero su participación se limitaba a lo concerniente a la fórmula antienvejecimiento.

—Las sigue teniendo, supongo.

—Por supuesto, pero esas acciones estaban respaldadas por las investigaciones que se llevó consigo, sin ellas…

—No comprendo —interrumpí.

—Los resultados de los experimentos, la fórmula faltante, y todos los estudios, pertenecen a este laboratorio. Fue el trato que hicimos.

—¿Por qué habría de llevárselos, entonces? ¿Y cómo sé que me está diciendo la verdad? Este es un lugar donde la seguridad se respira en cada rincón —afirmé dando una mirada alrededor.

—Siempre hay medios para evadirla. No dudo que su tío era un hombre de muchos recursos.

—¿A cuánto asciende ese veinticinco por ciento que mencionó?, en dólares, claro —terció Nicholas.

—A cuatro mil millones de dólares —dijo Merreck resueltamente.

—Yo creo que un descubrimiento de esa categoría valdría cuando menos veinte —objeté—. Usted me dice que su participación es del veinticinco por ciento, pero una vez obtenida la fórmula, el descubrimiento de algo como eso adquiere un valor insospechable.

—Señor Contini, esto no es un remate al martillo, se trata del descubrimiento científico más importante de la historia de la humanidad. Se podría hacer tanto bien… Veinte mil millones me parecen excesivos.

—Creo que si ofrecemos los dichosos documentos directamente al gobierno de los Estados Unidos o a cualquier otro país que estuviese interesado, podríamos obtener mucho más que eso. En el caso de que los tuviésemos, claro —comenté, como si toda mi vida la hubiese pasado traficando con fórmulas secretas.

Nicholas estaba petrificado. Nos observaba a uno y a otro indistintamente. Supongo que a sus ojos me había transformado en un verdadero tahúr. Yo hablaba de manera calmada, casi afable, como lo habría hecho tío Claudio. Merreck tenía una fina capa de sudor en la frente. Nos veíamos muy extraños hablando de negocios con esa extraña vestimenta.

—Supongo que el señor Contini-Massera dejó establecido en su patrimonio el valor de las acciones —tanteó Merreck.

—Supongo que sí —dije, y tomé nota mental de llamar a Fabianni—. Supe que dos accionistas de este laboratorio se opusieron —le recordé.

—Así es, pero ellos ya no forman parte de esta empresa. No podemos permitirnos el lujo de anteponer cuestiones morales a los avances científicos.

—¿Y no cree usted que ellos podrían haber atentado contra la vida de mi tío?

—No lo creo, señor Contini, era personas muy decentes.

—Y eran judíos.

—Le recuerdo que no guardamos sentimientos antisemitas en este lugar.

—Lo digo porque el experimento para el alargamiento de la vida estaba encabezado por Josef Mengele. Una razón más que suficiente para que cualquier judío quisiera impedirlo.

—En cierto sentido, le doy la razón, sería insensato descartar la posibilidad. No crea que no lo pensé, pero gracias a Dios su tío salió ileso de los atentados, y murió por causas naturales.

Era cierto. Los accionistas judíos no habían tenido que ver con su muerte. Pero mi vida corría peligro.

—¿Podría usted darme sus nombres y direcciones?

—¿Con qué objeto?

—Soy el eslabón que falta para que lleven a cabo los experimentos. Si ellos piensan que poseo las últimas anotaciones de Mengele, mi vida corre peligro.

—¿Las tiene usted?

Después de pensarlo, decidí hablar.

—Señor Merreck. Tengo lo que hace falta. Están a buen resguardo y por ahora no las he ofrecido a nadie más. Piénselo y me llama. Tiene mi oferta y mi demanda, sin esos nombres, no hay trato—. Le extendí mi tarjeta.

—Solo una pregunta más, señor Merreck —añadió Nicholas—. Aparte de hacer investigaciones para la cura de enfermedades, ¿Qué se hace aquí? Sus instalaciones son sorprendentes.

—Este lugar es uno de los pocos que existen protegido para soportar cualquier ataque nuclear. Incluyendo algún asteroide que se dirija a la Tierra. Podríamos sobrevivir durante cincuenta años sin salir a la superficie. El trato con el señor Contini incluía un lugar en el caso de cualquier contingencia. E incluso, en estos momentos se está planificando la construcción de una estación espacial, en sociedad con algunos gobiernos, en donde sin duda él o el actual dueño de sus acciones, tendría garantizada una plaza

Una respuesta tan impresionante como aquella merecía un silencio igual de impresionante. Fue lo que hicimos. Empezaba a tomar conciencia del lugar en donde nos hallábamos metidos, y creo que Nicholas también lo sintió así.

⬜ ⬜ ⬜

El helicóptero nos devolvió a Peoria y regresamos a Nueva York.

Interrogantes

En el vuelo de regreso hablamos poco. Había aprendido que los lugares aparentemente inocuos, como un asiento de avión, son potencialmente peligrosos, nunca se sabe quién es el compañero del asiento de al lado, o el que está detrás, así que nuestro lenguaje en clave terminó por cansarnos y guardamos silencio tomando el ejemplo de Nelson, hasta llegar a casa.

□ □ □

—Algo muy raro se cuece en ese *laboratorio*. ¿Viste las instalaciones? ¡Diez pisos bajo tierra!, me imagino a toda una ciudad en el subsuelo. Y pensar que únicamente unos cuantos serán los elegidos en medio de los miles de millones de habitantes del planeta. Lo que no acierto a comprender es por qué tío Claudio escondió la fórmula. —Fue lo primero que dije al encontrarme en el ambiente seguro de la cocina.

—Y por qué te la legó a ti. Si él no estaba de acuerdo con los manejos de Merreck, simplemente se hubiese deshecho de todo.

—Tal vez pensó que podría salvar La Empresa. Y de hecho, es posible.

—Hay algo oscuro en todo esto. Alguna cosa de la que debió enterarse al final.

—Espero que Merreck me dé los nombres de los exaccionistas judíos.

—Y que acepte la oferta. Veinte mil millones es una cantidad respetable —recordó Nicholas soltando una risita—. ¿No te parece mucho?

—¿Mucho? Creo que es más bien poco. Es un producto que no existió jamás y que tendría efectos sociológicos inusitados; al principio sería solo para ricos. ¿Cuánto gana un rico?

Nicholas se alzó de hombros.

—Eso lo debes saber tú mejor que nadie —dijo.

—Miles de millones. Lo sé no porque yo los haya ganado, pero mi incursión en el estudio de los negocios me da una idea aproximada. Partamos de la idea de que solo se lo podrían permitir los que están en la lista Forbes. ¿Pagaría uno de ellos cuatrocientos millones de dólares para el tratamiento de la eterna juventud? Claro que sí. Hay que amortizar los años de investigación: si sumo la edad que tengo con el tiempo que le llevó a Mengele iniciar los estudios de la fórmula, las investigaciones rondan los sesenta años de antigüedad. Algo casi comparable con la penicilina.

La pizca de admiración que empezaba a captar en la mirada de Nicholas me satisfizo una enormidad.

—Ya veo que fuiste un alumno aplicado —dijo mientras parecía tomar nota mental de todo.

—Y eso no es todo: si la empresa tiene accionistas o cotiza en bolsa, los socios saben que, de tener semejante producto, sus acciones no harán sino subir y subir, porque siempre existirán clientes potenciales, y ni siquiera estamos tocando a los proyectos de largo plazo como los que tiene la NASA. Pero evidentemente tenemos que pedir una cantidad que Merreck y compañía puedan pagar, que supla sus necesidades. Si les pidiese más no quedaría dinero para terminar su trabajo y no pienso cobrarles en cómodas cuotas mensuales. Lo que puedo es arreglar con ellos una participación en las ganancias.

—Aparte de los veinte mil, supongo.

—Exactamente.

Ahora solo tenía que esperar a que Merreck se decidiera. Nicholas empezó a buscar afanosamente en sus bolsillos, yo le alargué la cigarrera que estaba dentro del cajón donde Quentin escondía sus cigarrillos.

La verdad era que yo estaba en una encrucijada. Debía hacer lo correcto, pero en este caso, sabía que cualquier decisión que tomase no sería correcta. Por otro lado, tenía que hablar con Irene, y aquello me producía una rara sensación. No había aceptado la devolución del préstamo, y yo no podía dejar el asunto en el aire. Sé que lo más sensato habría sido hacer una transferencia a su cuenta, pero en el fondo deseaba verla. Irene, muy a mi pesar, me interesaba más de lo que yo estaba dispuesto a reconocer. Y deseaba saber por ella misma si era cierto lo que había asegurado el cura Martucci. Esa misma noche fui a verla.

❏❏❏

Irene abrió la puerta y fue como si apenas unas horas antes nos hubiésemos despedido. Su sonrisa juvenil, franca, y su mirada directa, volvieron a cautivarme. Guardé mis recelos, en ese instante lo único que deseaba era estar en sus brazos, me hacía falta un poco de cariño y no me importaba que fuese fingido. Lo necesitaba. Un largo abrazo precedió a mis pensamientos y por unas horas sentí que había vuelto a la normalidad. Me hacía falta una mujer, mi cuerpo pedía sexo porque en los últimos diez días lo único que había hecho era correr tras una maldita fórmula y buscar respuestas. Los brazos de una mujer me hacían sentir un hombre capaz de cualquier proeza. Siempre he pensado que la autoestima es directamente proporcional a la satisfacción que se pueda dar o recibir en el terreno amoroso. De manera que cuando el cuerpo de piel suave de Irene se pegó al mío, olvidé todo lo que no fuese ser feliz. Después vería cómo recuperar mi infelicidad.

El reloj de la mesa de noche marcaba la una de la mañana cuando recordé que debía llamar a Quentin. Maldije mi falta de criterio, Nelson lo llamaría «una fuga de seguridad» con su permanente lenguaje marcial. ¿Acaso nunca se relajaba? Una vez más comprobé que había personas para todo tipo de ocupaciones, y que la *liberté, égalité, fraternité,* eran conceptos abstractos y, por tanto, irreales. O quién sabe, tal vez los ideólogos estuvieran pensando en sus amantes cuando redactaron aquello. Dejé a Irene durmiendo con placidez y salí de la cama. Cogí el móvil y fui a la sala para no despertarla.

Un solo tono y contestó Quentin.

—*Sono io,* Quentin. Tranquilo, hoy no regresaré a dormir. Dile a Nelson que me disculpe por no avisarle antes.

—Él piensa que debió ir con usted, *signore.*

—Prometo que así será la próxima vez, Quentin, necesitaba salir. Estoy en casa de Irene.

Me estaba tomando el asunto de la seguridad con toda la seriedad del caso. En cualquier otro momento ni se me habría ocurrido dar mi paradero con tal lujo de detalles, pero ya Nelson me había explicado la conveniencia de que siempre supieran dónde encontrarme.

Contemplé la silueta de Irene delineada por la sábana, y me pregunté cuánto de verdadero hubo en nuestro encuentro. Ella parecía sincera, y yo también. ¿Acaso era suficiente el sexo? No dudo que en un encuentro físico haya sinceridad, el cuerpo lo pide, la mente lo exige y se da y se entrega, y el clímax es sincero. A menos que se finja, pero pienso que ese fingimiento es producto del deseo de satisfacer al compañero. Y yo más que una afrenta, lo considero una forma delicada de procurar placer. La duda que corroía mi mente me hacía ser objetivo con Irene. Ella me había engañado y debía tener un motivo. Esperé pacientemente en la penumbra a que se hiciera de día, pero el sueño me venció. El aromático olor del café, con seguridad colombiano, me hizo abrir los ojos y desear que no tuviese que aclarar nada.

—Te preparé el desayuno —me dijo Irene con su sonrisa de niña.

—Gracias. Esto se ve exquisito —Irene era una mujer de detalles, no podía faltar una rosa roja, claro, especialmente porque era la marca de su negocio, me dije.

—Te noto un poco tenso. No hemos hablado… ¿por qué enviaste a tu empleado con un cheque? Hubiera preferido que me lo entregases tú.

—Me encontraba en Italia.

—Hubiera bastado una llamada. ¿Te das cuenta que ni siquiera me llamaste?

—Irene, la muerte de mi tío me trajo muchos problemas. Para empezar, soy heredero de sus no pocas deudas. Por cierto, el único dinero con el que cuento es el que tío Claudio recuperó del estafador que me presentaste.

—¿A quién te refieres? —preguntó Irene. Parecía que su ignorancia al respecto era genuina.

—A Jorge Rodríguez, obviamente.

—Jorge falleció.

—¿Qué dices?

—Fue atropellado hace dos meses, me enteré la semana pasada.

—¿Y quién lo mató?

—No se sabe. Un coche lo embistió y se dio a la fuga.

—Pensé que estaba preso por estafa.

—Nunca estuvo en la cárcel, Dante, ¿de dónde sacas eso?

—De una persona de confianza. Dijo que estabas involucrada, y que tu negocio de flores es una tapadera.

Irene sonrió. Tal vez para ocultar su nerviosismo, o cualquier otra emoción que estuviera cruzando por su mente.

—¿Y tú qué piensas, Dante?

—Yo ya no sé qué pensar.

—Supongamos que sea cierto que Jorge Rodríguez era un estafador y se embolsó tu dinero, ¿cómo te explicas que él ahora esté muerto y tú hayas recuperado tu inversión? Creo que algo huele muy mal en todo esto.

—Si piensas que tuve algo que ver con su muerte, estás desvariando. Yo me enteré de que los dos millones se habían recuperado hace poco más de una semana.

—Entonces alguien sí tuvo que ver.

—¿Qué insinúas? —le espeté con dureza. Dejé el café en la bandeja y no quise seguir probando nada más.

—No. ¿Cómo te atreves tú a insinuar que mi amigo Jorge Rodríguez, gracias al cual ganaste tanto dinero, por cierto, te estafó? Lo conocía desde que éramos niños, era como mi hermano. Puedes averiguar en la jefatura de policía si en algún momento fue encarcelado. No es verdad. Alguien está mintiendo y no soy yo.

—Y si era tan cercano a ti, ¿cómo es que no sabías que había muerto hasta hace una semana?

—Fue a Bogotá de vacaciones con su familia, no acostumbro llamarlo todo el tiempo. Hace una semana su esposa me lo dijo.

—Lo mataron en Colombia —deduje en voz alta. Allá es mucho más sencillo. No hacen preguntas y los sicarios abundan.

Yo trataba de encajar ese asesinato en la retahíla de sucesos que últimamente formaba parte de mi vida y no le encontraba sentido.

—Debo irme. Irene, perdona que sea tan suspicaz, pero me están sucediendo cosas tan raras, que desconfío de todo el mundo. —Empecé a vestirme y busqué en uno de los bolsillos de mi chaqueta. Le alargué el cheque—. Muchas gracias, Irene, me ayudaste cuando lo necesitaba, nunca lo olvidaré.

Ella me miró con tristeza.

—No, Dante, no quiero ese dinero.

—Es tuyo. No puedo quedarme con él.

—Solo dame lo que te presté, de lo contrario no pienso cobrarlo.

—No traje chequera conmigo.

—Entonces otro día será. No quiero que te vayas así.

—Debo ordenar mis ideas, Irene. En realidad, debo ordenar mi vida. —La besé en los labios y salí.

Un coche estacionado en la puerta del edificio con Nelson tras el volante, me estaba esperando. Antes de que él dijera nada, me adelanté.

—Lo siento, Nelson. Necesitaba alejarme para tomar un poco de aire.

—¿Y le sirvió?

Negué con la cabeza.

—¿Conoces a alguien en algún organismo del estado? Me refiero a la CIA, el FBI, o algo por el estilo.

—Aún no he perdido todos mis contactos, podría ser… ¿De qué se trata exactamente?

—Quiero que investigues la muerte de un sujeto llamado Jorge Rodríguez. Supuestamente murió en Bogotá, un coche lo arrolló y se dio a la fuga, y es posible que aquí tenga antecedentes penales por delito de estafa. Necesito saber si estuvo preso, si es verdad que está muerto y todo lo que puedas averiguar de él. También me gustaría saber quién es Irene Montoya, propietaria de la floristería la Rosa Roja, tiene nacionalidad norteamericana y sus flores vienen de Colombia. Al igual que ella.

Me sentí un canalla al hacer semejante encargo, pero estaba aprendiendo que debía cuidarme de todos. Supongo que fue a partir de ese momento que tomé la decisión de que cualquier mujer que saliera conmigo, debía ser investigada.

—Llamó el señor Martucci. Perdone mi intromisión pero me parece que no debería contarle nada de lo que ha averiguado hasta ahora.

—Tú sabes que era el mejor amigo de tío Claudio.

—Sí, señor Contini, pero es preferible que todo lo que sabe, quede con usted. Así podremos ir descartando posibilidades. Nunca pudimos dar con el autor intelectual de los atentados del señor Claudio y es peligroso dejar cabos sueltos. Supongo que ahora el blanco es usted. Según parece, posee algo que le interesa mucho a cierta persona.

—Estoy seguro de que Francesco Martucci es un hombre probo. Si hubiese querido, se hubiera quedado con los documentos que le dejó a guardar tío Claudio. Y con el dinero.

—Según usted ha dicho, esos documentos no eran tan importantes. Por todo lo que he observado y escuchado, lo que le dejó al cura Martucci solo fueron unas notas y unas claves que no le llevaron a ninguna parte.

—Es verdad. Pero él no ganaría nada con lo que tengo ahora. Ya me dijo que no desea nada, pues según parece está condenado a muerte, creo que padece la misma enfermedad de la que murió mi tío.

En realidad yo hacía de abogado del diablo. Para esos momentos había aprendido que era preferible no mostrar mis cartas.

La cara de Nelson reflejada en el retrovisor hizo una mueca. Se alzó de hombros y su rostro tomó una apariencia impenetrable como si los músculos de su cara hubiesen dejado de funcionar. Solo movía los párpados cuando era necesario.

—Creo que nos siguen —dijo—. Es el Chevrolet negro que está en el carril de la derecha, detrás del gris. Procuraré perderlo.

Nelson esperó a que el semáforo estuviese a punto de cambiar a rojo y cruzó la calle doblando en la primera esquina. El coche negro quedó atrapado en el semáforo rojo y nosotros entramos al estacionamiento público de un edificio. Caminamos hasta la salida a espaldas de la entrada del edificio y tomamos un taxi.

—¿Estás seguro de que nos seguía? —pregunté. Aquello en nada se parecía a lo que yo tenía en mente como una persecución.

—Sí. Lo vi desde que estaba esperándolo a usted. Giró las dos veces que cambié de ruta.

—¿Piensas que esperaba a que saliera de casa de Irene?

—Es lo más probable.

—No dejes de averiguar lo que te pedí, Nelson.

El asunto se estaba complicando. Requería respuestas, y pronto. Y también necesitaba pensar qué hacer con Merreck.

Al llegar a casa, le conté a Nicholas lo ocurrido y él con su habitual manera de organizar los detalles empezó a enumerar.

—Veamos: Irene aparece en tu vida cuando fuiste a una fiesta en San Francisco. Pero ella vive al igual que tú, en Nueva York. Primera coincidencia. ¿Recuerdas lo que dijo Nelson? Bien, luego ella te presenta al fulano corredor de bolsa, ¿cómo se llamaba?

—Jorge Rodríguez.

—Que al principio te hace ganar dinero, y al mismo tiempo obtiene tu confianza. Tú arriesgas más, a pesar de sus reconvenciones, y dos millones se van al agua. Jorge Rodríguez desaparece y te ves en apuros, entonces aparece nuevamente Irene Montoya y te ofrece cinco mil dólares para que puedas viajar al entierro de tu tío. Segunda coincidencia.

—Yo la fui a buscar. No fue ella quien vino a ofrecerme el dinero.

—Para el resultado, es lo mismo. Jorge Rodríguez es al igual que ella, colombiano. Tercera coincidencia.

Asentí y lo dejé hablar.

—Ahora, Jorge Rodríguez, *según Irene,* está muerto. Y lo sabe no porque ella lo haya visto muerto. Se lo dijo su esposa. Muy conveniente, ¿no crees? Si fuese el caso, ella podría decir que «le dijeron» que había muerto.

—Espero que Nelson pueda traerme alguna respuesta; yo también he pensado en todo lo que dices, pero me resisto a creer que Irene esté metida en alguna conspiración.

—Y para colmo, había alguien siguiéndote desde su casa. ¿Con qué finalidad? ¿A quién beneficiaría saber cuáles son tus movimientos?

—Obviamente a alguien que no sepa cuáles son mis planes. Creo que es lo que yo haría, Nicholas, si deseo saber en qué anda un fulano, lo primero que haría sería seguirlo para saber con quién, cómo, a qué hora, qué es lo que hace, cuáles son sus costumbres…

—Veo que Nelson te ha aleccionado muy bien.

—Nos ha aleccionado —dije, soltando una carcajada—. Piensas como un investigador, ¿qué te parece si dejas la escritura y pones una agencia?

La sonrisa que hasta hacía segundos iluminaba su cara se esfumó.

—Estoy escribiendo. He empezado hoy. Dante, para mí la escritura no es un pasatiempo, es mi pasión, si no fuese por ello en este momento no estaría aquí. Hizo el gesto con las cejas al que ya me había acostumbrado, y con la mano en la barbilla dio un par de pasos y se detuvo.

—Creo que he sido escogido por los dioses —afirmó con gravedad—. No tengo otra explicación a todo lo que me está ocurriendo.

—Lo que nos está ocurriendo —maticé yo.

—Dante, tienes que comprender que cada persona es una individualidad. Va por el mundo con sus propios problemas existenciales, y ve a los demás como si formasen parte de una obra teatral en donde el papel principal es el propio. Los demás son comparsas que se mueven, existen, pero son una especie de decorado. Así veo el mundo. Y con seguridad desde tu perspectiva tú también lo ves así. Quentin lo ve desde su punto de vista y tú lo ves a él como una pieza en un tablero de ajedrez. Lo colocas donde más te conviene. Y la mayor parte de la vida has actuado de esa forma, no porque seas bueno o malo, es porque así es como debe ser para ti. Así que cuando digo que he sido escogido por los dioses, tengo mis razones para pensar que estoy en lo cierto. Es mi mundo, mi forma de ver la vida. Un buen día encontré a un hombrecillo que me dio un manuscrito donde estaba escrita parte de tu vida y la vida de tu tío, o tu padre, Claudio.

Al escucharlo me sobrecogí. Sentí como si todos fuésemos parte de un inmenso tablero de ajedrez movido por hilos invisibles, un tablero en el cual creíamos vivir y ser libres, pero que estaba lleno de hilos que nos obligaban a comportarnos de determinada manera, sin dejarnos opción para escoger. En mi caso, en aquellos momentos en particular, los hilos tiraban a un lado y hacia otro, como si *alguien* no se pudiese poner de acuerdo. ¡Cómo echaba de menos mis días anteriores! ¡Todo era más fácil! Por lo menos vivía con la ilusión de ser yo quien disponía de mis actos…

—Dijiste que hay personas a quienes beneficiaría saber cuáles son tus movimientos, la pregunta entonces sería: ¿Quién no sabe cuáles son tus planes? ¿A quién beneficiaría saber cuáles son tus planes? —preguntó Nicholas, de improviso.

—Nadie sabe cuáles son. Es la realidad —dije, sorprendiéndome a mí mismo—. Ni yo mismo lo sé. Lo que quiere decir que en este momento todos los que me conocen, incluyéndote a ti, son sospechosos.

Nicholas parpadeó varias veces y me observó entrecerrando los ojos.

—Tienes toda la razón. Nadie sabe qué es lo que vas a hacer. Y ya no me atrevo a preguntártelo. Pero de las personas que podrían ocasionarte algún daño, ¿a quién mencionarías?

—En este momento… a Caperotti. También a los judíos. No sé si Caperotti sabe lo de la fórmula, pero si lo hubieras visto, pienso que lo pondrías en la lista.

—Te olvidas del cura Martucci —recordó Nicholas.

—Exacto. En buena cuenta él sí sabe que existe la fórmula, aunque dudo que desee sacar provecho de ella.

—¿Piensas que sea porque dijo que se podría morir?

—Claro, no le serviría de nada —coincidí.

—Entonces debemos enfocar las preguntas desde otro ángulo: ¿Quién estaría dispuesto a hacer cualquier cosa, hasta cometer un asesinato con tal de obtener esa fórmula? ¿Y por qué lo haría?

—Sé que Merreck desea esa fórmula. Y lo haría por la vida eterna —dije—. Los judíos lo harían para evitarla. Creo que Irene puede ser descartada, ella no sabe la existencia de la fórmula.

—Exacto. Y también descartaría a Merreck. Dijo una gran verdad: no habría ganado nada matando a tu tío, ni ahora, atentando contra ti. Caperotti podría ser una opción, intentaría hacerse de la fórmula, siempre y cuando supiera que existe —sugirió Nicholas.

—Según Quentin, era muy cercano a tío Claudio, se hablaban todos los días, tal vez lo haya sabido. Pero según Nelson, el hombre del restaurante que nos estaba siguiendo era un hombre de Caperotti, que más podría estar cuidándome, pienso que probablemente para que no me maten antes de que recupere el dinero.

—Por desgracia, entonces solo nos queda Martucci.

Hice un gesto de apatía.

—Martucci está enamorado de mi madre, por la misma razón, sería incapaz de hacerme daño.

Nicholas se pasó una mano por los cabellos en un gesto de impotencia.

Lo que sí debía hacer era comunicarme con Fabianni.

Marqué el número que aparecía en su tarjeta y me contestó él mismo.

—*Buona sera*, señor Fabianni.

—*Signore* Dante, *buona sera*…

—Por favor, señor Fabianni, debo hablar con Bernini, es él quien se encarga de los estados financieros de La Empresa, ¿verdad? Necesito un número donde ubicarlo. Dejé su tarjeta en Roma, estoy en Nueva York.

—Espere un momento. Lo tengo, tome nota, por favor.

Eso hice. Y acto seguido llamé a Bernini. Después de esperar un momento, su secretaria lo comunicó.

—*Signore* Massera ¿en qué puedo serle útil?

—En la relación de compañías y negocios que maneja La Empresa, ¿figura Merreck & Stallen Pharmaceutical Group?

—Absolutamente, no. —Fue su respuesta inmediata—. Sé de memoria cuáles son las compañías que forman parte de la nuestra.

—¿Oyó usted hablar en alguna ocasión de ellos?

—No… en realidad, sí. Pero no porque tuviesen que ver con nosotros. Merreck & Stallen es uno de los laboratorios más importantes del mundo. ¿Podría preguntarle por qué se interesa?

—Solo quería saber si eran tan buenos como para comprarlos.

Un largo silencio siguió a mis palabras.

—No se asuste. Era una broma. —Y no pude evitar soltar una carcajada.

—*Managgia, signore mio,* es usted tan bromista como su difunto tío, que en paz descanse.

—Gracias, Bernini. Hasta pronto.

Y colgué.

—Ya sabemos adónde fueron a parar tantos millones. Tío Claudio de veras estaba involucrado con esa investigación. Entonces, ¿por qué escondería la fórmula? Veamos qué nos trae Nelson —dije, dándome por vencido.

—Necesito un cigarrillo, Dante, ¿tú no fumas? —inquirió Nicholas.

—No, amigo —contesté con una sonrisa, viendo el aspecto tragicómico de sus cejas.

Las pesquisas

La Agencia Nacional de Seguridad estadounidense, o NSA, es la agencia de los Estados Unidos que protege los sistemas de información desde hace más de cincuenta años. El lugar idóneo para encontrar cualquier dato entre los millones que pueblan sus archivos. Trabaja en estrecha colaboración con la CIA y el FBI, de manera que si había el mínimo resquicio de duda acerca de cualquier persona, con seguridad saltaría como una liebre de alguna de sus fichas. Casi sin proponérmelo empezaba a formar parte de un entramado que para tío Claudio había sido prácticamente su *modus vivendi*, y que yo jamás habría sospechado de no ser por la necesidad de encontrar respuestas a las incógnitas que día a día se me iban planteando.

Como supuse, Nelson aún tenía vínculos con agentes que trabajaban para la CIA. Estos lo condujeron al FBI y allí un contacto le dio acceso al Boletín de Informes Criminales que publican anualmente, que contiene información sobre personas detenidas y sobre toda clase de delitos y crímenes. Está diseñado para complementar los sistemas estatales metropolitanos y hace posible disponer en pocos segundos de los datos que se estén buscando. Un método por medio del cual se encarcela a miles de fugitivos y delincuentes al año. Fue la explicación escueta que Nelson se tomó el trabajo de darme antes de proceder con su informe.

—Jorge Rodríguez Pastor, el nombre completo de la víctima, era de origen colombiano, nacionalizado estadounidense desde hacía seis años. Estudió Ciencias de la Administración en la Universidad Estatal del Valle, en la sede de Cali, Colombia, y se graduó con honores. Consiguió trabajo para una empresa norteamericana que lo trasladó a Nueva York, y después empezó a trabajar como corredor de bolsa independiente asesorando a las personas que deseaban poner a trabajar su capital. Casado, tenía dos hijos, su situación financiera: estable. En el momento de su muerte contaba con tres millones setecientos veinte mil dólares en su cuenta corriente. Aparece en los archivos del FBI por dos motivos: en una oportunidad un cliente lo denunció por haberse aprovechado de su dinero invirtiéndolo en acciones poco rentables. La acción no prosperó, pero sus datos quedaron registrados. El otro motivo fue por conducir estando bajo los efectos de la cocaína, parece que era aficionado a esta sustancia. Estuvo bajo vigilancia por si estaba conectado con algún grupo de narcotraficantes, pero no se encontraron indicios, por lo que quedó en los archivos como mero consumidor. El departamento de inmigración registró muchas entradas a Italia. Cuatro de ellas en el último año y medio. Su muerte ocurrió como un accidente de tráfico, arrollado por una camioneta que según los testigos, nunca se detuvo. Dijeron que parecía tener todas las intenciones de matarlo, pero en un país como Colombia, cualquier muerte podría ser catalogada como asesinato. Nadie anotó la matrícula del vehículo.

—Quiere decir que nunca estuvo preso, como dijo Martucci.

—Así es, y el estudio de su cuenta bancaria indica que desde hacía unos seis meses se había elevado su promedio de depósitos mensuales.

—¿Por qué diría Martucci que estaba preso?

—Es algo que tendremos que averiguar —respondió Nelson.

—¿Y qué sabes de Irene Montoya?

—Irene Montoya, no tiene más apellidos —prosiguió Nelson con su informe—. En Sudamérica eso quiere decir que lleva el apellido de la madre porque no tuvo padre conocido. Vivió hasta los diecisiete años en Medellín, Colombia, estuvo involucrada en prostitución desde los trece años. Apareció en los Estados Unidos a los dieciocho con visado de turista, y aquí viene la parte más interesante: fue un caso especial de ciudadanía, recomendado por la embajada italiana. No se menciona a la persona que hizo de mentor, debió ser un personaje muy importante, porque no existen rastros. Sus entradas y salidas del país demuestran que estuvo ocasionalmente en Italia. Al principio trabajó en Nueva York en un salón de belleza y poco tiempo después, compró el negocio. Según el análisis de sus cuentas bancarias, maneja una respetable cantidad de dinero, un promedio de diez millones de dólares. Jorge Rodríguez era su asesor financiero. El negocio de la floristería es muy rentable, tiene sucursales y convenios con sus similares de otros estados y países, hacen entrega a domicilio de flores frescas a cualquier parte del mundo, las flores son importadas de Colombia. Ella no tiene antecedentes en este país, está limpia.

—Dijo que conocía a Rodríguez desde que eran niños.

—Ambos eran de Medellín. Él se fue a estudiar a Cali, pero nació en Medellín, es probable que se conocieran y después mantuvieran el contacto.

—¿Tienes alguna idea de por qué Rodríguez fue asesinado?

—Los asesinatos de esa índole ocurren cuando se quiere silenciar a alguien. En su hoja de vida no parecía tener enemigos, sin embargo, algo debió hacer, o a alguna persona no le convenía que dijese algo. Tengo pensado hablar con su esposa, tal vez ella lo sepa sin saberlo. Suele ocurrir.

—Gracias, Nelson, has sido de gran ayuda.

—Fue un placer visitar a los amigos —enderezó los hombros y se retiró con una mueca parecida a una sonrisa.

☐ ☐ ☐

EL SECRETO

De manera que Irene había tenido un pasado escabroso. La cicatriz en su nalga no presagiaba nada bueno. Pero realmente no me importaba, cada cual es dueño de su pasado, lo que me interesaba era saber qué tenía ella que ver con el misterioso personaje italiano. Y aquello no tenía que ver con las emociones, simplemente era cuestión de supervivencia. Pensé que había llegado el momento de tener una conversación franca con ella. Esperé a que Nelson y Nicholas regresaran con los coches. El mío había quedado a unos metros de la casa de Irene. El otro, en un estacionamiento público.

Los pasos de Quentin no se sentían más por la casa gracias a sus Reebok negros. Le daban una apariencia informal y él parecía hallarse muy a gusto deambulando con ellos. Entró al despacho con una taza de chocolate caliente y buñuelos preparados por él mismo. Era lo bueno de tenerlo en el servicio, siempre sabía exactamente lo que yo deseaba.

Sin embargo, pese a que intentaba distraerme para no pensar en Merreck, el hombre no se apartaba de mi mente. Cuatro mil millones no me salvaban de la ruina, pero si él ofreciera más por las notas, con seguridad no tendría que preocuparme por Caperotti. Era indudable que si el hombre cuidaba mi vida era porque no deseaba perder su dinero. Y una vez más me hice la misma pregunta: ¿Por qué tío Claudio ocultaría la fórmula? Si hubiese dejado que continuasen con los estudios o que culminasen con ellos, a estas alturas él tal vez estuviese con vida; a todas luces prefirió morir antes que seguir con aquello. Tal vez descubriese algo macabro que le hizo recapacitar, Mengele no era precisamente un santo varón, lo que había leído de él era para poner los pelos de punta a cualquiera. Me lo imaginaba en un laboratorio como el de Merreck, con todo el dinero a su disposición, y los avances tecnológicos de la época. Le sería muy fácil obtener cobayas humanos a falta de un campo de concentración. Me vino a la memoria la sensación que tuve cuando toqué el tema con Merreck: «Todo lo que hacemos *aquí* es legal».

Lo había dicho como si se refiriese estrictamente a *ese* lugar. Semánticamente correcto. Él hablaba con mucho cuidado, como si supiera que cada una de sus palabras sería evaluada. El laboratorio al que llamaba «Rancho» era inmenso, tal vez en cualquier sitio de sus diez pisos bajo tierra —si no había más—, se ocultaba lo impensable. Tal vez todo fuese más sencillo de lo que yo creía. Si pusiera como condición, antes de sellar el trato, que me enseñase todo lo referente a los estudios de Mengele, y cuando me refiero a todo era *todo*, podría tomar una decisión responsable. Si es que me atrevía.

Di un suspiro que tenía aguantado desde hacía tiempo. No sé qué efecto tenga en los demás, pero en mí actuó como una válvula de escape, como la olla de presión que Quentin solía utilizar, y que él cierto día se dio el paciente trabajo de explicarme su utilidad. Un instrumento a mi modo de ver muy peligroso para ser utilizado de manera doméstica. Pero ya empezaba a desvariar, y suelo hacerlo cuando no deseo ocupar mi mente en las cosas esenciales.

El pasado

—Espera aquí. Si no bajo en diez minutos vete y regresa en unas tres horas.

Nelson asintió. No se me ocurrió nada mejor. No se hubiera visto bien que lo llamase en presencia de Irene.

Y ahí estaba yo otra vez, esperando a que ella abriese la puerta. No acostumbro a visitar de manera intempestiva, pero en aquellos días parecía que estaba rompiendo esquemas. Cuando empezaba a pensar que tal vez tuviese compañía, la puerta se abrió. Estaba adorable, llevaba suelta su cabellera castaña, y vestía la bata de seda que me enloquecía, una mezcla demasiado sensual para hacer cualquier indagación, a menos que fuera en su cuerpo.

—¿Estás sola? —pregunté, deseando fervientemente que la respuesta fuese afirmativa.

—Sí.

Fue todo lo que necesité oír. Me olvidé de lo que tenía planeado preguntar y la besé como un condenado a muerte. Su peculiar aroma invadió mis sentidos; antes lo había atribuido a que trabajaba con flores, pero *antes* yo era un muchacho imberbe. Un idiota. No degustaba las exquisiteces que mujeres como Irene podían brindar. Y cuando pensaba en «antes» me estoy refiriendo a solo unas semanas atrás.

Los últimos acontecimientos habían afilado mis sentidos, veía todo bajo otro prisma, desde donde podía observar muchos espectros a la vez. Irene era mujer para degustar, no para saciar el apetito. Esa noche fue como si hubiera hecho el amor con ella por primera vez y, aunque fuese un exabrupto pensarlo, pues podría parecer como algo obsceno o sacrílego, comprendí por qué un hombre como Francesco Martucci podía amar tanto a una mujer. O un Claudio Contini-Massera. Existe un tipo de mujer para cada hombre, evidentemente ellos tenían el mismo gusto. Y para mí Irene era *la* mujer.

Pero yo había ido allí con un propósito, y hombre al fin, después de haber degustado el sabroso *plat de résistance*, volví a convertirme en un primate, preferentemente, homínido.

—¿Cuándo me contarás cómo te hiciste esta cicatriz? —pregunté, recostado a su lado, mientras le acariciaba la nalga.

—No vale la pena recordar.

—¿Por qué?

—¿Y para qué quieres saberlo?

—¿No quieres decírmelo?

Irene se separó un poco de mí y puso la sábana sobre sus pechos. Pero yo no me iba a dar por vencido.

—Sé algunas cosas de ti. Pero quisiera oírlas de tus propios labios.

—No puedo.

—Entonces debo pensar que formas parte de una conspiración. Necesito respuestas, tío Claudio sufrió dos atentados, lo sabías, supongo. La última vez que vine un hombre empezó a seguirme. Mi vida corre peligro y tú te niegas a cooperar conmigo, ¿qué puedo pensar?

—Jamás te haría daño, mi amor. Tenlo por seguro.

—No te creo. ¿Por qué no puedes responder a mis preguntas?

—No tuve nada que ver con los atentados. Y tampoco he dispuesto que alguien te siga, ¿por qué lo iba a hacer?

—Dímelo tú. Solo dime la verdad, hay mucho en juego, si de veras sientes algo por mí, hazlo.

214

Irene se incorporó. La sábana sobre su pecho se convirtió en un escudo. Su rostro parecía transformado, ya no era la de hacía momentos, aparentaba su edad. Esperé y empezó a hablar.

—Supongo que ya sabes que me dediqué a la prostitución, eso fue hace muchos años, Dante. Muchos años. En Medellín hacías lo que ellos querían o te mataban, y yo había sido reclutada por uno de los hombres más poderosos: Pablo Escobar. Pero no era una red de prostitución más. Era una lujosa casa de citas donde nos trataban como a reinas, excepto por el hecho de que teníamos que acostarnos con los amigos de Pablo cuando así lo requirieran. Políticos, diplomáticos, militares, religiosos... Las chiquillas abandonadas por las calles, siempre que fuesen agraciadas, iban a parar a la Mansión Rosada. Yo había perdido a mi madre, tenía trece años, no tenía adónde ir, uno de sus hombres me encontró vagando y a partir de allí empecé a trabajar para ellos. Y yo siempre aparenté menos edad. No te imaginas la cantidad de degenerados que existe. Hay hombres que no pueden joder con una mujer si no es una niña. Y no les importa el precio. Algunos nos retenían por semanas completas, y no voy a detallarte lo que nos obligaban a hacer. Todo corría por cuenta de Pablo Escobar.

»Al crecer fui trasladada a la «sección especial», una lujosa mansión cerca de su famosa hacienda Nápoles, a orillas del río Magdalena. Fue allí donde conocí a Pablo Escobar, «el capo de las drogas», estuve con él un par de ocasiones. Lo recuerdo como un hombre amable, claro, dentro de lo que se puede ser estando en el mundo que él gobernaba. Para aquella época estaba muy enamorado de su amante, Virginia Vallejo, y algunas de las chicas solo éramos un pasatiempo.

»Cierto día vino de visita un grupo de italianos que buscaba pasarlo bien, y fui escogida por un hombre muy guapo, estuve con él dos días y tuvimos oportunidad de conversar, se interesó en mi vida, y quiso sacarme de ese lugar. No para vivir con él, pues me aseguró que estaba enamorado y no deseaba compromisos de ninguna clase, se había compadecido de mi situación, y quería ayudarme.

»Cuando el jefe se enteró, me encerraron, y fui pasto para sus esbirros. Deseé morir, Dante, yo no había hecho nada, pero cometí el error de querer salir de allí.

—¿Quién era ese italiano? —pregunté con el corazón en la boca.

Irene bajó los ojos.

—Claudio Contini-Massera. El mejor hombre que yo haya conocido. Él se enfrentó al capo de la droga más importante, y no sé cómo lo hizo, pero la última vez que habló con Pablo Escobar, yo estaba presente; Pablo había mandado por mí y pude ver que en sus ojos había temor. Tu tío dijo: «Espero que lo pienses, no es nada personal», con su voz suave, relajada, como si sostuviera una conversación con un gran amigo. Pablo Escobar se alzó de hombros y estiró los brazos como si no hubiera nada más qué hacer. «Es tuya, les diré que la preparen». Y eso hicieron. Pablo se fue y dos de sus esbirros me llevaron al cuarto de castigo, uno de ellos me produjo un tajo profundo desde la cintura a la nalga mientras el otro me sujetaba. Imagino que lancé un alarido porque Claudio irrumpió en el cuarto y al verme envolvió mi cuerpo desnudo ensangrentado en una sábana, y me sacó de allí sin que nadie se lo impidiera.

»La cicatriz era peor, gracias a tu tío tuve acceso a una cirugía de calidad, pero siempre quedó una marca. Vine a Estados Unidos, trabajé en un salón de belleza que después pude comprar, gracias a un dinero que me prestó tu tío, y que yo devolví. La empresa que tengo ahora es en realidad propiedad de tu tío Claudio, era su testaferro. En buena cuenta, el negocio vendría a ser tuyo. Como ves, no tengo nada grave que ocultar, yo jamás le habría hecho daño, y a ti, menos. La muerte de Claudio me dejó en un limbo comercial pues todos los documentos del negocio están a mi nombre, y no sabía cómo decírtelo. No quería que supieras que estuve… enamorada de tu tío.

—¿Cómo conociste a Jorge Rodríguez?

—Crecimos en el mismo barrio, él sí tenía familia, lo enviaron a la escuela y resultó ser muy aplicado. Cuando fui reclutada por la gente de Escobar, Jorge hizo lo posible por rescatarme, ¡pero qué podía hacer él! Era tan joven como yo. Un día fue a verme y dijo que iría a la universidad, que algún día regresaría por mí. Pero no sucedió así. Cuando llegué a Nueva York me comuniqué con su familia en Colombia y pude ubicarlo. Pocos años después nos encontramos aquí. Ya él se había casado, y yo tenía mi vida encaminada. Tu tío Claudio lo conoció, y estuvo de acuerdo en que fuese él quien llevase la parte económica del negocio de las flores, que para entonces se había convertido en una empresa importante.

—¿Mi tío Claudio conoció a Jorge Rodríguez? —mi asombro no tenía límites. Aquello aportaba un toque diferente al asunto.

—Claro, de otra manera no podría haber depositado su confianza en él. Incluso nos invitó a ir a Roma. Fuimos varias veces, pero Jorge iba regularmente, en una de ellas conocimos las oficinas de La Empresa, la hermosa casa que tenía en las afueras de Roma, la villa Contini, y también a un sacerdote al que parecía querer mucho.

—¿Cómo se llamaba?

—Francesco. No recuerdo el apellido. Tu tío siempre le decía: «Francesco… Francesco…» y a mí me hacía gracia su acento italiano.

—¿Alguna vez volviste a verlo?, me refiero al sacerdote.

—No. Fue la única vez que lo vi. Fui después a Europa en plan de vacaciones, pasé por Roma pero no a visitar a tu tío, él siempre estaba viajando.

—¿Puedes darme la dirección de Jorge Rodríguez?

—Por supuesto.

Abrió el cajón de la mesa de noche y sacó una libreta. Anotó en ella y me entregó la hoja.

—Gracias, ¿no sabes si Rodríguez volvió a contactar con el cura Francesco?

—La verdad, no lo sé. ¿Pero por qué habrían de verse?

—Es lo que me hubiera gustado saber. Supongo que fue idea de mi tío que yo te conociera —indagué.

—Él siempre fue muy paternal contigo, Dante, debes admitirlo. La única recomendación que me hizo fue que te echara un vistazo.

—Supongo que eras una especie de espía. No sé por qué pregunto esto, si ya sé la respuesta.

—Siempre le hablé bien de ti, Dante, no tenía por qué mentir.

—Parece que tío Claudio tenía una idea equivocada de mí.

—No fui yo quien se la dio. Y la verdad, Dante, siempre te he considerado una excelente persona. He llegado a quererte, aunque sé que no soy mujer para ti.

—¡Qué dices!

—Perteneces a otro mundo, Dante. Y a otra generación.

No dije nada. Habría sido vano, vacuo, vacío. Ni yo mismo sabía qué clase de mujer podía ser para mí. Pero no deseaba enamorarme de una mujer escogida por mi padre. Y que obviamente lo amó a él. Sé que soy su vago retrato, tal vez sea lo que signifique para Irene, una imagen que le trae gratos recuerdos. En ese momento supe que no la podría amar. Sin embargo, hice el amor con ella por última vez y el aroma de claveles es un recuerdo que ha quedado imborrable en mi memoria.

Jorge Rodríguez

Al bajar vi a Nelson, estaba esperándome. Miré mi reloj: habían transcurrido tres horas y quince minutos. Era increíble todo lo que se podía hacer en un lapso de tiempo tan corto.

—Tengo la dirección de Jorge Rodríguez, creo que es mejor que sea yo quien visite a la viuda, ¿no crees?

—No me parece buena idea. Usted se presentará como el amigo de una amiga. Yo me presentaré como un agente del FBI, puedo ser más persuasivo.

—¿Y si en lugar de cooperar se intimida?

—Puede usted acompañarme, si lo desea, para suavizar las cosas. Aunque no me parece oportuno.

—Así está mejor. Iremos mañana, hoy ya es muy tarde.

☐ ☐ ☐

Esa noche di muchas vueltas antes de dormir. Las revelaciones de las que había sido objeto por parte de Irene aún revoloteaban en mi mente. Si antes tuve amor y respeto por tío Claudio, esos sentimientos se habían transformado en una profunda admiración. Era como ir levantando una capa tras otra y siempre encontrarme con una huella suya, el poder que había detentado era cada vez mayor, y me estaba temiendo que aún no había llegado a descubrirlo todo. ¿Qué podría hacer un hombre como él involucrado con un capo de la droga? Si es que estuvo involucrado; tal vez fuesen las circunstancias las que lo llevaron hasta la Mansión Rosada. Algún agasajo para un grupo de negociantes italianos… pero Irene había sido clara: *vio el temor reflejado en los ojos de Pablo Escobar.* Debió tener sus motivos. Por otro lado, tío Claudio parecía tener predilección para involucrarse con hombres siniestros: Mengele, Merreck, Escobar, el mismo Caperotti, que no podía ocultar su carácter mafioso, y dime con quién andas…

No tuve oportunidad de hablar con Nicholas sino hasta la mañana siguiente, cuando mi cuerpo maltratado por el mal sueño pudo al fin incorporarse de la cama e irse a rastras hasta el baño. Al salir lo encontré sentado en un sillón, acicalado como si fuese a ir a alguna parte, a pesar de lo temprano que era.

—Estuviste con Irene —afirmó sin preguntar.

—Estuve con Irene. Sí.

—¿Cómo es?

Su pregunta me extrañó, pero al instante me di cuenta que sentía verdadera curiosidad. Tenía la actitud de un reportero ansioso por conocer detalles.

—Extraordinaria. Por desgracia, no la volveré a ver, bueno, tal vez como amiga, sí, pero nada más.

—Pensé que siempre habíais sido solo amigos. ¿Le preguntaste por la cicatriz en su nalga?

—¿Y cómo demonios sabes eso?

—Lo leí en el manuscrito, ¿recuerdas? Hay muchos detalles que aparecen como destellos en mi memoria, ese en especial me llamó mucho la atención.

—Le pregunté, sí.

—Si no quieres contarme, no lo hagas. Parece que de un momento a otro me he convertido en un sujeto sospechoso —dijo, haciendo alusión a nuestra conversación del día anterior.

—Perdona, Nicholas, no era mi intención… tienes razón. Estoy un poco paranoico, no tengo motivos para desconfiar de ti.

—Nuestro trato consistía en que podría escribir tu historia.

—Lo sé, lo sé... todo es tan escabroso, te diré lo que averigüé con Irene. Lo otro, ni lo sueñes, tengo derecho a reservármelo para mí.

—¿Tan bueno fue? —preguntó, con una sonrisa socarrona que me fastidió.

—Mejor de lo que tú jamás has experimentado en toda tu vida. Estoy seguro. —Me desquité. Y le largué todo lo que me dijo Irene. Los cambios de expresión en el rostro de Nicholas lo hacían tan transparente como el vidrio de las ventanas de mi cuarto.

—Entonces, ahora iremos a visitar a la mujer de Rodríguez.

—*Iré* con Nelson.

—Mala idea. No hay nada que atemorice más que un individuo como Nelson. La primera vez que lo vi pensé que me lo iba a hacer en los pantalones. Te lo juro.

Solté una carcajada. Era lo que había supuesto, y ahora lo confirmaba.

—No le veo la gracia. Nelson puede estar muy bien entrenado, pero su presencia es terrorífica —recalcó Nicholas—. Sugiero que vayamos nosotros, tú y yo —señaló con su dedo índice—, y que Nelson espere fuera, puede ser más útil. Tal vez nos estén siguiendo, o quién sabe. Todo puede suceder. Nosotros visitaremos a la viuda, en representación de Claudio Contini-Massera, porque Rodríguez fue una parte importante de sus negocios, bla, bla, bla... y tal vez ella se suelte un poco y nos diga algo que pueda servirnos de hilo que nos lleve a la madeja.

Tuve que reconocer que la idea no era mala. Y fue lo que hicimos. Nelson estuvo un poco reticente al principio, pero el probado poder de convencimiento de Nicholas pudo más y se avino a esperar atento por si otra vez el sujeto que me perseguía hacía un par de días volvía a la carga.

La viuda de Rodríguez resultó ser una mujer bastante joven, su aspecto sudamericano era evidente, tanto en su comportamiento como en su manera de hablar, aunque se expresaba con soltura en inglés. Los dos niños de ambos sexos que se aferraban a sus piernas, se mostraban reacios a apartarse de ella. No hacían juego con el ambiente del chalet situado en un suburbio de Nueva Jersey. Finalmente, la viuda se disculpó y decidió retirarse con ellos. Después de unos momentos regresó sola.

—Disculpe que hayamos venido tan temprano, señora Rodríguez, pero esta noche partimos para Italia —*el cuento de siempre de Nicholas*—, y al enterarnos por medio de la señora Irene Montoya de la muerte de su esposo, quisimos pasar a ofrecerle nuestras condolencias.

—Muchas gracias… usted trabajaba con Jorge, supongo —dijo ella dirigiéndose a Nicholas.

—No, en realidad. Su esposo manejaba algunos negocios del señor Claudio Contini-Massera —dijo Nicholas señalándome con la mirada.

—¡Ah!, don Claudio. He oído tantas veces a Jorge hablar de él…

—Soy su sobrino —dije—. Mi tío falleció hace quince días y estoy tratando de hacerme cargo de sus asuntos.

—Comprendo… y agradezco tanto su amabilidad.

—Nos gustaría saber si usted guarda los archivos de su esposo, necesitamos algunos datos acerca de unas acciones de nuestra propiedad que él estaba manejando en el momento de su muerte.

—Qué extraño. Justamente hace dos días vino un señor que dijo que representaba los intereses del fallecido señor Contini y estuvo un buen rato revisando su ordenador.

La noticia nos dejó fríos.

—¿Y usted permitió que viera el ordenador de su esposo?

—No pensé que hubiese nada de malo en ello. Pero ahora que los veo a ustedes… especialmente a usted, señor Dante, es usted el vivo retrato de su tío…

—¿Llegó a conocerlo?

—No, señor, pero tengo una foto de él con mi marido. Vengan, por favor.

Fuimos tras ella hasta una pequeña oficina: una pared cubierta por una estantería de madera llena de libros, un escritorio, un ordenador, y otra pared con fotografías. Señaló una de ellas y vimos a Irene, a tío Claudio, a Francesco Martucci y a Jorge Rodríguez. Finalmente tenía rostro.

—¿Me permite? —preguntó Nicholas situándose en la silla frente al ordenador.

—Por supuesto.

—Esto no funciona —dijo, luego de un rato. Abrió la carcasa de la máquina y notó que no existía el disco duro.

—Parece que la persona que vino extrajo el disco duro.

—Yo no entiendo de eso, no sé utilizar el ordenador, dijo que se llevaba la información que necesitaba, y me pareció que estaba bien, pensé que venía en representación del finado señor Contini, como le dije. Me dejó esta tarjeta.

Era de las que usaba tío Claudio. Me armé de valor y le dije:

—Señora Rodríguez, supimos que su esposo murió atropellado, pero que hubo indicios de que fue un asesinato.

Por primera vez pude apreciar el miedo en sus ojos.

—De ninguna manera. Fue un accidente, el conductor se dio a la fuga, pero…

Nicholas me miró y comprendí el mensaje. Me abstuve de seguir preguntando.

—Me temo, señora Rodríguez que vendrá el FBI a averiguar algo más acerca de la muerte de su marido. Como podrá suponer, no podíamos dejar las cosas así, es necesario que se clarifique su muerte, más tratándose de una persona de confianza del señor Contini.

—No tengo nada más que decirles, no veo qué pueda averiguar…

—Muchísimas gracias por su cooperación, señora Rodríguez, una vez más, le quiero manifestar mis condolencias por su pérdida.

Nicholas tenía una manera muy interesante de despedirse de las personas. Salimos en busca de Nelson, le pasábamos la posta.

Fuimos a una cafetería cercana desde donde podíamos divisar la casa de Rodríguez.

—En un par de horas la visitaré. Si voy de inmediato, ella no creerá que soy del FBI. Sería demasiada coincidencia la visita de ustedes y la mía, casi simultáneamente. Debieron dejar que fuese yo —dijo Nelson, sin disimular su malhumor.

No tuvimos que esperar mucho tiempo para notar que un taxi se detenía frente a su puerta y que de él bajaba un hombre. Estuvo unos quince minutos dentro de la casa, salió, y el coche pasó frente a nosotros, Nelson anotó la placa y yo me fijé en el pasajero. Tenía apariencia latina, tal vez algún familiar de la viuda.

—Tal vez sea su hermano. Se parecen mucho —comentó Nicholas.

Nelson llamó a un amigo, le dio el número de la placa del taxi y luego de esperar unos momentos tenía el nombre del conductor, la línea para la que trabajaba y su dirección.

—Ahora vuelvo.

Se alejó en dirección a la casa de Rodríguez y pronto solo pudimos observar la espalda de su humanidad caminando acompasadamente.

—¿Tú qué piensas? —preguntó Nicholas sin dejar de mirarlo.

—Creo que no lo hicimos tan mal. Al menos sabemos que existe alguien interesado en los datos de su ordenador. ¿Notaste su insistencia en persuadirnos de que la muerte de su marido fue un accidente?

—Sí. Definitivamente, oculta algo.

⬜⬜⬜

Al cabo de diez minutos y dos cigarrillos de Nicholas, Nelson venía de regreso.

—Es probable que su marido no esté muerto —fue lo primero que dijo—. Y tal vez él mismo haya sido quien extrajo el disco duro del ordenador.

—¿Cuándo? —preguntó Nicholas.

—Antes de hacerse pasar por muerto, obviamente —recalcó Nelson. No pude evitar reírme al ver la cara de Nicholas.

—El asunto es el siguiente: la viuda Rodríguez no piensa quedarse en este país. Dice que desea regresar a Colombia, cuando le dije que me parecía extraño que quisiera volver a un lugar tan inseguro, me explicó que con lo que pudiese vender aquí, allá invertiría en algún negocio para poder vivir, lo cual me pareció raro, pues a la muerte del marido, ella no quedó desamparada precisamente. Cuando le recalqué que su esposo tenía ciudadanía norteamericana y, que a petición de Dante Contini-Massera el gobierno de los Estados Unidos podía actuar en cooperación con la INTERPOL en cualquier país del mundo, para investigar si la muerte de su marido fue producto de un acto delictivo, se puso nerviosa. Parece que no se lo esperaba. Para sintetizar, de toda la conversación, deduje que Jorge Rodríguez tiene algo que ocultar. Parece que fue contratado por alguna persona interesada en que a través de él, pudieran llegar a usted, señor Contini. Le pregunté si el nombre Francesco Martucci le era familiar y creo que fue la primera vez que contestó con convicción: «No. Jamás», dijo.

—Es probable que él haya utilizado otro nombre —sugirió Nicholas.

—Es lo que pensé. Así que su teléfono será intervenido.

—¿Cómo lo harás?

—Yo no, sería imposible, pero hay formas de hacerlo, por eso no se preocupe, señor Contini, tengo buenos amigos en algunas dependencias del FBI todavía, y debe hacerse cuanto antes, pues quién sabe cuándo alzará el vuelo.

Después de dejarnos en casa, Nelson se fue a cumplir con lo prometido. Y yo decidí que era hora de devolverle la llamada a Martucci.

Intercambio

—Abad Martucci, habla Dante.

—*Buongiorno, signore*, celebro que me haya llamado, estaba un poco preocupado por su viaje intempestivo a Nueva York. ¿Consiguió lo que buscaba?

—No, Martucci, no lo conseguí. La ayuda de Nicholas no sirvió de nada, pues todo lo que él recuerda del bendito manuscrito solo nos ha llevado por caminos equivocados —mentí—. ¿Usted sabe cómo se llamaba el laboratorio con el que mi tío trabajaba?

—Es el único secreto que su tío Claudio guardó para mí. Nunca le pregunté, y él nunca me lo dijo.

—Lástima, porque de saberlo, iría a hablar con esa gente.

—¿Y qué podría obtener con ello?

—Al menos sabría de qué se trataban las investigaciones, y tal vez comprobar si todo no era más que un sueño de tío Claudio.

—No creo que fuese un sueño, *carissimo amico mio*. Claudio invirtió mucho dinero en ello, solo así se explica que hubiese arruinado La Empresa.

—Creo que los judíos me persiguen. ¿Qué sabe usted de ellos?

—Sé que no estaban de acuerdo con los estudios que patrocinaba su tío Claudio. Por favor, cuídese. ¿Cómo sabe que lo siguen?

—Porque vi a uno de ellos en dos sitios diferentes, siempre cerca de mí. Supongo que eran judíos, nunca se sabe. El silencio al otro lado me pareció demasiado largo.

—¿Por qué no me dijo que conocía a Irene? —pregunté.

—No recuerdo haberle dicho que no la conocía.

—Es verdad, y también conoció a Jorge Rodríguez, el que me hizo perder los dos millones. No comprendo cómo tío Claudio pudo dejarse engañar por él.

—¿A qué se refiere?

—A que Rodríguez llevaba las finanzas del negocio que maneja Irene, que a su vez, era de tío Claudio, por lo tanto, sería como estafar al propio Claudio Contini-Massera cuando me estafó a mí. —Sentí que al otro lado de la línea había cierta tensión—. Voy a ir a la cárcel donde está recluido y le pediré una explicación —agregué.

—No se lo aconsejo, Dante.

—¿Será porque sabe que no está preso?

—Ah, se refiere a eso… bueno, en realidad solo fue un golpe de efecto, mi querido Dante, para el caso, es igual que esté en la cárcel o no. El asunto es que usted confió ciegamente en una persona a la que no conocía. Es una lección que no olvidará.

—No, Martucci. Le aseguro que no la olvidaré. ¿Usted sabe dónde puedo encontrarlo? Parece que la tierra se lo hubiera tragado. Ni siquiera Irene lo sabe —volví a mentir.

—*Signore mio*, yo estoy en Roma, usted en América, ¿cómo puedo saberlo? Solo vi a ese hombre una vez cuando vino a Roma, acompañado de la *signora* Irene, claro. Eso fue hace mucho.

—Seguiré tratando de conseguir esa maldita fórmula. Martucci, ¿recuerda el pacto que hicimos en la villa Contini?

—Perfectamente.

—Lo he pensado mejor, y ya no es válido.

—Me libera usted. No me agrada manipular al prójimo.

—Lo mantendré informado, Martucci.

—Vaya con Dios, *don* Dante.

—Martucci: nunca le informé de mi viaje a América. ¿Cómo lo supo?

—De vez en cuando hago trabajar la pobre lógica de mi cerebro, *don* Dante.

Al colgar el teléfono me sentí aliviado. Era un asunto que me había tenido preocupado: la jugarreta de seguirle la cuerda a Nicholas como si se tratara de un loco ya no tenía sentido. Mucho menos apropiarnos del dichoso manuscrito. Nicholas no se lo merecía, también era verdad que cuando pacté con Martucci no lo conocía bien.

Pasé por la puerta entreabierta de la habitación de Nicholas y pude ver que estaba frente a su portátil. Le daba a las teclas rabiosamente, deduje que la sequía de ideas que mencionó en días anteriores se había esfumado y me alegré por él. Su espalda encorvada y su pelo revuelto me hacían verlo como un músico tecleando furiosamente al piano imbuido de inspiración. Como siempre, el manuscrito en blanco estaba abierto a su lado, como si esperase a que alguien fuese a leerlo. No quise interrumpirlo y fui a mi habitación. Necesitaba estar a solas, meditar acerca de todo lo que había acontecido en tan pocos días y poner en orden mis ideas. Aunque no quería admitirlo, esperaba con ansiedad la llamada de John Merreck, supuse que él estaba acostumbrado a tratar asuntos de importancia y era posible que aguardara a que fuese yo quien diera el primer paso. ¿Qué hubiera hecho Claudio Contini-Massera? Probablemente esperar. Llegado a este punto no pude dejar de hacerme la pregunta que me rondaba desde hacía días: ¿por qué mi padre había escondido la fórmula y no se la había dado a Merreck para que prosiguieran con la investigación?

Traté de colocarme en su lugar, asunto bastante difícil, pero haciendo un poco de esfuerzo podría decirse que casi lo logré:

«Si yo fuese Claudio Contini-Massera, y hubiera invertido la enorme cantidad de dinero que él, estaría muy interesado en culminar los estudios que dejó Mengele en unas notas donde supuestamente estaban las claves para la longevidad. Si mi enfermedad fuera incurable y a la muerte de Mengele sabía que no podría sacarle partido al descubrimiento, al menos dejaría que otros científicos, capacitados en diferentes ramas de la ciencia, hicieran de la humanidad un mundo mejor en el que vivir, y disfrutaran de los beneficios de una vida longeva. Sin embargo, tengo un hijo, y aunque él no sabe que lo es, lleva mi sangre...»

De pronto vinieron a mi mente aquellas palabras tan crípticas que le escuché decir a Martucci: «Usted no comprende. Su padre descansa en paz gracias a usted». ¿A qué se referiría el cura? ¿Acaso él había muerto gracias a mí? ¿O sería que él murió en paz sabiendo que yo me ocuparía de lo que él dejó, es decir la fórmula? ¿Y por qué no lo había hecho él en lugar de esconderla? «Su padre descansa en paz gracias a usted», implicaba mucho más que todo eso. Estaba seguro. Debía hablar con Martucci. Él tenía la respuesta. El problema era que se había convertido en una persona poco confiable, pero basándome en suposiciones, por una foto que podría ser inocente, donde él aparecía de casualidad al lado de Jorge Rodríguez.

Marqué el número de Martucci una vez más y esperé ansioso a que respondiera. Uno, dos, tres, y al cuarto repique sentí un profundo alivio cuando escuché su voz inconfundible.

—¿Diga?

—Abad Martucci, es muy importante que me responda: ¿por qué me dijo usted aquel día en el cementerio protestante: «Usted no comprende. Su padre descansa en paz gracias a usted».

—Su padre, *cavaliere*, sufría de una enfermedad incurable debido a la exposición a la radiactividad. Con el tiempo desarrolló cáncer linfático, pero era un hombre fuerte, y los síntomas aparecieron tardíamente. Mengele logró detener la enfermedad mediante terapia génica, y usted fue el donante.

—¿Cómo lo hice?

—Con su sangre.

—Entiendo.

La respuesta había sido más sencilla de lo que esperaba. Éramos perfectamente compatibles. Lo había olvidado.

—Gracias, Martucci, disculpe si le interrumpí.

—No hay cuidado, Dante. Vaya con Dios.

De manera que mi sangre de algún modo había servido para prolongar la vida de mi padre. Sentí una profunda satisfacción de haberle servido de algo. Volví a retomar mis reflexiones:

«… Sin embargo, tengo un hijo, y aunque él no sabe que lo es, lleva mi sangre, que es idéntica a la mía. Le dejaré como legado póstumo los estudios completos de Mengele con la intención de que él tome la determinación de hacer lo correcto».

Vaya, no parecía ser una deducción demasiado brillante. Después de todo, estaba igual que antes. Recordé que tío Claudio decía: «Si no puedes solucionar un problema, no te rompas la cabeza. La respuesta aparecerá cuando menos lo esperas, no pierdas tu tiempo, ocúpate de otra cosa». Y justo cuando me disponía a hacerlo sentí unos leves toques en la puerta de mi habitación. Era Quentin.

—Un señor al teléfono desea hablar con usted, no quiso dar su nombre. ¿Lo atenderá?

Presentí quién podría ser.

—Sí.

—¿Hola?

—Señor Contini, soy John Merreck. Seré breve, ¿podría usted traer las notas faltantes? Antes de hacer efectiva mi oferta, como comprenderá, debo verlas.

—Me parece justo. ¿Es la cantidad que acordamos?

—Veinte mil.

—¿Y los nombres de los accionistas judíos?

—Le daré todos los datos.

Miré la hora y el reloj apenas marcaba las trece horas.

—Saldré en el primer vuelo que consiga.

Pocas palabras para algo tan trascendente. Me vinieron a la mente las palabras de Neil Armstrong cuando pisó la Luna. Llamé a Nelson sin éxito. ¿Dónde diablos se habría metido? Fui a la habitación de Nicholas y estaba cerrada con llave. Di un par de toques a la puerta.

—Por favor, estoy en la parte más interesante…

No escuché qué más dijo, y no quise interrumpirlo, di media vuelta y me encaminé a la calle.

—Quentin, si logras comunicarte con Nelson, por favor, dile que fui al banco y de allí a Peoria.

—*Signore*, no me parece conveniente que viaje usted solo, recuerde las medidas de seguridad.

—¿Sabes, Quentin? Creo que todos estamos un poco paranoicos. El asunto es muy simple, voy, entrego los documentos y tendré más dinero del que necesito para cubrir todas las deudas.

—¿Y el señor Nicholas?

—Está escribiendo y no quiero cortar su inspiración.

Quentin me miró con cara de contrariedad, y comprendí su preocupación, pero me sentía seguro. Por primera vez en mucho tiempo sentí que tenía la sartén por el mango, de todos modos, pensé que Nelson de nada me serviría si iba conmigo. Las medidas de seguridad en el Rancho eran extremas, contra ellas necesitaría un ejército. Saqué los datos que necesitaba de mi oficina. Suponía que Merreck haría una transferencia

—*Signore* Dante… creo que no debería ir solo —insistió Quentin.

—Quentin, escucha bien lo que voy a decirte: harán una transferencia a tu cuenta de veinte mil millones de dólares. *Capisci*? De todos modos yo verificaré la operación desde allá, tengo la clave de acceso a tu cuenta.

—Está bien, *signore, va bene…* —respondió él con resignación.

—De todos modos me gustaría que verificases si la transferencia se hizo, si no me comunico contigo dile a Nelson que avise a Caperotti.

—¿A Caperotti, *signore*?

—Sí. A Caperotti.

—Está bien, *signore* Dante, haré como dice.

—Ah, se me olvidaba: te llamaré desde Newark para darte el número de vuelo.

Detuve un taxi y fui a sacar los documentos del banco. En un tiempo relativamente corto estaba en Newark, esperando el próximo vuelo a Peoria. Llamé a Merreck para indicarle que iba en camino. El grueso paquete conteniendo los apuntes y la fórmula de Mengele estaban seguros bajo mi brazo. Las copias habían quedado en mi escritorio, aunque de poco servirían; los que podían descifrar lo que allí decía estaban en Roseville. Después de hablar con Quentin, llamé desde el aeropuerto una vez más a Nelson y su móvil parecía desconectado. Maldije esos aparatos; no funcionaban cuando más los necesitaba. Un rostro en la sala de espera me pareció conocido. Fue una fracción de segundo. Cuando traté de ubicarlo después del paso de un chiquillo frente a mí, no lo vi más. Con todo, recordé los consejos de Nelson, me levanté del asiento y caminé con disimulo entre la gente, y no volvió a aparecer. Supuse que a pesar de la tranquilidad que sentía, una operación de la envergadura que estaba por realizar alguna secuela debería dejar en mi estado de ánimo.

Lo común en los aeropuertos es ver gente con equipaje. Excepto por algunos que, como yo, viajaban con un solo objetivo. Busqué entre los viajeros y vi a uno que, al igual que yo, no llevaba maleta. A pesar de que estaba de espaldas y llevaba una gorra de los Yankees pude reconocerlo. Fui directo donde él.

—Sé que viene siguiéndome desde Tribeca —le espeté sin más.

Él dio pocas muestras de estar sorprendido, aunque estoy seguro de que no se esperaba mi acercamiento.

—Creo que está equivocado.

—No tengo mucho tiempo para hablar con usted. ¿Quién lo envía?

—Me temo que está confundido, señor...

Se me agotaba la paciencia. Me di cuenta de que estaba nervioso, y me enervaba ver que el sujeto pensara que yo era un imbécil.

—Mire, mi vida podría estar en peligro, no sé quién es usted, pero si lo han enviado para atentar contra mí, se podrían llevar una gran sorpresa.

—¿Atentar contra usted? Debería agradecer que lo estemos cuidando.

—¿Quiénes?

—No estoy autorizado para responder.

Bajé la cabeza hasta su altura y me acerqué hasta casi rozar su nariz.

—No estoy para juegos en este momento, dígame de una vez por todas quién lo envía.

El hombre lo dudó unos segundos, pero algo en mi determinación lo debió convencer.

—Giordano Caperotti. Él *nos* envía. Por los movimientos que le hemos visto hacer, piensa que podría estar en grave peligro. —Hizo un gesto y tres hombres más aparecieron como por encanto. Todos eran a primera vista personas tan comunes que jamás habría reparado en ellos.

—Dígale a su jefe que un helicóptero me recogerá en la ciudad de Peoria, Iremos hasta Roseville, un lugar llamado el Rancho. Está a 93 kilómetros de Peoria, entre Raritan y Smithshire. Es una casa con apariencia de una gran cabaña de una sola planta, rodeada de gran extensión de terreno parecido a un campo de golf. Y trate de comunicarse con Nelson a este número.

—Alquilaremos un helicóptero, descuide, señor Contini-Massera.

—Si no regreso a Peoria en —miré mi reloj— unas cuatro horas, hagan lo que tengan que hacer.

—Anote mi teléfono, señor Contini-Massera.

Lo hice directamente en mi móvil. Tomé un taxi y ellos tomaron otro, y me siguieron a una distancia prudencial.

⬚ ⬚ ⬚

Ocurrió como la vez anterior. Llegué al edificio de Merreck & Stallen Pharmaceutical Group y me hicieron pasar directamente al helipuerto. Afortunadamente, el helicóptero hacía tanto ruido que yo no sentía mi corazón. Estaba a punto de dar un paso que podría tener dos resultados: o salía de allí siendo un hombre muy rico, o quién sabe qué podría sucederme. Y esto último lo empecé a intuir desde que me encaré con los hombres de Caperotti. ¿Por qué gente como él temía por mi vida? Empezaba a pensar que había cometido un grave error al no hablar con Caperotti directamente. Que el hombre no me había gustado, era cierto, pero las apariencias no lo eran todo. Algunas veces las personas más insospechadas pueden ser las más peligrosas. Volví a pensar en el cura Martucci, en medio de una sacudida que dio el helicóptero. El copiloto señaló al Oeste, venía una tormenta. Podía olerse la humedad en el aire, miré hacia abajo y vi que el viento parecía querer desgajar los árboles de sus raíces. Roseville es una zona de grandes vientos, las enormes extensiones de las planicies son terreno de cultivo no solo para el granero de América, como muchos llaman a esa parte de los Estados Unidos, sino para la gran cantidad de tornados que se presentan a finales de otoño. Me identifiqué plenamente con el clima. Yo sentía que mi vida había entrado en medio de un tornado, en un *doldrums* que en cualquier momento acabaría. Avisté la cabaña engañosamente frágil, pero que con seguridad soportaría esa tormenta sin un rasguño, y confié en que el piloto fuese lo suficientemente hábil para aterrizar sin contratiempos.

Momentos después me encontraba camino del detector de metales y toda la parafernalia del Rancho. Diez pisos abajo nadie se enteraba de las tormentas y tornados, era otro mundo, y en realidad, lo era.

EL SECRETO

John Merreck me saludó con la afabilidad de la primera vez, tratando de no ser demasiado evidente al mirar el grueso sobre que traía conmigo.

—Estimado señor Contini, me dicen que el tiempo está terrible.

Iba a hacer el intercambio más importante de mi vida y el tipo me hablaba del clima.

—Por suerte tienen ustedes muy buenos pilotos.

—Tome asiento, por favor. Veo que trajo los documentos. ¿Me permite?

Al ver mi indecisión, agregó:

—Solo con verlos no podría hacer nada, querido amigo. Hemos hecho un pacto y suelo cumplir mis promesas.

Le extendí el sobre y él abrió la gruesa cubierta, extrajo los papeles y se fijó en especial en el grupo de hojas prendidas con un clip. Parecía que sabía lo que buscaba. Empezó a leer aquellos signos que a mí en particular me habían parecido unas ecuaciones incomprensibles, y a medida que sus ojos repasaban con suma atención lo allí descrito, la expresión de su rostro cobraba visos de incredulidad. Empecé a preocuparme cuando la arruga entre sus cejas se hizo más pronunciada. No estaba preparado para eso. Pensé que el asunto sería una especie de toma y daca.

Supongo que para entonces mi cara se había convertido en un signo de interrogación. Merreck alzó la vista y me escudriñó como si yo fuese un conejillo de indias.

—¿Usted sabe lo que dice aquí? —inquirió, dejando los folios sobre el escritorio y apuntándolos con el dedo índice.

—Más o menos —se me ocurrió contestar. A sus ojos debí parecer un retrasado mental. Lo sé. ¿Por qué habría ido sin Nicholas? Me hacía falta su velocidad mental, su poder de convencimiento, su...

—Y está dispuesto a cumplirlo, supongo.

—¿A cumplir qué? Yo le traje los documentos y usted me hace la transferencia. Ese fue el trato.

—Me temo, señor Contini, que hay algo más. No podremos llevar a cabo los estudios sin su cooperación absoluta. Es necesaria su participación física, ¿comprende lo que estoy diciendo?

—Se refiere a que me van a someter algún transplante de órganos o algo por el estilo? Si es así, no hay trato.

Me puse de pie y extendí la mano para recuperar los documentos.

—No se trata de transplante de órganos, tranquilícese. El señor Claudio Contini-Massera trabajaba en cooperación con Josef Mengele, aquí, en el laboratorio. Él vino en multitud de ocasiones y pasaban largas horas juntos. Tengo entendido de que gracias al tratamiento que recibía para la cura del cáncer que lo aquejaba, su apariencia juvenil se veía acentuada; aquello fue para nosotros la prueba de que el trabajo de Mengele en esa dirección estaba siendo efectivo. En estos documentos, dice que todo se logró gracias a las intertransfusiones de sangre de su sobrino Dante Contini-Massera. Esto quiere decir que usted recibió su sangre purificada y él la suya. La simbiosis perfecta con las de las células de la larrea que él estuvo recibiendo. Usted, mi querido Dante, posee la longevidad que tanto hemos buscado. Pero hacen falta dos ingredientes para que su estado sea permanente: la fórmula aquí descrita solo puede hacerse efectiva si es sometida a la radiación de un isótopo artificial cuyas propiedades son únicas. Es la única manera de activar sus componentes claves. En pocas palabras: es el catalizador perfecto que su tío debió dejarle a usted. Un isótopo que, según estas notas, tiene una vida media activa de treinta mil millones de años.

—Tengo que entregar ese isótopo, me imagino. ¿Y en cuanto a lo otro?

—Se reduciría a una simple donación de sangre, la suficiente como para reiniciar los estudios, y el que usted estuviera disponible cuando lo solicitáramos —adujo Merreck.

Algunas veces soy intuitivo, y últimamente ese sexto sentido que más se atribuye al género femenino, había empezado a funcionar en mí. Presentí algo macabro tras las palabras de Merreck, dichas en tono ligero.

—Entonces tendré que regresar con el «ingrediente» faltante. El asunto es que no sé dónde encontrarlo.

—Los ingredientes. Existe una mezcla líquida que se halla en una cápsula hermética. La necesitamos para estudiar las cantidades exactas.

La euforia que sentía hasta hacía unos momentos se había esfumado. Y me parece que de parte de ambos. De pronto me sentí muy cansado, descorazonado, al borde del colapso.

Me encaminé a la salida, y Merreck a mi lado trató de darme ánimos.

—Le sugiero que piense en algún lugar muy seguro. El elemento del que estamos hablando es radiactivo.

Al escuchar esa palabra supe de inmediato dónde localizarlo. El cofre. Cogí los papeles que estaban sobre el escritorio y los volví a meter en el grueso sobre.

—Tal vez sí pueda traerlo —afirmé, tratando de no dar demasiada convicción a mis palabras, pero fue suficiente para que Merreck recuperase el brillo en la mirada.

—Confío en que sí.

Me despidió en la puerta del ascensor y subí a la superficie como quien regresa del averno. Una vez arriba, tuve que esperar a que la tormenta amainara, ya había oscurecido, y aún quedaban rezagos de viento. Sentí que mi móvil vibraba.

—Dime, Nelson ¿dónde te habías metido?

—Estuve averiguando lo del taxista y rastreando las llamadas de la casa de Rodríguez, ¿recuerda? Lo siento, pero mi móvil se quedó sin batería, siempre cargo una de repuesto, pero esta vez no la tenía. Usted no debió viajar sin mí, llegué una hora después de que usted partiera, ¿por qué no me esperó?

—Está bien —corté, impaciente—. Ya hablaremos a mi regreso. Dile a Quentin que no llame a Caperotti. No sé a qué hora llegaré, depende de lo que tarde en conseguir vuelo.

Llamé a Ángelo, el hombre de Caperotti.

—Aquí, Contini-Massera. Todo está bien, regreso al aeropuerto apenas pueda salir el helicóptero, hay mal tiempo.

—¿Está seguro?

¿Cómo no iba a estar seguro? El cielo encapotado y los ventarrones los tenía frente a mis narices. De todos modos me las arreglé para aparentar calma.

—*Tranquillo, sono io, tutto va bene, hai capito?* —procuré imprimir a mis palabras el tono que había escuchado tantas veces a mi padre.

—*Va bene, signore* Dante. Pero creemos que las personas que le siguen la pista pueden ser peligrosas.

—El señor Merreck no tiene interés en matarme, Ángelo, no le convendría hacerlo —dije absolutamente convencido.

—No es de él de quien debemos cuidarlo. Le sugiero que haga revisar el helicóptero exhaustivamente ante de subirse en él. O preferiblemente, espere a que nosotros vayamos por usted. El *signore* Caperotti piensa que unos judíos podrían estar mezclados en esto.

Me quedé de piedra. Por supuesto que esperé. Los hombres de Caperotti me llevaron a Peoria y tomamos el vuelo de regreso a Nueva York rezando para que no le sucediera nada al avión. Pero al menos ahora sabía quién estaba conmigo. Recuerdo ese viaje como uno de los peores de mi vida. Durante el tiempo que duró el vuelo me debatí entre el cielo y el infierno; en medio de las tribulaciones que me rodeaban por primera vez pude pensar con claridad, mi padre no quiso seguir con las investigaciones, no porque él de todos modos moriría: lo hizo porque sabía que yo estaba ligado indefectiblemente a ella y no quería convertirme en un conejillo de indias. No obstante, no me dejó otra elección. ¿O sí?

El manuscrito

Las palabras parecían salir como un torrente imparable, página tras página, Nicholas reconstruía lo que leyó en el manuscrito. Una necesidad que le impedía descansar, comer o tomar agua, mientras veía que la historia tomaba forma, asombrándose de la especie de frenesí que ocupaba cada minuto de las horas que había pasado frente a la pantalla de su ordenador. Esta vez estaba decidido a no dejarse vencer por el sueño o el agotamiento, y su organismo, como si comprendiese que debía aportar el máximo esfuerzo, acompañaba ese deseo sin dar muestras de extenuación.

Quentin no se atrevía a interrumpirlo, no sabía bien qué ocurría en la habitación, pero sospechaba que algo se gestaba dentro. Acostumbrado a las horas de soledad, se aferró a la rutina que había sido su compañera en los últimos tiempos en ese país extraño, en donde por avatares del destino había ido a parar como «cuidador» del hijo de su recordado patrón. El joven Dante era para él un enigma. Siempre lo había sido. Parecía no pertenecer a un lugar especial, y era posible que fuese así porque Claudio Contini-Massera jamás se atrevió a decirle la verdad. A la larga, de todos modos la sabría, pensó Quentin, y de la forma menos apetecible, como había ocurrido. Cuando ya su progenitor yacía en la tumba. La llamada de Nelson diciéndole que no se comunicase con Caperotti lo había tranquilizado, el joven Dante parecía estar bien y de regreso de Peoria en cualquier momento. Se sentó en la cocina y sacó el paquete de cigarrillos que ocultaba en un cajón para casos de emergencia. Estaba seguro de que él se asombraría viéndolo fumar, pero en esos momentos le apetecía, uno de vez en cuando no le haría daño. Diablos. Observó satisfecho sus Reebok negros mientras exhalaba el humo que inundaba sus pulmones.

ꗃ ꗃ ꗃ

Nicholas leyó la última parte que había escrito. Se le ocurrió echar un vistazo al imperturbable manuscrito que tenía a su izquierda, abierto como si esperase que en cualquier momento sus páginas volviesen a cobrar vida. Cuando iba de regreso a su teclado, volvió la mirada al manuscrito. Estaban allí. Estaban allí las letras, la novela. ¿Sería cierto? ¿O su imaginación le estaría jugando una mala pasada? Pegó un grito que retumbó en todo el piso. Tomó el manuscrito entre sus manos y empezó a leer febrilmente lo que había acontecido, era como si su vida y la de Dante hubiese quedado plasmada en esas páginas. Pasó hasta el momento en el que estaba, y leyó con sorpresa que Dante estaba en Roseville, sentado, a la espera de que amainara una tormenta para regresar a Nueva York. De manera que no solo era la fórmula sino el cofre. Y el cofre lo tenía Martucci, ¿quién más, si no? Pero su asombro no tuvo límites cuando más adelante era él, Nicholas, quien hacía un trato con Martucci e iba en busca del cofre. Él, Nicholas, era el Judas. No lo podía creer. Buscó más adelante y no encontró nada. Si debía ir a Capri como decía el manuscrito lo haría, así era, y debía cumplir con su parte. Pero no traicionaría a su amigo, ya encontraría la forma.

ꗃ ꗃ ꗃ

Quentin escuchó un grito y se puso en alerta. Provenía de una de las habitaciones. No podía ser otro que Nicholas. Sintió temor de ir, el joven no parecía estar en sus cabales, dio una calada al cigarrillo mientras pensaba qué hacer. Y Nelson sin aparecer.

EL SECRETO

La puerta batiente de la cocina se abrió y Nicholas con los ojos brillantes e inyectados de sangre entró como un huracán, con el manuscrito en la mano.

Quentin no tuvo tiempo de apagar el cigarrillo y Nicholas le hizo un gesto.

—Dame uno, Quentin, no he fumado en toda la tarde. Necesito el teléfono de Martucci.

Quentin le extendió la cajetilla. Nicholas sacó un cigarrillo y Quentin le dio fuego evitando que notase su nerviosismo.

—¿Para qué querría llamar a Martucci?

—Debo hacerlo. Mira.

Le enseñó el manuscrito, el mismo que tantas veces había visto abierto sin una letra en él, aparecía ahora como si los signos tipográficos siempre hubieran estado nítidos, tal como se apreciaban ahora.

—Debo proponer un trato a Martucci, que en realidad está esperando. Él deseará que sea yo quien haga la oferta a Merreck, no sabe que sin Dante sería imposible efectuar los estudios. Él tiene el cofre, y me lo entregará. Una vez que yo se lo dé a Merreck, Martucci obtendrá mucho dinero y tendrá la opción del tratamiento de longevidad, al igual que Carlota, la madre de Dante. Vida eterna, mucho dinero y amor, ¿qué más pueden pedir? Al menos ese es su plan. Pero es necesario que sea yo quien vaya.

—¿Pero por qué tiene que ser así? ¿No podría el joven Dante hablar con Martucci? Estoy seguro de que él no se opondría…

—Porque aquí está escrito así, Quentin. Y yo creo en esto. Vas a pensar que estoy loco, pero yo lo creo.

—No, loco no está, yo también lo leo, es el mismo manuscrito, ¿verdad? Este raro color del anillado lo reconocería en cualquier parte, además, por lo que usted me ha contado, podría ser verdad.

—Entonces, ¿me darás el número telefónico de Martucci?

—¿Traicionará usted al joven Dante?

—¡No! Solo quiero el cofre para entregárselo, le haré una jugarreta a Martucci. Tú crees en mí, ¿verdad, Quentin? —preguntó Nicholas, acercando su rostro al del viejo mayordomo—. Mírame, Quentin, mírame: no te miento.

Quentin escrutó sus ojos.

—Sí, señor Nicholas, creo en usted. Tengo el número en mi libreta, venga conmigo.

Fueron al cuarto de Quentin y momentos después Nicholas marcaba el número.

—¿Francesco Martucci? Le habla Nicholas Blohm.

Después de un corto silencio Martucci reaccionó.

—¿A qué debo su llamada? ¿Le sucedió algo al *signore* Dante?

—En absoluto. Él está en Peoria. Fue a hacer el intercambio de la fórmula por una importante cantidad de dinero.

—De manera que consiguió al fin la bendita fórmula… Me alegra saberlo.

—Pero usted y yo sabemos que con eso no es suficiente. Hace falta el contenido del cofre.

—No lo sabía, realmente, señor Blohm. En todo caso, esperaría que fuese el mismo Dante quien me lo solicitase. Le hice una promesa a su tío y pienso cumplirla.

—Señor Martucci, creo que debemos quitarnos las caretas. Ambos sabemos qué es lo que queremos. El asunto es, y usted lo sabe, que en esta negociación no entraría Dante. Yo tengo copia de los documentos y lo que necesito es el contenido del cofre. Usted podría ser propietario en unas horas de unos diez mil millones de dólares, ¿qué le parece? Solo deme el número de su cuenta corriente y ese dinero le será transferido. También tiene opción de tratamiento para la longevidad y rejuvenecimiento, extensivo para la persona que más quiera.

Nicholas podía sentir la respiración agitada de Francesco Martucci al otro lado de la línea. Supo que aceptaría. Era lo que siempre había deseado.

—¿Cómo sé que todo no es más que una farsa?

—Tendrá que confiar en mí.

Un silencio. Una eternidad. Finalmente Martucci habló.

—¿Qué ganaría usted?

—Mi ganancia está asegurada, no se preocupe —afirmó Nicholas.

Finalmente, después de unos momentos de indecisión, el otro lado de la línea cobró vida.

—Está bien. Escuche esto: coja un vuelo para Nápoles, al aeropuerto Capodichino. Tome el ferry a la isla de Capri y diríjase a Anacapri, a la iglesia de San Michelle. Yo estaré allí.

—¿Cómo me reconocerá?

—Lo haré, *signore* Nicholas.

Quentin observó a Nicholas con una mirada indefinida mientras le veía anotar afanosamente en un papel las indicaciones de Martucci, tratando al mismo tiempo de no desprenderse del manuscrito.

—Señor Nicholas. Sé lo importante que es todo esto para el *signore* Dante. Permítame que colabore con algo.

Se dio vuelta y desapareció para volver con un fajo de billetes.

—Por favor, recíbalos. Sé que los necesitará.

—Gracias, Quentin. Ya mismo parto sin demora para Nápoles. Te los devolveré cuando regrese.

—Ya se encargará el *signore* Dante. Sigo pensando que lo mejor sería esperarlo…

—No, Quentin, lee, lee el manuscrito. Todo está aquí escrito, soy yo quien debe hacerlo realidad.

—Está bien, joven Nicholas, yo creo en usted. Permítame al menos que le prepare algo de comer, no ha probado bocado en todo el día.

Nicholas tenía hambre, pero la adrenalina que circulaba por su organismo le impedía saberlo. Hizo un gesto de concesión y fueron a la cocina. A una velocidad vertiginosa Quentin sirvió una torta *caprese* que había preparado recientemente, y que Nicholas devoró en un santiamén, acompañado de un vaso de vino tinto, bajo la atenta mirada del viejo sirviente.

—Tienes razón, Quentin, me siento mucho mejor. Ahora presta atención: yo recibiré en Capri un cofre cuyo contenido es radiactivo. No podré traerlo a los Estados Unidos porque sería decomisado en el aeropuerto, de manera que alquilaré un coche en Nápoles e iré directamente a Roma, a la villa Contini, por favor, llama para que me reciban.

—Joven Nicholas, lleve al menos un maletín de mano, una persona que viaja sin equipaje puede resultar sospechosa, y no queremos que tenga dificultades, ¿verdad? Le traeré una pequeña maleta que el *signore* Dante siempre tiene lista para cualquier eventualidad. Creo que ustedes tienen la misma talla, encontrará lo necesario.

—No, no, Quentin, no hay problema. Tengo esto conmigo —señaló su chaqueta de cuero negra y el manuscrito—, y es suficiente. Me faltarán manos para cargar el cofre, además, ¿qué haría yo en una iglesia con una maleta? Ahora debo irme. Por favor, explícale todo a Dante. Compraré el pasaje en el aeropuerto. ¡Dile que viaje a Roma y me espere en Villa Contini! —exclamó como última indicación mientras la puerta del ascensor se cerraba.

Mientras esperaba en el aeropuerto, Nicholas buscó en el manuscrito el sitio donde quedó cuando se había borrado. Por experiencia sabía que no debía desaprovechar ni un momento al tenerlo en sus manos; frente a él apareció el capítulo 13:

CAPÍTULO 13

Claudio Contini-Massera observó con preocupación el rostro crispado de Josef Mengele que, tras el frenético acceso de tos, se veía menguado, apenas con fuerzas para respirar. Se preguntó qué sería de él de suceder lo que parecía inevitable. Mengele eliminó la toalla desechable pulsando con el pie un dispositivo en la pared, después de secarse las manos meticulosamente aseadas.

—No me queda mucho tiempo, amigo Claudio ¡y falta tanto por hacer!

—Me temo que debemos empezar a pensar en plural, doctor Mengele.

—¿Es una lástima, no cree? Después de tanto esfuerzo, terminaremos en la tumba, como todos. Pero he de pedirle un favor especial: deseo ser incinerado.

Revivió por un momento su estancia en Auschwitz, y su sentido del olfato se inundó con el hedor acre proveniente de los crematorios, un olor que difícilmente se podría confundir con cualquier otro, pues la mezcla de formol y cloro le daba características únicas. ¿Quién hubiera pensado que él terminaría igual que los cientos de desgraciados a los que mandó al crematorio? Y que lo haría *motu proprio*. Se alzó de hombros. Al fin y al cabo todos lo creían muerto hacía tiempo.

—Se hará como usted diga, pero creo que aún es prematuro hablar de ello.

—Es inexorable. Nuestros organismos han recibido demasiada radiación, de no ser por ello, usted sería la prueba viviente de que mi teoría era cierta. Me temo, Claudio, que aunque su apariencia refleje una juventud que en efecto, es cierta, las células cancerígenas que su cuerpo posee se han apropiado de los maravillosos efectos de la longevidad. En buena cuenta: ellas, que son las únicas inmortales, han salido reforzadas

—¿Qué sucedió con los otros sujetos?

—Han ido muriendo uno a uno a una velocidad pasmosa. El último lo hizo hace tres días. Su cuerpo terminó lleno de pústulas, la enfermedad se manifiesta en cualquiera de sus formas de manera inesperada. Es extraordinario que en su caso el comportamiento de dichas células haya sido tan localizado, y por tanto hasta cierto punto, controlado, pero las inoculaciones de cigotos ya no causan efecto. Gradualmente su organismo se irá debilitando y, a mi muerte, me temo que no habrá consecución de su tratamiento.

—¿Qué sucederá con mi hijo?

—Está por verse. La inoculación de la fórmula en las primeras etapas de su vida parece haber tenido un efecto muy beneficioso. Ustedes comparten muchos genes, solo el tiempo lo dirá. La creación suele ser muy lenta, lo contrario de la destrucción —comentó Mengele filosóficamente—. Es importante para su seguridad que nadie sepa que él posee esas maravillosas cualidades.

—Las pocas personas que saben que es mi hijo, no conocen nuestro experimento.

—Bien… bien… y así debe quedar. Si desean proseguir con los estudios, que les cueste su esfuerzo, ¿no le parece? —sugirió Mengele, mostrando sus dientes amarillentos—. Ya bastante ha contribuido usted. Debe sacar de este lugar el isótopo con el que catalizamos el compuesto. También la mezcla. La guardo en una cápsula sellada, pero como sabe, su contenido es altamente radiactivo.

—Más daño no me pueden hacer.

—Sí que pueden. Pero se los entregaré previamente «empaquetados». El asunto es que tendrá que llevarlos consigo sin que despierte sospechas.

—Dudo que haya problemas a ese respecto. Recuerde que soy uno de los principales accionistas.

—¿Y si su hijo decide que quiere continuar con el experimento?

—Eso dependerá de él. Después de que yo muera tendrá que tomar sus propias decisiones.

□ □ □

Mengele se sentó en el sillón detrás del escritorio y entrecerró los ojos. Su rostro adquirió la placidez que suele acompañar los recuerdos agradables.

—Parece como si fuera hoy… recuerdo el día de mi nombramiento como investigador asistente del Instituto del Tercer Reich para la Herencia, la Biología y la Pureza Racial de la Universidad de Frankfurt. Pasé a formar parte del equipo de uno de los principales genetistas: el profesor Otmar Freiherr von Verschuer. Tenía un especial interés por los mellizos. Él fue quien me envió a Auschwitz y yo le remitía los resultados de mis estudios. Un día me hizo llegar el isótopo artificial que desarrollaron en un laboratorio secreto de estudios sobre física atómica y fusión nuclear. Un isótopo que no les sirvió a ellos para preparar la bomba atómica. Lo descartaron y se lo enviaron al doctor von Verschuer. En las postrimerías del régimen dieron orden de destruir el laboratorio secreto y de paso mataron a los científicos para que no cayeran en manos del enemigo; no quedaron rastros acerca de cómo lo obtuvieron, ni muestra alguna del isótopo, salvo el que yo escondí en Armenia. Para entonces ya había experimentado las propiedades de ese extraordinario elemento: las células expuestas a su radiación sufrían extraordinarias mutaciones. Lo conservé en un sitio seguro esperando recuperarlo algún día para proseguir con mis estudios; un isótopo que contiene unas propiedades casi milagrosas, actúa como catalizador al exponer la fórmula a su radiación por un tiempo determinado.

—Y lo encontré yo.

—Así es. Le estoy agradecido por estos últimos años de mi vida, Claudio.

Claudio no supo qué contestar. Consideró inútil un «de nada». Todo aquello era tan trascendente que se merecía mucho más que un par de palabras de cortesía. Pero comprendía que el anciano esperaba que las dijera.

—De nada, doctor Mengele.

Este asintió satisfecho y fijó toda la atención en su pipa para evitar que se viera el brillo de sus ojos.

—A veces tardamos mucho en comprender qué es lo correcto —dijo en voz baja.

Anacapri, isla de Capri, Italia
22 de noviembre de 1999

Lo siguiente que aparecía en el escrito, Nicholas ya lo conocía, pues lo había vivido, el manuscrito quedaba en blanco a partir de su llegada a Anacapri. Después de cavilar durante un tiempo supuso que iría apareciendo algo en la medida en que los acontecimientos fuesen ocurriendo. O tal vez tendría él que escribir el final.

Durmió exhausto gran parte del vuelo abrazado al manuscrito y a una pequeña almohada que le ofreció la azafata. Al llegar al aeropuerto Capodichino tomó un taxi que lo dejó en la compañía Navigazione Libera del Golfo, con el tiempo justo para tomar el siguiente ferry a la isla de Capri. Poco tiempo después desembarcaba en el puerto turístico Marina Grande; un taxi lo llevó hasta la Piazza Vittoria de Anacapri. La iglesia de San Michelle lo aguardaba después de la Casa Roja.

Esperaba que Martucci ya estuviese allí, pero al llegar y sentarse en uno de los largos bancos frente al altar mayor, no había rastro de él. Después de dos horas, salió y fue a una de las fuentes de soda al aire libre. En cierta forma se sentía timado. Había recorrido más de siete mil kilómetros para encontrarse con él y le irritaba que el cura, viviendo en Roma, no acudiese a la cita a tiempo. Tomó un café y fumó un par de cigarrillos antes de volver a la catedral. La preocupación empezó a invadir su ánimo, sentado en el banco de la iglesia, hojeaba el manuscrito. Según estaba escrito, allí se encontrarían. No había más. Pero ¿y si no era así? Trataba de disimular ante sí mismo la duda y la inseguridad, como si sintiera vergüenza de que el manuscrito se enterase de su falta de fe. Cuando creyó que definitivamente Martucci no aparecería, sintió una mano en su hombro. Un leve toque, como para decirle: «ya estoy aquí». Martucci se sentó a su lado, y miró el legajo que Nicholas tenía entre sus manos.

—¿Es ese el manuscrito?

—¿Qué sabe usted de él?

—Que estaba en blanco —concluyó Martucci.

—Sigue en blanco. Lo llevo por costumbre —explicó Nicholas sin comprender bien por qué mentía.

—Disculpe la tardanza. Tuve que hacer unas gestiones antes de venir.

Por primera vez Nicholas se fijó en la apariencia de Martucci. Una chaqueta de color marrón oscuro de suave tejido, sobre un polo de algodón negro, pantalones a tono y unos cómodos zapatos deportivos con suela de goma. Toda una revelación. Suponía que lo vería con su sotana; quién sabe cuántas veces lo habría visto pasar delante sin reconocerlo.

Martucci se dio cuenta de su extrañeza y explicó:

—No quise llamar la atención. Un cura caminando con un paisano es fácil de recordar. —Unas palabras un tanto enigmáticas para Nicholas; después de todo, ¿a quién le importaría?, pensó—. Debemos salir de aquí, *signore* Nicholas. Tenemos que caminar un trecho, iremos al Monte Solaro. Hay allí una pequeña casa en un lugar muy conveniente.

Caminaron hasta llegar a la calle Axel Munthe, luego iniciaron el ascenso por un largo y estrecho sendero que los fue llevando hacia la cima. Martucci no habló durante el trayecto, que hicieron a paso descansado. De vez en cuando él sacaba un pañuelo blanco inmaculado y secaba el sudor de su frente y el de la cara con delicadeza, se detenía y seguían ascendiendo. Nicholas aspiró con deleite el aroma que inundaba el ambiente y Martucci sonrió.

—Es la *erba cetra* que perfuma todo el monte. —Se detuvo un momento y señaló—: Por el otro lado está el Ermitaño de Cetrella, lo llevaría pero me temo que mis fuerzas no llegarán a tanto. Aquélla es la Crocetta. —Indicó extendiendo el brazo hacia una pequeña gruta donde había una Virgen, se persignó y prosiguieron por un sendero que apenas se distinguía, cubierto de vegetación.

Bordearon por la derecha y siguieron ascendiendo. Unos quince minutos después, cuando ya empezaba a atardecer, llegaron a un alto promontorio, con un espectacular saliente de roca, desde donde se podía ver el mar y las pequeñas casas blancas de Anacapri, los fabulosos hoteles de la costa y las embarcaciones. Nicholas contemplaba extasiado el paisaje, pocas veces había tenido una oportunidad semejante, Manhattan no era precisamente un lugar que se distinguiera por sus colinas. Pero recordaba que desde el Empire State tuvo una sensación similar. Bajaron por los escarpados escalones tallados en la roca del monte hasta una pequeña casa de piedra que apareció frente a ellos; Martucci sacó unas llaves y abrió la pesada puerta. Entraron en un recinto con muebles cubiertos por telas que en un tiempo debieron ser blancas, y que la gruesa capa de polvo ahora hacía ver grises. Francesco Martucci cerró la puerta y encendió una vieja lámpara de queroseno. Quitó los cobertores de dos sillones y le ofreció asiento a Nicholas, a la par que él se sentaba. Se le notaba visiblemente agotado.

—No toque nada, por favor —advirtió Martucci.

—De acuerdo. —Nicholas se sentó y alzó las manos dejando de sostener por un momento el manuscrito que yacía sobre sus rodillas.

—Se estará usted preguntando qué hacemos aquí.

Nicholas asintió con la cabeza.

—Claudio no encontró mejor lugar para guardar el cofre que este sitio. Lejos de todo y de todos. Aquí no existe el pillaje, y no había peligro de que alguien pudiese venir a saquear nada. Era su pequeño refugio, al que antaño venía acompañado de… —Sin terminar la frase se levantó del sillón y fue hacia una puerta angosta—. Espere un momento. —Del manojo de llaves, finalmente escogió la que hizo abrir el candado de la estrecha puerta. Entró y un rato después regresó con un bulto.

—Está cubierto con una funda especial. El cofre es en realidad una caja de seguridad con doble cubierta, el material de la funda también es a prueba de radiactividad, el mismo que se utiliza para hacer los trajes protectores. Está hecho en forma de mochila para mayor comodidad. —Dejó el bulto sobre uno de los muebles cubiertos.

—De manera que allí está el famoso cofre… —dijo Nicholas, más para él mismo, pensando en lo que había leído en el manuscrito.

—Sí. Y ahora es todo suyo, puede llevárselo y entregarlo a quien desee.

—A Merreck, naturalmente.

—O a Dante Contini-Massera.

Nicholas estudió las marcadas facciones de Martucci, que a la luz de la lámpara se veía como si fuesen de una estatua de granito.

—Deme un número de cuenta adónde hacer la transferencia.

—Olvidemos la farsa, señor Nicholas. Usted y yo sabemos que aquí acaba todo. Ya no seguiré con esto, no vale la pena, no… no lo vale.

—No comprendo, habíamos hablado por teléfono…

—Usted llamó en el momento justo. Llévese la caja y haga lo que quiera con ella. Y no seguiré fingiendo más, no tiene sentido, ¿acaso no comprende? Toda una vida de engaño fue suficiente, ya no puedo más. —Lanzó un suspiro y lo miró con sus ojos extraños, que parecían abarcarlo por completo—. Voy a decirle a usted lo que no me atreví a hablar con Dante. Yo estuve toda la vida enamorado de su madre, Carlota, a pesar de que mi amigo y casi hermano Claudio también la amaba. Me consolaba la idea de que ella nunca lo quiso realmente, en realidad, no sé a quién amó, si es que alguna vez lo hizo. Todo hubiera quedado así, pues el hombre no es dueño de sus emociones, uno se enamora y punto, pero Carlota no era mujer de un solo hombre. Lo último que hizo fue más que un desliz. Irene Montoya, una amiga de Claudio, vino a Roma acompañada de un tal Jorge Rodríguez. Un hombre sin escrúpulos, por el que Carlota se encaprichó de inmediato cuando ella se presentó de manera imprevista, justo el día en el que los colombianos estaban de visita en la villa Contini. Usted no conoce a Carlota, es una mujer joven aún, con cuarenta y seis años bien llevados, y para aquella época era por supuesto, más joven, pero tiene un problema: es demasiado apasionada, aunque ahora pienso que puede ser un problema de salud. No creo que hombre normal alguno pudiera soportarla, pienso que la prematura muerte de Bruno, su marido, se debió precisamente a ello. Jorge Rodríguez y Carlota mantuvieron relaciones en varias ocasiones, sé que él estuvo en Roma otras tantas veces y se siguieron viendo. Claudio no sospechaba que ellos se entendían y pienso que no le hubiera importado, porque él hacía tiempo no tenía relaciones con Carlota, sin embargo, yo… bueno, usted sabe, señor Nicholas, cómo es el amor. Ella es mi vida. Cierto día, hace seis meses, Carlota me llamó y dijo que tenía algo que decirme. Se trataba de un chantaje que Rodríguez estaba ejerciendo sobre ella a cambio de mucho dinero. Aquel *desgraziato figlio di zoccola* había colocado unas cámaras en el hotel donde se habían visto la última vez y tenía grabada toda la sesión. —La voz le flaqueó a Martucci, se notaba la incomodidad que sentía al decirlo, pero siguió adelante—. ¡Ah, señor Nicholas! ¡No se imagina la cantidad de obscenidades que hicieron! No creo que en las películas pornográficas más subidas de tono alguien pudiera ser capaz de escenificar tales atrocidades… al principio me atuve a lo que Carlota me había contado, pero después el mismo Rodríguez me entregó una copia del vídeo, y lo vi con mis propios ojos. Amenazó con hacerla pública. El motivo principal fue la venganza.

—¿Venganza? ¿No será por los dos millones que hizo perder a Dante y que Claudio recuperó?

—Exactamente, señor Nicholas. Claudio tenía sus métodos, y al colombiano no le quedó más remedio que entregar el dinero, pero Rodríguez estaba enterado de que Claudio amaba a Carlota, y el chantaje iba dirigido a él. Pero fui yo quien se comunicó con Rodríguez después de que Carlota viniera con la historia.

—Es posible que Irene lo supiese y se lo hubiese comentado a Rodríguez, las mujeres tienen un sexto sentido para intuir de quién puede estar enamorado un hombre.

—No me detuve a pensar cómo lo supo, lo cierto es que él acertó al querer chantajearlo, pues Claudio hubiera pagado lo que fuera para evitar que el vídeo viese la luz.

—Entonces… ¿por qué no dejó que él se hiciera cargo de todo? Tal vez hubiera encontrado una solución.

—*Signore* Nicholas… Claudio, mi amigo, mi hermano, estaba mal de salud, estaba en cama; yo tenía sobre mi conciencia la mentira de amar a la mujer de su vida, no quise que se enterase de nada, hubiera sufrido lo que yo… al verla de esa forma.

—Le comprendo. Es usted un gran tipo, Martucci.

—Soy un asesino. Y un falso. Antes de que todo sucediera había planeado con Carlota quedarnos con la fórmula, los documentos, y hacer el negocio por nuestra cuenta con Merreck. Sí, yo sabía todo, lo único que no sabía era dónde había escondido Claudio la fórmula. Ahora comprendo que él siempre sospechó todo lo que yo planeaba… *che vergogna!* ¡Él lo sabía!

Nicholas estaba atónito. Los alcances de la madre de Dante iban más allá de lo imaginable. Intentó justificar lo injustificable.

—¿Cómo puede estar tan seguro?

—Me lo dijo antes de morir: «Lo hubiera compartido contigo, Francesco, podrías ser eterno y amar a Carlota». En ese momento me arrepentí de todo, pero después ella volvió a apoderarse de mi alma y proseguí con nuestros planes.

—No dudo de que usted quería mucho a Claudio, Martucci, de lo contrario no le hubiera ocultado lo de Carlota. —Intentó consolarlo, aunque el hombre cada vez se transformaba ante sus ojos en una especie de muñeco al que aquella mujer manejaba a su antojo—. Al menos le ahorró el sufrimiento de verla en el vídeo —agregó.

—Yo odiaba a Rodríguez, un vulgar estafador, que no conforme con aprovecharse del hijo, se aprovechó de la madre. Sus demandas se hicieron más frecuentes y supe que no había otro camino que eliminarlo. Tal vez me veía reflejado en él, *¡Santa Madonna!* ¡Cuántas ideas cruzaron por mi mente! Pero el sujeto era muy peligroso, en dos oportunidades contrató a un par de sicarios colombianos para atentar contra la vida de Claudio para amedrentarme, yo sabía que venían de parte de él, pero no podía decir nada. Decidí entonces que yo mismo tomaría el asunto en mis manos y lo mataría. Y fue lo que hice. Supe por Claudio en una conversación telefónica con Irene, que Rodríguez iría a Colombia y fui para allá con unos amigos de confianza.

—¿No sería con la gente de Caperotti?

—Pues sí. De nada vale ya negarlo. Giorgio siempre fue un hombre absolutamente fiel a Claudio. Acudí a él porque no me quedaba más remedio, y le rogué que no le dijera nada, él comprendió la situación y me ayudó. Claudio era un enfermo terminal, no queríamos perjudicarlo más. Usted no se imagina hasta dónde puede llegar la ambición y la depravación de esa mujer, señor Nicholas, si algún día encuentra alguna así, ¡huya de ella como del demonio! Yo tomé dinero de la abadía, necesitaba reponerlo, me convertí en un asesino y mi vida se había convertido en un infierno. Los hombres de Caperotti hicieron hablar a Rodríguez, él fue al banco con ellos y retiró el vídeo, ellos eliminaron las pruebas y las copias que pudieron haber quedado en sus ordenadores, después de aquello, cuando ya se sentía fuera de peligro, lo arrollé con una camioneta. Quise hacerlo personalmente.

—Quiere decir entonces que quienes atentaron contra Claudio no fueron los accionistas judíos.

—No, señor Nicholas, yo quise dar un toque de misterio al asunto relacionando a los judíos, pues Claudio me dijo en una ocasión que sospechaba de ellos. La verdad es que temía que Dante corriera peligro, pero no por los judíos, que quién sabe dónde se encuentren ahora. Era por los hombres de Jorge Rodríguez. Supuse que no quedarían tranquilos con su muerte y pensarían que podrían sacar algún provecho de Dante, como secuestrarlo y cobrar algún rescate. Pero Rodríguez no pertenecía a ninguna camarilla en particular, él simplemente contrataba sicarios. De manera que si Dante se percató de que alguien lo seguía, lo más probable es que fuese la gente de Caperotti que él no conocía, que en buena cuenta lo estaba cuidando.

Se puso de pie y cogió el bolso. Nicholas se levantó del asiento y salió tras él. Martucci regresó a la casa y puso las fundas en los sillones exactamente como habían estado antes y cerró la puerta al salir. Su espalda, antes erguida, estaba encorvada como si todo el peso de la culpa hubiese caído sobre él en unos cuantos segundos. Afuera el viento arreciaba, el cura se volvió hacia él y su presencia se tornó imponente dentro de su ascetismo, sus ojos oscuros, su cabello revuelto por el viento, le daban una apariencia casi sobrenatural, y sin embargo en su mirada se podía captar una profunda tristeza. Detrás de él, el mar, el cielo y las nubes revueltas, como si presagiaran tormenta.

—¿Alguna vez se ha enamorado, señor Blohm?

La pregunta lo tomó desprevenido.

—¿En qué sentido?

—Solo existe una manera de amar.

—Sí me he enamorado, claro que sí.

—Entonces sabe que es un sentimiento que acompaña cada minuto, cada segundo de nuestra existencia, no hay momento en el que lo que se haga no sea en función de ese amor, y los pensamientos vuelan a través del éter para posarse en el alma de la mujer que existe allá, lejos, no importa dónde se encuentre, ni con quién, y tampoco importa si ella lo ama. Existe, y es suficiente.

—¿Usted amó así?

—«Amó» es tiempo pasado. Yo amo así. Por desgracia jamás pude compartir este sentimiento con nadie, menos con ella, el objeto de mi amor, sencillamente no lo entendería, así como yo no acierto a comprender por qué la amo de esta manera. Desde la primera vez que la vi supe que sería su esclavo, y que por ella sería capaz de cualquier cosa, es probable que usted no sepa lo que se siente al ver a la mujer de tus sueños convertida en realidad junto a uno, su cuerpo suave y blanco como el marfil, su aroma tenue de mujer, su sonrisa que pide a gritos que pose mis labios sobre los suyos y la adore, y que cuando mi cuerpo se acerca al suyo tiemble de pensar que la tocará, que siquiera por un instante fugaz tendrá la ilusión de poseerla, y de hacerla feliz, ¡ah! ¡No lo sabe! —Francesco Martucci tenía sus ojos posados en mí pero no me veía, hablaba para sí mismo, y no parecía darse cuenta de las gruesas lágrimas que asomaban a sus ojos y se deslizaban con dificultad por su piel curtida—. Carlota es una mujer única en el mundo y jamás ha sido completamente mía, aunque ella piense que me ama. Sé que son palabras, ilusiones, sentimientos pasajeros que acompañan en gran parte a la compasión que le mueve al verme, porque, *Chi so' io? Sono un povero disgraziato!* Jamás podré darle lo que merece, rodearla de todo a lo que ella está acostumbrada. No tengo la prestancia de un

Claudio, ni la pasión de un Bruno, solo tengo este dolor que llevo dentro del pecho que me lastima como si una herida me carcomiera por dentro, que no me deja respirar… señor Nicholas: tampoco podré regalarle la juventud que según ella se le está escapando, porque no soy capaz de llevar a cabo esta infamia… he cobijado este cofre con la intención de algún día sacar provecho de él, pero no puedo, no puedo llegar a tanto, y sé que ella me odiará, jamás querrá volver a verme, y es una verdad que no puedo enfrentar, señor Nicholas. No puedo vivir sin saber que volveré a verla y que ella me mentirá diciendo que me ama. Esta vez no. Pero ya no importa. Tenga. Tome el cofre y vaya con Dios, si otro ha de pecar que lo haga, yo ya pagué suficiente en esta vida, y si lo que me espera es el infierno por lo que voy a cometer, que así sea. *Oh, femmina che si vende come mercanzia non potrà mai essere buona!* Traicioné a mi amado amigo Claudio, pero cuando cerró los ojos supe que lo sabía todo. ¡Siempre! ¿Cómo podía yo contarle todo esto a Dante, su hijo? ¿Cómo podría él entender a su madre? ¡Si el propio Claudio no quiso decirle jamás que era su padre para salvar su honra! ¿Qué honra? *Ah, signor Dante, ma è l'amore che conta, ed io l'ho voluta così!* ¡Que Dios me ampare!

Cuando el monje extendió las manos ofreciéndole el cofre, se encontraba al borde del acantilado. Por un momento tuvo miedo de que fuese una trampa. Antes de entregárselo lo retuvo un instante, como arrepintiéndose. Temblaba tanto que pudo sentir sus movimientos convulsivos. Luego el monje hizo un ademán brusco, soltó el cofre y se lanzó al vacío. No se oyó ni un grito. Instantes después, solo un sonido seco acompañado de un crujido atenuado por la distancia. Horrorizado, Nicholas se asomó al precipicio y pese a que ya estaba oscuro pudo distinguir un bulto informe sobre la roca plateada. Le invadió un profundo sentimiento de piedad, una mezcla de compasión, pena infinita y agradecimiento. Tenía en sus manos lo que había ido a buscar, sintió a través del grueso tejido de la mochila los listones de metal en la madera. Dio la vuelta y se alejó del lugar con largas zancadas: el mal estaba hecho y ya no había remedio. Sintió el viento frío como un latigazo en la cara y supo que estaba húmeda a pesar de que aún no había empezado a llover. Reprimió el sollozo y caminó rápidamente el largo trecho de regreso que lo llevaría a la *piazza*, cobijando el bulto bajo su chaqueta de cuero. Miró los signos fosforescentes de su reloj: tenía el tiempo justo para llegar al muelle y abordar el último ferry.

Fue cuando Nicholas comprendió que la primera página del manuscrito acababa de ocurrir.

El agotamiento físico y moral que traía conmigo se esfumó apenas crucé la puerta. Nelson y Quentin me esperaban de pie uno al lado del otro, formando una estrambótica pareja. La ansiedad que reflejaban sus rostros pedía a gritos que yo les preguntara algo.

—*Signore* Dante, todo está resuelto.

—*Davvero*, Quentin? ¿Y qué será «todo»?

—Todo, *signore*. El señor Nicholas se encuentra en villa Contini con el cofre, y el manuscrito parece que empezó a decir sus secretos.

—Vayamos por partes. ¿Qué sucedió contigo, Nelson?

—Fui tras el hombre del taxi, y no pude obtener mucho. Según el conductor, el hombre que salió de casa de Rodríguez no habló en todo el trayecto. Lo que sé es que lo dejó en el aeropuerto. Fui entonces a hablar con unos contactos de mi antiguo trabajo y acordamos en intervenir las llamadas de la viuda de Rodríguez. Era más sencillo que entrar a su casa a poner micrófonos. Ella llamó a Irene, le contó que había sido visitada por usted y también por el FBI, y que su hermano había ido a despedirse porque se iba a Venezuela. Dijo: «Mi ordenador no tenía el disco duro, para mí fue una sorpresa, pero se me ocurrió decirles que un hombre había llegado de parte de Claudio Contini y se lo había llevado.

Ahora no sé si hice bien. Hasta les di una tarjeta que mi marido tenía en su escritorio». Irene preguntó: «¿Por qué inventaste todo eso?» «Tengo miedo, Irene, sé que a Jorge lo asesinaron, creo que estaba metido en asuntos turbios, últimamente manejaba mucho dinero. Estoy pensando en radicarme en Venezuela, tengo algunas conexiones allá con gente del gobierno, y tú sabes que en ese país, con dinero se puede hacer de todo». «Es preferible que no hables de tus planes por teléfono, Teresa», dijo la señora Irene, y quedaron en verse después.

—Quiere decir que la viuda no sabe nada, y que el disco duro fue extraído por alguien interesado en su contenido —medité en voz alta.

—Es lo que yo pensé —afirmó Nelson.

—¿Puedo hablar, *signore* Dante?

—Por supuesto, Quentin.

—El joven Nicholas fue a encontrarse con Francesco Martucci a la isla de Capri, dijo que tenía que hacerlo, pues estaba escrito así en el manuscrito. Va a recibir el cofre, y dijo que lo llevaría a villa Contini, que usted fuese hacia allá, porque él temía que no pudiera pasar por la aduana debido a su contenido radiactivo. A estas horas debe estar en Capri.

Nicholas no dejaba de asombrarme.

—¿Dices que estaba escrito en el manuscrito?

—Yo mismo lo vi con estos ojos. El problema es que no estaba totalmente acabado, es decir, según el joven Nicholas, solo decía que sería él quien recuperaría el cofre.

—Quentin, salgo para Roma hoy mismo.

—*Subito, signore.*

Me sentía agotado, pero no podía dejarlo para después, el cofre era todo lo que necesitaba para obtener el dinero de Merrel; además, tenía una inmensa curiosidad por ver el manuscrito. Descansaría en el avión.

EL SECRETO

—Tú vendrás conmigo, Nelson. Sospecho que lo de la viuda Rodríguez no nos llevará a ningún lado. Haz una reserva para ambos en primera clase.

Era lo menos que podía hacer vista la humanidad de Nelson. Podría acalambrarse en clase turista y lo requería en buena forma. Y yo necesitaba dormir urgentemente. El viaje desde Illinois había estado lleno de sobresaltos por el temor a lo que se les hubiera podido ocurrir a los benditos judíos. Después me ocuparía de ellos, en ese momento lo importante era el cofre.

Pude descansar durante el vuelo gracias a la reconfortante compañía de Nelson. ¿Habría sido así la vida de mi padre? No habían transcurrido trece días desde que había ido a ver a Irene para que me prestase dinero para regresar a Roma, y parecía que habían pasado meses. Tener poder conlleva demasiada responsabilidad, muchos enemigos…

▢ ▢ ▢

Una vez en villa Contini, sentado en mi despacho observaba la nota de Merreck. Los nombres de los judíos y sus direcciones. ¿Por qué querrían anteponer sus odios tribales a la ciencia? Claro que Mengele había sido un monstruo, pero algo bueno podría salir de todo lo que hizo. Mientras llegaba Nicholas decidí llamarlos, tenía todos los datos y daba igual que lo hiciera estando en Nueva York o en Roma.

—¿El señor Edward Moses, por favor?

—¿Quién lo busca?

—Un amigo de Italia, voy a viajar a Estados Unidos y me gustaría encontrarme con él…

—Lo siento, señor. Mi esposo, el señor Moses, falleció hace dos días.

—Lamento su pérdida señora. Disculpe.

Y Colgué. Me pareció una extraña coincidencia. Marqué el otro número.

—¿Podría hablar con el señor John Singer?

—¿Quién lo solicita?

—Un amigo de Italia, viajaré a Estados Unidos y me gustaría conversar con él…

—¿Cómo se llama?

—Dante Contini-Massera.

—Puede encontrar al señor Singer en el cementerio de Albany. Falleció hace dos días.

—Lo lamento. Perdone mi atrevimiento, ¿pero me podría decir qué le ocurrió?

—Estaba con un amigo pescando en alta mar, parece que tuvieron un problema con el motor. Explotó y no tuvieron tiempo de salvarse.

—¿Quién era la otra persona?

—Edward Moses.

Colgué sin despedirme. Me sentía devastado. ¿Merreck sería capaz de matar con tal de obtener lo que yo le había ofrecido? Pensé en Caperotti. En Martucci. Había demasiado dinero en juego, y una manera de vivir casi eternamente. Por menos que eso habían caído imperios. Salí de mi abstracción al escuchar la voz de Nicholas.

—¡Aquí está! —dijo en tono triunfal al entrar, al tiempo que ponía un bulto sobre el escritorio.

Me levanté del asiento y di la vuelta a la mesa sin quitar los ojos del envoltorio.

—¿Estás seguro? —pregunté, a sabiendas de que Nicholas no abriría el cofre.

—Ni se te ocurra abrirlo. Está cubierto con esta funda especial para evitar la radiación. La cápsula con la mezcla y el isótopo están ahí dentro, lo dijo Martucci. Está muerto.

No sé qué expresión tendría mi cara al oírlo, pero después de lo que acababa de enterarme supongo que sería de absoluto espanto.

—No fui yo —aseguró Nicholas con una mano en el pecho—. Te contaré.

Mientras Nicholas hablaba, yo iba recomponiendo todas las piezas del rompecabezas, y entendí que quien había concertado todo había sido Martucci. Jamás podré entender al ser humano. Por suerte mi madre no tenía nada que ver en todo aquello, como por un momento se me cruzó por la mente. No sé por qué dudaría de ella, después de todo, era su hijo, pero después de que Quentin los había visto conversando en aquel restaurante, yo veía confabulaciones en todos lados.

—Y recuperé mi manuscrito, Dante, bueno, el manuscrito —se corrigió con su risita de siempre.

—¿Puedo verlo?

—No. Prefiero que lo leas cuando haya terminado de escribirlo —explicó mientras pasaba las hojas a velocidad con el dedo pulgar para que yo echara una ojeada. Era cierto, estaba escrito—, hay ciertas cosas que no ocurrieron como aquí están, verás, no todo era exactamente igual, por ejemplo, al principio nunca existió Nelson ni tampoco las rejas de la entrada…

No sé por qué tuve la impresión de que Nicholas quería marearme con una retahíla de explicaciones que no me interesaban. Solo presté atención al final.

—… Entonces, como te venía diciendo, Dante, tú tienes que escribir el final, pues aún no ha concluido.

—¿Yo qué? —pregunté asombrado.

—Sí. Ahora, si lo prefieres, lo puedo inventar.

—No. Deja que yo lo haga. Es algo que *debo* hacer. Tienes razón. ¿Sacaste copia al manuscrito?

—Ya no es necesario, me lo conozco de memoria, no importa si se borra.

Soltó su pequeña risita, buscó afanosamente en sus bolsillos, sacó un cigarrillo y salió al jardín con el manuscrito bajo el brazo.

CAPÍTULO FINAL

Una vez tuve el cofre en mi poder, comprendí que jamás podría entregarlo. Estaba seguro de que mi padre, Claudio Contini-Massera no lo hubiera querido. Abrí una vez más el pequeño papel donde estaba anotado el salmo 40:

Sacrificios y oblaciones no deseas
—Tú has abierto mis oídos—
Holocaustos y víctimas no pides
Y así digo: Aquí vengo
Con el rollo del libro
Escrito para mí.
Hacer tu voluntad, mi Dios, es mi deseo,
Y tu ley está en el fondo de ti mismo.

Ahora lo veía claro. Hacer lo correcto. Era todo, no importaba lo demás. Lo tuve siempre frente a mis ojos pero la ambición me había cegado. Llamé a Merreck y le dije que no habría trato. Me dispuse a abandonar la villa Contini, ¿para qué esperar un año? Empezaría a comportarme como el hombre que hubiera querido ver mi padre. Si tenía que empezar desde abajo, lo haría. Lo sentía por la gente que trabajaba allí y que quedaría sin techo ni trabajo. Fui a hablar con Caperotti.

EL SECRETO

—*Buongiorno, signore* Caperotti.

—*Buongiorno, cavaliere* Contini-Massera.

—Gracias por su ayuda.

—Solo cumplí con mi deber, *cavaliere* —aseguró él con su voz cavernosa, la que ya no me inspiraba temor, algo en nuestra relación había cambiado.

Fui directo al grano.

—No podré cumplir con el plazo.

—¿Requiere más tiempo?

—No es el tiempo. Si yo quisiera podría salvar La Empresa ya mismo, pero ello interfiere con mis principios. Si he de vivir con lo poco que consiga de mi trabajo, lo haré. Desocuparé hoy Villa Contini, sería inútil esperar un año.

—¿Y usted tiene trabajo?

—No lo tengo, pero lo conseguiré.

—No necesita buscarlo, *cavaliere*. Este es su trabajo.

Examiné con atención sus facciones, pero no parecía estar bromeando. Me miraba fijamente, mientras empezaba a sujetar su pipa con la intención de encenderla.

—Su tío Claudio dejó instrucciones que he seguido al pie de la letra, *cavaliere* La Empresa está boyante, como siempre. Él hablaba conmigo de casi todo, y por lo que veo, omitió comentar que tenía algo que ver con Merreck & Stallen Pharmaceutical Group, fue una sorpresa que mis hombres me dijeran que usted estaba en... ¿Roseville, si no me equivoco?

—Pensé que mi tío no tenía secretos para usted.

—*Cavaliere*, nadie en su sano juicio lo cuenta todo. Es una primera lección que usted tendrá que aprender. Don Claudio era una de las pocas personas que he conocido que sabía guardar secretos. Sé que tenía algo entre manos, algo muy importante, y que por un tiempo estuvo obsesionado con ello, pero los últimos meses tuvimos mucho tiempo para conversar, y una de las cosas que me dijo fue: «Si Dante se comporta de la forma correcta es de mi casta».

—¿Y cuál se supone sería esa forma correcta? —pregunté.

—Venir aquí y enfrentar la situación de la quiebra de la empresa fue el primer gran paso. Era lo que se hubiese esperado de un luchador. No dijo usted cómo lo haría, pero tenía algo entre manos, no sabe cómo se parece a Claudio Contini-Massera… y estoy seguro de que una razón muy importante lo impulsó a no seguir adelante.

Caperotti me estudiaba, de eso estoy seguro. ¿Cuánto más sabría? Decidí que no confiaría mis secretos. Empezaba a hacer uso de la primera lección.

—Tengo motivos personales, y en cierta forma cumplo con el deseo póstumo de mi tío.

—No le preguntaré cuál era. Pero me lo imagino. Se ha comportado tal como su tío esperaba de usted. Le contaré.

◻◻◻

Y me enteré de todo. Mi padre y él habían planeado lo de la quiebra de La Empresa para darme una lección, y yo había salido indemne. Hoy puedo decir que me he ganado el cargo a pulso, y mi padre tenía razón, trabajar puede ser divertido. Nelson me acompaña más como un amigo que como un guardaespaldas, y mi querido Quentin sigue a mi lado, como el abuelo que nunca pude disfrutar. La vejez no me preocupa, por lo menos por ahora, y si Merreck se hubiera equivocado y en realidad, mi cuerpo tuviese el gen de la longevidad estabilizado, sería una gran broma que Mengele me habría gastado como regalo póstumo. Hundí el cofre envuelto en una gruesa capa de cemento en medio del Mar Tirreno, y espero que permanezca allí por los treinta mil millones de años que dure el misterioso isótopo artificial, si es que nosotros no acabamos con la Tierra primero.

A mi madre la desaparición de Francesco Martucci parece haberle afectado más de lo que ella hubiese querido admitir. En su rostro empiezan a marcarse las huellas del sufrimiento, y no hay peor dolor que el que no se puede compartir. Donde sea que él se encuentre espero que no se arrepienta por haber creído firmemente que ella no era capaz de amar.

Mi buen amigo Nicholas goza de una posición acomodada gracias a la historia del manuscrito que finalmente fue publicada, y es la novela que usted está leyendo ahora. Sin embargo, me dijo que había tenido que cambiar algunas partes del final que no le parecían muy buenas. Supongo que sabe lo que dice, por algo es escritor. La Empresa tiene tentáculos en toda clase de organizaciones, incluyendo la industria editorial, espero que muy pronto la novela de Nicholas se convierta en un *best seller*. Es un favor que le debo y que hago con mucho gusto, aunque creo que no le hace falta mucha ayuda.

Estoy empezando a vivir como a mi padre le hubiera gustado, trato a la servidumbre de villa Contini a cada una por su nombre, y a ella le gusta esperarme en la puerta principal como hacía con mi padre, tío Claudio. Me estoy acostumbrando a que el directorio de La Empresa se despida de mí con un beso en el dorso de la mano. Costumbres italianas arraigadas que Caperotti insiste en continuar. Me tranquiliza saber que Merreck no se atreverá a hacerme daño. Lo ha asegurado Caperotti, dice que soy indispensable para la supervivencia de la Cosa Nostra, que nosotros llamamos: La Empresa. He aprendido que el verdadero poder reside en la gente de confianza que me rodea. En la que está dedicada a enterarse de lo que ocurre y lo que ocurrirá en el mundo, es el motivo de que tenga a mi disposición un departamento de investigación y estadística. Por fortuna, lo mío fue una simple escaramuza del azar dentro del complicado devenir del planeta. De vez en cuando suceden situaciones extraordinarias. Me gusta Caperotti, un hombre callado, que siempre parece saberlo todo. Un aliado que mi padre tuvo siempre a su lado. «Ojalá algún día llegue a ser tan sabio como usted», le dije hace unos días. «Usted lo será. Y más», me respondió con su voz cavernosa. «Tiene mucho tiempo por delante. *Muchísimo*».

Y si ha llegado al final y ninguna de las páginas se ha borrado, quiere decir que ha tenido suerte. Puede que la próxima vez que abra el libro no exista más esta historia.

Dante Contini-Massera

EPÍLOGO

A poco más de un año de aquellos catorce días turbulentos, Nicholas Blohm gozaba de una semana de vacaciones. Recordó a su querido amigo Dante y le invadió un sentimiento inefable, una mezcla de cariño y admiración. Pensó que había hecho bien en no contarle la verdad acerca de su madre, y aun cuando en la novela aparecían los eventos escabrosos, parecía haber creído en su palabra cuando le explicó que era un recurso literario. «Suelo utilizarlo casi al final de mis novelas para elevar el interés» le había explicado, y Dante admitió que así le había parecido. A fin de cuentas, todos los nombres estaban cambiados y nadie podría relacionarlo a él con el libro.

Le agradaba el rumbo que había tomado su vida, las presentaciones, las entrevistas, las ventas se habían disparado misteriosamente después de una discusión televisiva en un conocido programa acerca de su libro. Nunca pudo conocer a la despampanante mujer que aseguraba que ella estaba enterada de los pormenores de la familia que aparecía en la novela. ¡Había cada loco en este mundo! ¿Cómo podría estar al tanto si no existían bajo ese nombre? Lo cierto es que muchos catalogaron su aparición como una estrategia de ventas y los resultados fueron sorprendentes. Gracias a ello Nicholas podía gozar de unos días en el lugar que siempre quiso visitar: La Isla de Pascua. A miles de kilómetros de ninguna parte. Tal vez fuese el sitio ideal para hallar la suficiente paz espiritual que le ayudase encontrar la inspiración para su próxima novela.

⬜ ⬜ ⬜

Salió de la pequeña posada para dar un paseo con el manuscrito bajo el brazo como un buen amigo, lo consideraba un acompañante, y al mismo tiempo, un amuleto de la buena suerte. Caminó hasta salir del pueblo y divisó el mar con sus olas acariciando la orilla. Los moais se hallaban lejos del alcance de su vista, pero tenía seria intención de conocerlos; esta vez prefirió comenzar por pasear por Hanga Roa, la única ciudad de la isla. En el folleto que le habían dado decía que en la caleta, junto a los botes, estaban ubicados los restos de un altar moai.

La figura de un hombre sentado en el muro que daba al muelle, dándole la espalda, le pareció familiar. En cierta forma se sintió defraudado por encontrar a algún conocido en aquel remoto paraje. Giró con la intención de dirigirse al otro extremo de la isla.

—¿Señor Nicholas Blohm? —oyó a sus espaldas.

Se volvió lentamente mientras su cerebro ubicaba exactamente el sonido de la voz. El hombrecito lo miraba sonriendo.

ÍNDICE